U0902412

王铂 著

历史的谜题1

探寻历史背后的君王智慧

江苏凤凰文艺出版社
JIANGSU PHOENIX LITERATURE AND ART PUBLISHING, LTD

图书在版编目（CIP）数据

历史的谜题. 1，探寻历史背后的君王智慧 / 王铂著 . -- 南京：江苏凤凰文艺出版社，2019.3

ISBN 978-7-5594-3274-2

Ⅰ . ①历… Ⅱ . ①王… Ⅲ . ①历史故事—作品集—中国—当代 Ⅳ .① I247.81

中国版本图书馆 CIP数据核字（2019）第 016763号

书　　名	历史的谜题 . 1，探寻历史背后的君王智慧
著　　者	王　铂
策划编辑	李　根
责任编辑	袁　媛　刘洲原
出版发行	江苏凤凰文艺出版社
出版社地址	南京市中央路 165号，邮编：210009
出版社网址	http://www.jswenyi.com
印　　刷	北京市昌平新兴胶印厂
开　　本	700 × 990毫米　1/16
印　　张	16
字　　数	200千字
版　　次	2019年 3月第 1版　2019年 3月第 1次印刷
标准书号	ISBN 978-7-5594-3274-2
定　　价	32.80元

前　言

有天生的皇帝，但没有天生的政治家。

中国历史上一共有两百多位皇帝，实际上的统治者更是数不胜数，但是称得上成功人士的，无非秦皇汉武、唐宗宋祖等很少的一批。所以，要想成就大事，你必须去学，去练，去研究他们的帝王心术。

提到帝王心术，人们想到的往往是“心狠手辣”“尔虞我诈”。其实，不合道义的伎俩也许能让人得逞一时，却不可能最终决定成败大势。君不见，跳梁小丑终会狼狈退场，凶残暴虐只能使人心离散，真正能够决定成功之路的，还是那些千古不变的要素：敏锐、谨慎、坚忍、宽容、远见。

王道是阳谋，是从大局上把握态势，是从细微中洞察人心，是逆境中周旋坚持，是盛世下勤勉谨慎，唯有做到这些，才能成就大事。

书里面的帝王，有从卑微走向成功的，有在险象环生中精心谋划的，有子承父业最终青出于蓝而胜于蓝的……当然，也有称雄一时却最终黯然收场的。不是每一位成功的帝王都做到了尽善尽美，但每一个成功的故事都有其之所以成功的理由。

这不是一本历史研究著作，也不是一本文学传奇小说。这里面的内容参照了正史，也采用了不少精彩有趣的演义故事。它的每一个故事都回望历史却映照现实，它只是一本希望让你看了有所思、有所得的历史故事书。

目　录

时势篇——紧握乾坤的王道心术

时势造就英雄，英雄也造就时势。成大事的人是不甘心受到命运摆布的，他们要紧握乾坤，创造自己的“势”。如何利用高人一等的战略眼光和处世智慧，以此改变命运成就大事，杰出的帝王们给我们好好上了一课。

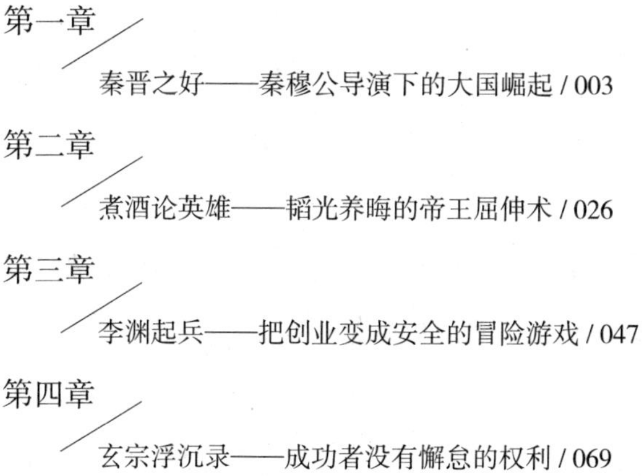

第一章
秦晋之好——秦穆公导演下的大国崛起 / 003
第二章
煮酒论英雄——韬光养晦的帝王屈伸术 / 026
第三章
李渊起兵——把创业变成安全的冒险游戏 / 047
第四章
玄宗浮沉录——成功者没有懈怠的权利 / 069

人和篇——打造团队的王道心术

一个领导者，即使个人能力并不算优秀，但只要手下人才荟萃、齐心协力，那他就是个很好的领导。在利益倾轧、朝秦暮楚的政治场里，如何最大限度地利用人力资源，使他们为自己的目标服务，使自己的能量成倍增长，是每个成大事者必须考虑的问题。怎样拉拢人才、怎样使用人才，怎样保留人才？杰出的帝王们给我们好好上了一课。

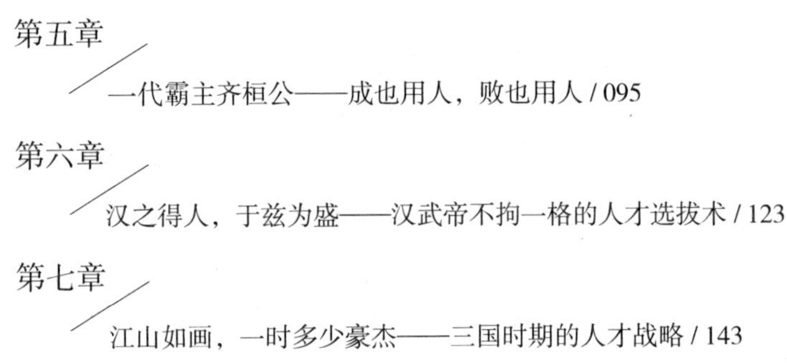

第五章

一代霸主齐桓公——成也用人，败也用人 / 095

第六章

汉之得人，于兹为盛——汉武帝不拘一格的人才选拔术 / 123

第七章

江山如画，一时多少豪杰——三国时期的人才战略 / 143

权术篇——玩转人心的王道心术

“权”是控制的根基，“术”是驾驭的手段。权力只是相对的概念，如果不懂得领悟人心，不懂得利用人性，权力必然难以实现对现实的驾驭。都说该出手时就出手，究竟该怎么出手，啥时候又不能出手，成大事的人必须要拿捏得恰到好处，玩转人心。

第八章

大英雄的小九九——楚汉相争中的放得下与放不下 / 163

第九章

老实人的成功之路——刘秀的以柔克刚术 / 197

第十章

“仁德”和“权术”的两难选择——大英雄苻坚的悲剧人生 / 220

时势篇

紧握乾坤的王道心术

时势造就英雄，英雄也造就时势。成大事的人是不甘心受到命运摆布的，他们要紧握乾坤，创造自己的“势”。如何利用高人一等的战略眼光和处世智慧，以此改变命运成就大事，杰出的帝王们给我们好好上了一课。

第一章

秦晋之好——秦穆公导演下的大国崛起

秦晋之好，到底有多好？翻开历史，你会发现这是个很难回答的问题。作为累世姻亲，这对欢喜冤家时而尔虞我诈、兵戎相见，时而目送秋波、并肩作战。西部边陲的小小秦国，如何在秦穆公的一手策划下大国崛起，成为春秋时期不可忽视的力量？晋文公又是如何借秦国之势，带领内讧频频的晋国成为春秋霸主？绫罗帐中的郎情妾意，折射出政坛的风诡云谲。秦晋之好，好就好在双方都能审时度势，借对方的“势”营造自己的“势”。

1. 晋国的那点儿家务事

故事要从晋献公的儿女们说起。

和很多君王一样，晋献公在南征北战的同时，也没忘了顺手采花，生下大大小小一堆孩子。“大狐”和“小狐”是邻居狄国的一对姊妹花，分别为晋献公生下了重耳、夷吾，这是晋献公众多子嗣中年龄最大的俩儿子。大约是晋献公觉得狐狸精还不够多，于是在征讨骊戎的时候，顺便又接收了骊君家的一对姊妹花，姐姐叫骊姬，生下奚齐，妹妹生下卓子。骊姬虽然是个地位很低的俘虏，却在晋献公身上下了很多功夫，成了他最宠爱的姬妾。

但是，不管是哪位狐狸精，由于血统不够高贵，她们只有做小老婆的份。晋献公的第一夫人来自齐国，DNA 绝对品质保证。子以母贵，第一夫人的儿子申生自然就是名正言顺的太子。这位来自齐国的第一夫人后来又生下一个女儿，但夫人不幸芳龄早逝，只留下一对儿女。

太子申生不愧有着优良遗传基因，不仅英明神武战功卓著，而且品德高尚贤名远播，无疑是晋献公名正言顺的接班人。此外，重耳、夷吾的能力也足以去参选山西省十大杰出青年。有这么多出色的儿子，晋献公本应高兴，但事情远远没有这么简单。为什么？最宠的小老婆心里不高兴。

接下来就是老套的、关于废长立幼的政治故事：小老婆对君主大吹枕头风，老迈昏庸的君主半信半疑，于是小老婆使出种种手段陷害太子，最终得逞。由于不是本文的叙述重点，对于骊姬的这段奋斗史我们就不作详述，只是告诉大家最后结果：太子申生背着谋反的罪名，被逼自杀了。

骊姬得意了一会儿，却发现自己高兴得有点早：比起还在玩玩具的奚齐，成熟稳重的重耳、夷吾哥儿俩看上去更有资格获得太子之位。鉴于陷害人是一个非常麻烦的系统工程，于是骊姬打算让他们搭一下申生的顺风车。她告诉晋献公：申生的密谋重耳和夷吾都知道！晋献公好人做到底，马上派人去送两位公子上路（当然是黄泉路）。

和宁可自杀也不逃跑的三好学生申生不同，重耳和夷吾哥儿俩年纪大一点，脑子也活泛一点，他们觉得活下去更能体现生命的意义，于是立即弃国而逃，重耳奔翟，夷吾奔梁。

骊姬终于如愿以偿，为自己的儿子铺平了道路。只是她没有想到，申生死了，他的党羽却没有死，她不久后因此事付出了沉重的代价。

过了一阵子，一辈子开疆拓土却在家务事上栽了跟头的晋献公寿终正寝，骊姬如愿让儿子奚齐当了晋侯。但以里克为首的“申生党”立即发动政变，在晋献公的葬礼上派刺客杀死奚齐。于是骊姬只好扶持自己妹妹的儿子卓子为君，企图继续控制朝政。里克自然不会罢休，索性发动兵变杀了卓子，一起死掉的还有骊姬以及晋献公的托孤大臣荀息。

这下子，朝堂上白茫茫一片真干净，谁来填补晋国的权力真空？

晋献公有五个正宗儿子，目前死了三个（申生、奚齐、卓子），还有两个（重耳和夷吾）流亡在外。“申生党”总不能让死去的申生活过来继续领导他们，于是一番合计之后，派人去请在翟国窝了五年的重耳回国当君主。

这时候重耳已经四十八岁了，虽然说吃穿不愁，但男人没有事业活着总不是滋味。

使者兴冲冲地跑来对重耳说：“公子，全国人民等着你回去主持大局呢！”老成持重的重耳并没有喜出望外，而是作出一副很淡定的样子：“哦，是吗？我先和我的经纪人商量一下。”和智囊团一番合计之后，重耳觉得此时国内形势太乱，已经连续死了三个国君，回去没准就是下一个，于是他找来使者打官腔：“我得罪了父亲，不仅没去认错，还逃亡在外，已经很不孝了。最近父亲死了，却没有回去奔丧，更是没有脸面回去领导人民。国内还有很多贤能的公子，你们另外去找一位吧。”

里克等人只好去找夷吾。此时夷吾正躲在梁国（今陕西东部），搂着娇妻美妾观察晋国的局势。使者带来了好消息，夷吾却高兴不起来。他不傻，也知道现在回国未必有好果子吃，但近在咫尺的“一国之君”是如此诱人，要放弃实在是心有不甘。

国君肯定是要当的，但决不能像个服务生一样，乱臣里克一召唤就回去。在谋士的建议下，他想到了自己的妹夫——秦穆公。

2. 秦穆公的选择题

现在轮到晋国人来求自己了，秦穆公很有成就感。

别看秦国到了后来，“秦王扫六合，虎视何雄哉”，牛得不得了。比起齐鲁这样根正苗红的传统诸侯强国，当时的秦国只是诸侯中的小兄弟。周王朝分封天下，从高到低设有公、侯、伯、子、男的爵位，虢、宋、虞等是公爵，齐、鲁、管、蔡等是侯爵。在西部边陲划拉了一块地盘的秦，最初只是没有爵位的“附庸”，直到东周开国因为救驾有功才被封为伯爵。那时，天下的好地盘早已被老牌诸侯国瓜分一空，周平王封给秦国的关中之地，其实是一张空头支票——强悍的犬戎人在这片土地上耀武扬威。经过几代人浴血战斗，秦人终于在少数民族的夹缝中开拓出了一大片生存空间，逐渐繁衍兴旺起来。

尽管如此，秦穆公接手的秦国还只是个三流诸侯国。秦国所处的关中，原来是西周建都之所，本应国富民丰。但西周末年犬戎入侵，不仅把周天子赶到了洛阳，也把关中地区的经济基础破坏得不轻。此时的秦国不仅人口少、经济差，而且“国际声望”很低，基本属于被遗忘的角落，诸侯会盟只配坐在观众席。而且，因为经常和戎狄打交道，秦国人在生活中多多少少带有一些少数民族的习俗，这也遭到了中原各国的歧视，称之为“秦戎”“狄秦”等。如何把一个三流的诸侯国建设成一流强国，秦穆公虽有大志，却迟迟找不到着手的机会。

首先，他必须找个好老婆。一国之君找老婆，可不像当时普通小青年那样，郊游的时候唱唱歌牵牵手，看对眼了就成。一个贤内助，可以带来好处。对于统治者来说，婚姻是政治的延伸，诸侯国之间的相互婚嫁，是形成利益联盟的重要媒介。

于是秦穆公在励精图治的同时，也没忘记解决自己的个人问题。他把目光投向了东边的邻居晋国——如果有这样巨头级别的亲家撑腰，自然会大大提升自己的底气。而晋献公正把战略重点放在中原一带，和秦国结亲，正好给自己添了个助手，少了个麻烦。于是双方你情我愿、一拍即合，晋国第一夫人的女儿（也就是申生的同父同母妹妹），下嫁给了来自老少边穷地区的小伙儿秦穆公，人称“穆姬”。

尽管娶了个强势的老婆，秦穆公总觉得还缺点什么。打铁还需自身硬，兵不强、马不壮，就会被人视为靠老婆吃饭的软蛋。

新世纪最缺的是什么？人才！

现在的人才都喜欢“孔雀东南飞”，那会儿也是——谁愿意加入秦国这样没钱没地位的公司打工呢？秦穆公只好四下打听，意外地得知他老婆的陪嫁里有个叫百里奚的奴仆，本是晋献公在“假虞灭虢”的时候捉来的俘虏，是个不可多得的人才。于是秦穆公派人去请，不料百里奚早已在半路上逃跑，被楚国人抓去干副业——放牛了。

秦穆公这会儿求贤若渴，于是凑了些金银珠宝，打算派人去把百里奚赎回来。这时有谋士建议说：“楚国是大国，根本不缺财物。这么去赎人反而会引起楚国的注意，把百里奚收为己用。”于是秦穆公派人拿了五张黑羊皮，对楚国人说：“俺们有个奴仆叫百里奚的逃到你们这里来了，大王叫我们把他弄回去治罪。俺们这几张羊皮不错吧，算是赎金了。”楚国人一边心里嘲笑秦国的穷酸，一边大手一挥，把百里奚交给秦国使者。

百里奚此时已经是个七十多岁的老头子了。一到秦国，秦穆公马上亲自为他接风洗尘，询问治国之道。百里奚说：“我不过是个亡国之臣，哪里值得主公如此垂询！”秦穆公满脸堆笑：“虞君不知道任用您，才亡了国。这岂是您的过错！”君臣俩连续谈了三天话，秦穆公受益匪浅，封百里奚为国相。百里奚又推荐了自己的朋友蹇叔及其儿子西乞术和白乙丙。这时，他早年失散的儿子孟明视也来到秦国。秦穆公大手一挥，几个年轻人都被封为了将军。

接下来，是如何把自己的秦国品牌打响，走出西部，走向中原。

相信很多人知道这么一首打油诗：“天下文章属三江，三江文章属吾乡。吾乡文章属吾弟，吾帮吾弟改文章。”给自己打广告的最高境界，就是把某个人抬得很高，然后轻描淡写地来上一句：“我比他牛那么一点点……”晋国国力强盛，在诸侯国中声望甚高，诸侯会盟都是坐主席台的。

如果秦国要比晋国牛那么一点点……

要凭真刀真枪去打出一番名号，秦国还没有那个底气，但晋国人把机会送上门来了。

夷吾派出使者，带着礼物和求救信来找妹夫。秦穆公这辈子还没接过这么大的国际业务，心里拿不定主意，于是去找谋臣商议。

大臣子明说：“晋国虽然强大，最近却内乱不断。这时候您如果能扶植一位晋国公子，匡扶晋国社稷，无疑将大大提升秦国的威望，这是大王霸业的开端啊。”秦穆公一听到这话，马上激动起来，当即拍板决定接下这笔业务——晋国牛吧，但他们的国君是秦国选择的！这消息传出去，自然是给秦国脸上贴金。

业务是要做的，而且要做到利润最大化。重耳和夷吾两个，谁才是理想的合伙人？

秦国派出使者，前往翟国看望重耳。重耳此时仍是一副“小心驶得万年船”的态度：“我不过是一个逃亡在外的不肖子孙，怎么能麻烦你们而且违背父王的意愿？你们就不用来找我啦。”

使者没办法，于是跑到梁国去考察夷吾。夷吾生怕自己的礼送得不够重，表示如果回去当了国君，就把晋国的河西（黄河以西）几座城池送给秦国。

听完报告，秦穆公觉得重耳不贪婪，是个国家领导人的样子。夷吾还没登位就一副卖国贼的嘴脸，让人打心眼里瞧不起。但是大臣们却建议道："重耳是个贤人，一旦他成为晋国国君，无疑是给我国添了个劲敌。而夷吾却能给我们河西土地，何乐而不为呢？"

秦穆公思虑再三，决定扶持夷吾。

他没有想到，一个不惜出卖国土而图利的贪婪小人，当然也不会讲究什么仁义信誉。夷吾既然可以对不起晋国，自然也可以对不起秦国。后来发生的事情，给了秦穆公一系列的"惊喜"。

3. 合作别找"近视眼"

公元前650年，秦国大将公孙枝带领三百辆兵车开进晋国，计划送夷吾登上君位。当时的诸侯盟主齐桓公此时也意识到了晋国政局的重要性，带领一些诸侯的人马进入晋国境内，打算扶植一位晋国新君主。经过一番磋商后，秦齐两国决定共同扶持夷吾担任晋国的新一届领导人，秦国终于算是在国际事务上露了脸。

夷吾和两国军队来到晋国都城，里克等晋国前朝老臣出城列队，对新任国君表示欢迎。新晋君（晋惠公）的就职仪式在友好热烈的气氛中进行。

晋惠公在朝堂上屁股还没坐热，秦国使臣就打算兑现支票："当初说好了，我们扶立您，您就给我们河西土地，您现在打算怎么交割城池啊？"

虽然文治武功比不上他爹晋献公，但晋惠公的吝啬程度却直逼葛朗台。想到要把自己好不容易挣来的家当送人，他感到一阵肉疼，摸着脑袋支吾道："哦……我还真差点忘了……我先找人商议商议哈……"

晋惠公的亲信吕饴甥是当时著名的辩士，摸透了上级的心思，在讨论时表示："当初我们答应割地，是因为还不是晋国的主人。现在既然已经是晋国的主人，就要对晋国的利益负责。当初的约定还是算了吧……"

反悔就反悔吧，还要抬出大道理来忽悠。权臣里克很不以为然，说："要想在诸侯中称雄，就要讲究信誉。如此失信，恐怕对主公不好……"

吕饴甥打断他的话说："先君奋斗了一辈子，才占领了这些土地。主公一上台就放弃了它们，如何对得起先君？"虽然当初这批人被晋献公追杀，满世界逃窜，但晋献公死后，"先君"立刻又成了他们的护身符。

里克骄横一时，如何会客气？他直言不讳地说："既然舍不得这些土地，为什么当初你们又对秦国许诺？"矛头已经直指晋惠公的卖国政策。

晋惠公的另一个心腹郤芮立刻跳出来大叫："里克不得无理！你现在帮秦国说话，无非是想帮自己拿到那百万汾阳之田！"原来，夷吾为了能够回国当君主，不仅拜了秦国的码头，也拜了国内权臣的码头，许诺给里克一大片汾阳肥田。

里克刚要发作，晋惠公挥手制止了脸红脖子粗的大臣们，出来和稀泥："大家都别吵了，都是为了国家好嘛。依我看，割全部有些多了，给秦国一两座城池做做样子算了。"

吕饴甥反对说："现在的情况是，不割城得罪秦国人，割一两座城也得罪秦国人。反正都是得罪，何必还要损失两座城？"

晋献公一听正中下怀，索性决定一个城池也不给秦国。

可是，派谁出使秦国回复秦王呢？最后这个吃力不讨好的差事落到了大臣丕郑的头上。

割地事件后，里克对晋惠公大失所望，少不得有一些"悔不该当初……"的抱怨。这些抱怨传到晋惠公的耳朵里，晋惠公不禁在心里犯起了嘀咕：这人本身不是善茬，杀主公就像玩儿似的。何况重耳目前正在国外，如果里克等人打算故伎重演，把重耳迎回来当国君，自己的脑袋恐怕也要搬家。

于是晋惠公对里克传话："没有你就没有我的今天。尽管如此，你毕竟杀了两位国君和一位大夫。要当你的领导，很为难呢。"里克惨然一笑，说道："要不是我杀了他们，你怎么能够登上君位？想要杀掉我，还怕没有理由吗？居然用这种理由！我知道你的意思了！"于是拔剑自杀。"欲加之罪，何患无辞"的典故，就是出自这里。

丕郑本是里克的同党，听到消息时正在秦国出使。见到秦穆公，他就直接向对方交底："你别生气，我们主公说那些城池不给你们了。这个事情，主要是吕饴甥、郤芮几个人从中作梗。如果给这几个人送上厚礼，赶走夷吾，迎回重耳，大事必成。"秦穆公觉得也是个办法，于是派人跟着丕郑回到晋国，贿赂吕饴甥等人。这几人一合计，认为秦国使者的目的不简单，一定是丕郑出卖了晋国，于是上报晋惠公。晋惠公正担心里克的余党会兴风作浪，因此逮住这个机会痛下杀手，一大批前朝老臣被杀得干干净净，其中就包括丕郑。丕郑的儿子丕豹侥幸逃到秦国，哭着请求秦穆公发兵攻打晋国。秦穆公重用了丕豹，但没有答应他的复仇请求。

经过一番折腾，晋惠公总算是坐稳了君位，不过国内已经是人心涣散。这时候偏偏老天也要和他作对，公元前647年，国内大旱导致饥荒，人们的眼睛都饿绿了。晋惠公厚着脸皮派人去秦国买粮救急，秦穆公找来大臣们商议。

丕豹急于报仇，要求趁此良机进攻晋国。老臣百里奚则表示："天灾流行，是每个国家都有可能遇到的事情。救济邻国的灾荒，是成为强国的正途啊！"秦穆公感叹道："是啊。晋国的君主虽然可恶，但老百姓是无辜的。"于是秦国不计前嫌，派了大量船只运送粮食前往晋国，运粮船在秦都雍（今陕西凤翔南）至晋都绛（今山西绛县）之间的河道上连绵不绝，史称"泛舟之役"。

此时进攻晋国，就算暂时占了便宜，也会陷入"不义"之境。这场

“泛舟之役”，虽然没有动刀动枪，却征服了晋国臣民的心。而征服人心，正是征服天下的正途。

历史就是这么富有戏剧性，第二年，秦国的关中平原也遭遇了大旱，老百姓们饿得前胸贴后背。秦国本来还有点存粮，偏偏去年当成“国际援助物资”送到晋国去了。于是秦穆公依葫芦画瓢，派人去晋国，请求对方帮忙支援点粮食。

厚道的秦国人满以为晋国人会大包小包地把粮食往秦国运，可晋惠公并不这么想。他发扬了一直以来不求最坏只求更坏的作风，不仅没有援助秦国，反而觉得此时正是进攻秦国的大好机会，于是便调兵遣将进攻秦国。

郁闷的秦穆公奋起反击，拿出粮仓里的最后一点军粮，以丕豹为将，进攻梁国（陕西东部，晋国的盟友），进而威胁晋国。憋了一肚子火的秦国军队三战三捷，直接把战火烧到了晋国境内。

晋惠公接到战报，愁眉苦脸地找大臣商议：“已经连吃三场败仗了，眼看这群秦国饿鬼要深入国境，寡人该怎么办？”

大夫庆郑原本主张卖粮，现在正好出言讥讽：“还不是你把秦军惹来的吗？啥办法？没办法！”

晋惠公大怒：“你小子出言不逊！给我出去！”骂完了，他转过头来问属下：“我的战车准备得怎么样了？”

“报告主公，您的专车已经准备好了，但是谁来当车右还没有决定。”所谓车右，是指站在战车右边的那个人，手持长兵器作战，相当于晋惠公在战场上的保镖。这是个非常重要的职务，按惯例需要通过占卜来选择合适的人选。偏偏老天爷哪壶不开提哪壶，占卜结果显示大夫庆郑当车右最吉利。

晋惠公不仅小气，还小心眼，听到这个结果，连老天爷的面子也不给：“不要他！换人！”

马车用马是最近从郑国弄来的进口货，跑起来四平八稳，是居家旅行、打家劫舍的理想交通工具。晋惠公正享受着呢，庆郑又来触霉头："打仗的时候最好还是乘坐国产马拉的车。国产马适应水土、认得道路，和马夫配合得也好。进口马不适应新环境，很容易受惊，马夫不容易控制。"

晋惠公和庆郑杠上了："我偏要坐进口车！稳稳当当多舒服！"

到了公元前645年9月，两国主力终于在韩原（旧说在今陕西韩城西南，清人考证在今山西河津与万荣之间）相遇，秦晋两位亲家之间的第一场大战爆发了。

虽然秦军人数只有晋军一半，但秦军上下看见晋国人就恨得牙痒，士气高昂。反过来看，晋军上下好像做了亏心事，士气不振。双方一交手，人少的秦军并没落下风。

小气的人往往又是贪利的人，晋惠公坐着郑国进贡的小马车，亲自带兵冲击秦军存放辎重的后翼，打算抢些财物娱乐一下。不料杀声连天的战场上，进口马车关键时刻出问题，几匹马突然受惊乱跑起来，车夫根本吆喝不住，一下子连车带人都陷到了泥潭里。随从们跳下来推车，可是车身却挪不动半分。

这时候，庆郑的战车正好经过附近，晋惠公大喊："庆郑，快过来！救寡人！"

庆郑说："不服从占卜，吃败仗也是活该！"说完掉过车头就走。

秦穆公远远地看见对方的首脑被困住了，一时血气上涌，命令战车冲过去，亲自操家伙来抓晋惠公这个厚脸皮的小舅子。

没想到螳螂捕蝉黄雀在后，晋将韩简在这千钧一发之际率领几辆兵车冲出，把冒险孤军突进的秦穆公围困起来。秦穆公与手下左冲右突，就像是落入蜘蛛网的飞蛾，始终冲不出晋军的包围圈。

正当秦穆公感叹好人不长命的时候，庆郑又折回来了。作为晋国人中的亲秦派，庆郑不愿意看到秦穆公死掉，于是对正兴高采烈地砍人的韩简大喊："韩大夫住手！主公陷在那边泥里，我们快去帮忙啊！"韩简是个实在人，也没多想，立即收兵去救晋惠公。

秦穆公缓过劲来，边包扎伤口边让战车向主力部队靠拢。但危险并没有过去，排山倒海的另一拨晋军又压了过来，弓箭长矛一齐向秦穆公飞去。秦军人少，根本来不及救援他们的主公。眼看秦穆公上天无路、遁地无门，一群"野人"出现了。

这群"野人"有三百多人，衣着简陋，手持棒子（学名"木殳"，前段包着青铜，有点像狼牙棒，是适合穷人的装备）、吼声如雷地杀将过来，噼里啪啦一阵乱打，硬生生把晋军的包围冲出了缺口，把已经被打得七荤八素的秦穆公救了出来。

此"野人"非彼"野人"，他们不是来自神农架，而是来自秦国的乡村。在当时，居住在城内的市民阶层被称为"国人"，相当于现在的城镇户口，主要在城里从事手工业。当国家进入战争状态时，他们就得应征入伍流血冲杀。这是他们的义务，也是他们获取荣誉和财富的重要方式。

而"野人"则是指那些生活在城外的农夫，相当于现在的农村户口。他们只是负责生产粮食、桑麻等消费品，没有当兵的资格。到了战国时代，由于战争规模越来越大，伤亡也日渐增加，市民阶层已经无法满足国家的战争需要，农夫们才逐渐地获得了参军作战、赢得爵禄的资格。

韩原大战发生在春秋时期，为什么这些没资格打仗的农夫也来参战了呢？秦穆公曾有一次出城游玩，他的马受惊脱缰，跑得不知所踪。随从们四下寻找，才知道这马已经成了当地一群农夫篝火上的烤肉。官员表示会从严处理这批不懂规矩的"野人"，秦穆公心想"马死不能复生"，还不如做个顺水人情，于是说："我听说吃了马肉而不喝好酒，是会伤身体的。"后来，这群乡民不但没有获罪，还获得了君主才配享有的好酒，大喜之余自然个个寻思报答。听说要抵抗晋国，"野人"们为了报答秦穆公，便自愿随军参战，在关键时刻救了恩人一命。

有人说过："如果有人打你的右脸，把左脸转过来让他打。"秦穆公也许还没有这种逆来顺受的觉悟，但他有一种成大事者必有的大肚能容的气度，把自损内力的矛盾变成了新的实力增长点。相反，平时恶意透支人情的人，必然会在一定的时候遭到报应，比如小气与小心眼二合一的晋惠公。

眼看秦军围了上来，晋惠公慌忙从动弹不得的战车上跳下来逃命，却被沉重的甲胄拖累，摔在泥里爬不起来。秦军一拥而上，把堂堂晋国君主像粽子一样捆了起来。本来就没什么斗志的晋军一看主公被擒，立即溃不成军，秦军大获全胜。

秦穆公并没有乘胜追击，企图一举消灭晋国，而是下令班师回朝。从实力上说，这一仗晋国主力部队并没有受到毁灭性的打击，实力犹存。从士气上说，秦军此前是复仇的正义之师，进一步入侵晋国则显得得理不饶人，士气未必敌得过保家卫国的晋军将士。而且，秦国刚刚经历灾荒，后勤供应很不充分，此时劳师远征是不明智的。作为一个清醒的政治家，秦穆公没有被一时的胜利冲昏头脑，而是对时局作出了正确的分析，不仅避免了战争的扩大化，也为两国关系的修复、战略联盟的形成埋下了伏笔。

为了庆祝胜利，秦穆公策划了一个很行为艺术的庆典：他把美酒倒在河里，让全军将士共饮掺了水的酒（其实应该是掺了酒的水），表示不敢独自享受，而是要与全军将士同甘共苦。将士们欢声雷动，表示愿意追随君主，效命疆场。

秦穆公押着垂头丧气的晋惠公回到都城外扎营。当时还有用俘虏祭祀的习惯，大家都认为晋惠公的小命快要到头了。果然不久后便传出了准备将晋惠公杀死祭祀上天的消息。

裙带关系一直是实现司法公正的重要障碍。晋惠公的脑袋眼看就要搬家，秦穆公的夫人坐不住了。夷吾毕竟是自己同父异母的哥哥，娘家人在自己眼皮子底下被游街、被臭鸡蛋砸，无论如何都是很丢面子的事情。要是晋国君主被秦国人砍了脑袋示众，她作为晋国人在后宫如何压得住阵?

于是她穿上丧服，抱着儿女，打着赤脚站在一堆柴火上，要仆人们传出话去："如果夷吾早上进城，我当天晚上死；如果晚上进城，我第二天早上死！"消息传到城外，秦穆公哭笑不得：把庆典变成国丧，自然是万万不行的。可要是就这么放过忘恩负义的晋惠公，将士们也不答应。

紧接着，又有人上门说情来了。这次来头更大，是上级领导派人来调停。周天子传话："夷吾和我是亲戚（晋国第一代国君是西周成王的弟弟，几百年下来还是亲戚），看在寡人的面子上，您就宽恕他吧！"尽管此时周天子只是个毫无实权的象征符号，但对天子不敬仍然是诸侯行事的大忌。强悍如齐桓公，也必须打着"尊王攘夷"的旗帜，才能成为诸侯国的盟主。此时秦国羽翼未丰，自然没必要为了逞一时之快而去冒授人口实的危险。

同时，谋臣也来分析利害：杀了夷吾，晋国人不会善罢甘休，等于秦国树了一个强敌。除了出口恶气，秦国没有得到任何实际好处。这一点深深地打动了秦穆公，于是他做了个顺水人情，把晋惠公从黑屋子里放出来，还请他吃大餐——七牢。这倒不是请晋惠公吃牢饭，而是请他吃国宴。一牢是指牛、羊、猪各一头，七牢就是七套牛、羊、猪，各自放在鼎里煮熟，让晋惠公吃自助。

要做好人，就得做到底，给战败者足够的面子，以免其心怀怨恨。如果把夷吾像叫花子一样打发回去，那叫虐俘，不仅会遭到各诸侯国的非议，这个小心眼君主也未必领秦穆公这份情。

等晋惠公吃饱喝足，恢复了养尊处优的形象，秦穆公就派人送他回国。当然，晋国要作出一点实际表示：第一，晋国献出当初答应割让的河西土地；第二，世子圉（晋惠公的儿子）入秦国当人质。

虽然是当人质，圉在秦国却过着不错的小日子。为了表示对下一代的关心，秦穆公还把女儿怀嬴嫁给圉，再次与晋国成为儿女亲家。在消灭了晋国的附庸梁国后，秦国又把晋国割让的河西土地归还晋国，大出晋国意料。晋国发生了灾荒，秦穆公仍然按老样子支援晋国粮食。在秦穆公的一系列示好举动之后，秦晋两国的关系亲密得好似一家人，史称秦晋之好。

此时的秦国，势力已经扩展到陕西东部，与晋国隔黄河相望。同时义释晋君，国际声望日隆。晋国的下一代君主，已经成为了秦国女婿。秦穆公的强国计划，正在顺利地进行。

而晋国人就没这样的好心情了。“近视眼”国君背信弃义，只顾眼前的一点利益，不思报恩趁火打劫，反而被人打得满地找牙，被人捉去差点被砍了头。北方的狄人也乘机入侵，一度打到国都附近。此时，晋国的“国际威望”降到了最低点，国人在外旅游，见人都不好意思打招呼。他们梦想着上天派来一位强有力的领导者，带领晋国恢复往日的荣光。

那个人来了，还是打着“秦”的标签。

4. 重耳的政治贷款

公元前638年的秋天，窝囊归国的晋惠公一病不起。

世子圉听到消息，心乱如麻，不是因为父亲的重病，而是因为自己的前途。国内还有好几位公子对君位垂涎三尺，自己却待在秦国陪老婆。一旦国内有人作乱夺走君位，远在异乡的自己就只能唱《一无所有》度日了。

怎么办呢？老爸还没有死，秦国人是不会放自己回去的。没办法，偷渡吧。他撇下了如花似玉的怀嬴，一溜烟儿独自跑回晋国。

秋天，自私吝啬的晋惠公去世了。为了国君的宝座，他封官许愿、出卖国土。一旦目标达到，他就背信弃义。一次次急功近利的短视行为，带来了一系列道义上的失败，使得晋国在诸侯国中处于“失道寡助”的境地。他在位十四年，晋国国力不进反退，在大国争霸的舞台上一无是处，在韩原战败被擒，不过是看似偶然的必然。

而他的宝贝儿子圉（史称晋怀公），成功地继承了君位的同时，也成功继承了他的短视基因。当时的形势是：即使晋国国内有变，以秦国当时的强势，他完全可以顺利归国夺回宝座——和其他人选相比，秦穆公自然要扶植自己的女婿。而他这一跑，立刻把秦国从后盾变成了敌人。而此时由于长期远离晋国，圉在国内并没有多少支持者。内忧外患之下，国君的宝座只怕会变成催命的断头台。

在这种形势下，另一位蛰伏了许久的主角——重耳老先生出场了。

当年晋惠公从秦国旅游回来，第一件事就是命人去刺杀还躲在翟国的重耳，原因是据说此人打算趁晋国无主，回国夺取君位，让自己在秦国养老。听到老弟的刺客要来拜访自己，重耳知道自己在翟国的日子已经到了尽头，只好继续亡命天涯，这时候他已经 55 岁了。

重耳带着追随者们颠沛流离，一路途径卫、齐、曹、宋、郑、楚等国，有过礼遇和艳遇，也受过白眼和捉弄……当他的弟弟晋惠公一病死去的时候，他正在楚国和楚成王喝酒聊天，身体倍儿棒、吃饭倍儿香。

秦穆公被圉的不辞而别气得火冒三丈——这些年精心培养，又养了一个白眼狼！真是有其父必有其子。怎么办？还得扶植一位代理人到晋国参股。听说重耳这个当年的第一候选人正在楚国混日子，秦穆公派出使者来找重耳和楚成王接洽。

此时秦穆公在各诸侯国中颇有威望，楚成王对重耳说：“楚国地方太远，要越过几个国家才能到晋国。秦国和晋国接壤，秦穆公是个贤人，你就找他帮忙吧！”于是，重耳一行人带着楚庄王送的厚礼来到陕西，与妹夫秦穆公首次会晤。

寒暄之后，五十多岁的秦穆公端着酒杯，笑着对此时已六十多岁的重耳说：“寡人和你妹子商量了，要把怀嬴和几位宗室女子许配给你，你看咋样，哈哈……”

重耳犯难了，其他女人还算了，怀嬴本来是自己侄子的老婆，自己怎么好意思“接手”？酒宴之后，重耳找来手下谋臣们商议。赵衰快语直言：“他的江山你都要抢了，抢个老婆算什么！我们现在需要的是和秦国搞好关系，以便回国夺权。主公不要因为小节，忘掉我们的大事啊！”重耳也算是一代枭雄，当即决定接受秦国的婚约。就这样，六十二岁的重耳又当了一回新郎，与五名秦国美女在驿馆内举行了集体婚礼。

现在，秦穆公既是重耳的妹夫，又是重耳的岳父；怀嬴既是重耳的外甥女、侄媳妇，又是重耳的妻子，关系一团糟。放在今天，这些人早被唾沫星子淹死了，在当时的形势下，这却是秦穆公和重耳两位杰出君主合演的一出大戏。秦穆公可以重新将晋国变成盟友，一无所有的重耳则借此机会获得了秦国的政治支持，能够实现自己的政治抱负。

最为重要的棋子怀嬴，虽仍然是晋国国君的妻子，一生却带着浓厚的悲剧色彩。为了秦国的利益，她成为政治交易中的一个筹码，牺牲了自己的爱情和幸福。这是一个君主的雄图大略，也是一个女子的无奈心酸。

就在晋惠公去世这一年的十二月，秦穆公送自己的女婿重耳回国省亲顺便夺取君位。他带着大部队来到渭水边，分出一半兵力来护送重耳归晋。

此时晋国国内，重耳的粉丝很多，晋怀公的支持者却约等于零。重耳带着秦国大兵势如破竹，就连晋惠公临死前的托孤重臣吕饴甥和郤芮也带着军队投降了重耳。晋怀公只得逃往高粱。重耳派军队紧追不舍，最后将自己的侄子杀死，以绝后患。在流亡十九年后，重耳终于登上晋国的权力顶峰，是为晋文公。

天将降大任于斯人也，必然让此人先吃些苦头，虽然这阶段对重耳来说时间长了点。十九年的流亡生涯，使重耳步入了晚年，也步入了政治、军事最成熟的阶段。晋文公即位后，对内励精图治，对外征伐屡胜，很快恢复了晋国的强国地位。在秦穆公的帮助下，他首先平定了国内的武装叛乱，继而出兵协助天子周襄王夺回君位。他伐卫破曹，报了当年的冷遇之仇，然后又“退避三舍”，在城濮大战中取胜，击退了当年的恩人楚庄王。最后借着周襄王的名义会盟诸侯，成为继齐桓公之后又一位春秋霸主。

作为晋文公最重要的盟友，秦穆公同样也是一位志存高远的君主。他何尝不想进军中原、称霸诸侯？两位同样精通政治谋略的君主，明白此刻不能为眼前的利益而冲突争斗。秦国此时的实力，还没达到能独自争夺霸业的程度；晋国如果缺少秦国这个帮手，也将很难有所作为。两国君主只有相互忍耐，才能共同分割天下的蛋糕。

但这样的联盟，很大程度上取决于利益结合的紧密度和领导者的战略眼光。一旦双方利益冲突加大或领导者战略思想有变化，“秦晋之好”的局面就很难维持下去。接下来的事情，让秦穆公的强国之梦遭遇了巨大考验。

5. 战略比胜负更重要

就在晋文公即位不久，东周的都城洛阳发生了叛乱，周襄王逃了出来，一溜烟儿跑到郑国避难。秦穆公一看这正是个进军中原争霸的好机会，于是打算出兵勤王。但是，要想去郑国（今河南新郑一带），在关中的秦国军队必须沿着黄河南岸前进，从今天的潼关出发，越过函谷关，才能进入中原地区。而这一带被晋国控制。秦穆公只好向晋文公打招呼借路。晋文公明白秦穆公的意图，不愿把这个大好机会送给岳父，但是又不能把关系闹僵。于是晋文公亲自来到黄河边与秦穆公会晤，建议道："你以后进中原就走南边武关那条道吧（即今天陕西商洛南、沿丹水一线，在伏牛山中），我会派兵帮你打通那条路的。至于勤王这件事，就不麻烦您了，我们晋国去就是了。"勤王结束后，晋国出兵帮秦国攻取了南通武关的道路（今天河南内乡县、淅川县西至紫荆关一带地区）。

虽然得了些土地，秦穆公对晋国并不买账。为了让秦国成为真正意义上的霸主，如何顺利进军中原成了秦穆公的一块心病。东进，也成了此后秦晋恩怨的关键词。

裂缝是从小小的郑国开始的。

作为一个实力不济的小国，郑国偏偏处于大国争霸的拉锯地带，一直奉行着墙头草的生存理念。晋文公会盟称霸，郑国虽然也跟在后面当小弟，却悄悄地和晋国的敌人楚国眉来眼去。

晋国自然不会容忍郑国暗地里的这种举动，公元前630年，晋文公和秦穆公的联军围困郑国。关键时刻郑国的保护伞楚国按兵不动。他们在城濮大战中被晋秦联军打得够戗，还没恢复元气，哪敢再轻举妄动？

小小郑国只好发掘自身的潜力、自力更生。硬的打不过，就来软的。老头子烛之武前来忽悠秦穆公，处处为秦穆公"着想"："咱们郑国灭亡倒也算了，你老人家千里迢迢来到中原，却什么好处也捞不到，这不是当冤大头吗？郑国在晋国东边，秦国在晋国西边，就算灭亡了郑国，你们也占不到半点土地。晋国吞并郑国后更强大，相对而言秦国就变弱了。而且晋国人又不讲什么情义，当年晋惠公就不说了，就说重耳自己，以前楚庄王对他那么好，还不是被他收拾了。"

说服别人最有效的手段，就是站在对方的立场，挠到对方的痒处。

秦穆公这些年正因为不能越过晋国发展，常常为白帮忙而苦恼，不由得动容：“大夫所言极是！”

一看有戏，烛之武马上诱之以利：“如果大王你大发慈悲留郑国一条活路，以后你们来东边办事，郑国就是您的招待所！”

秦穆公大喜：总算在东边有点实质性收获了。他马上答应了郑国的请求，不仅没和晋文公打招呼就退了兵，还在郑国留下了大将杞子及二千秦兵，名义上是助郑守城，实际上是摆姿态给晋文公看：我们和郑国是盟军了，你不会连有秦兵驻守的城池也打吧？

晋文公虽然郁闷，但也不好意思找秦穆公翻脸。这时候，郑国又低三下四地来找晋国讲和，局面也就缓和了。

两年后，公元前 628 年冬，晋文公走完了充满传奇色彩的一生，也带走了秦晋两国最后的温情脉脉。

此时的秦穆公，已不再满足把自己定位为霸主的盟友，而是准备效仿老朋友晋文公，过把“天下第一”的瘾。他手下的谋臣将领，也在多年的征战中成长起来，自觉不比晋国人差，整个秦国上下，此时充满了野心膨胀的浮躁气氛。

替郑守城的秦将杞子，为了配合国内的形势，也不再满足于驻守“海外军事基地”，他积极向秦穆公表示：“郑国北门的钥匙在我手里，希望国内派出军队秘密前来，吞并郑国，为中原争霸准备根据地。”

秦穆公决定放弃多年的结盟政策，跳出来单干了。

他先询问百里奚的意见，百里奚回答：“越过好几个国家的边境去攻击别人，很少有得手的。何况秦国有人在郑国当内应，就没有人在秦国给郑国人通风报信？不行不行。”被争霸梦占据了头脑的秦穆公，已经不把这位主要谋臣的话放在心上，他说：“你的意见没说服力，我意已决。”他派百里奚的儿子孟明视为主将，蹇叔的儿子西乞术、白乙丙为副将，率军秘密出征。

发兵的时候，蹇叔站在路边哭泣，秦穆公十分恼火："我大军出征，你却在边上哭，是什么意思？"蹇叔回答："我不是有意动摇军心。我儿子在军队里面，我老了，恐怕看不到儿子回来了，因此哭泣。"百里奚和蹇叔退下后，他们悄悄地对儿子们说："秦军必败，崤就是失败的地点。"

这一年，晋文公病逝，葬礼还没结束，秦国士兵已经偷偷越过晋国国境，进军郑国。由于保密工作做得出色，等秦军马上要兵临郑国都城了，郑国人还蒙在鼓里。不料秦军的行动却被郑国商人弦高发现，为了拖住秦军，他一边派人回去报告，一边准备了些礼品，赶着自家贩卖的牛，径直来到秦军大营，对主将孟明视说："听说贵国的军队要来郑国，我们的君主已经在修葺城墙等候你们光临，还派我带了十二头牛来劳军。"几位将领面面相觑：郑国既然已经有准备，偷袭就毫无意义了。于是他们对"使者"弦高说："你们误会了，我们是来打滑国的。"然后引兵攻打了滑国。

这下子，晋国人被惹火了。滑国是晋国的从属国，晋文公还没下葬呢，秦国就开始欺负晋国！于是晋国派先轸带兵埋伏于崤，准备伏击归国的秦军。此时秦军长途跋涉，已是疲惫不堪，又因为计划未能实现，更是士气低落，此时巴不得早点回家睡热炕，哪里还有防备？一战之下，秦军全军覆没，只剩三位领军将领被活捉，并带回晋国都城。

年轻冲动的晋襄公虽然赢了一场战役，却输掉了晋文公苦苦维持的秦晋联盟战略。从此，"秦晋之好"成为历史名词，两国之间战争不断，使得晋国无力维持霸主地位。南方的楚国则乘势北上，不断压缩晋国的战略空间。

怀嬴作为晋文公的遗孀，发挥了"秦晋之好"的最后一点余热。她对晋襄公说："秦国君主对这三个败军之将恨之入骨，不如把这三个人遣送回去做人情，让秦国人杀死他们。"晋襄公答应了怀嬴的请求，把孟明视等三人遣送回秦国。

被彻底打醒了的秦穆公，终于又切换到了成熟政治家的模式。他身穿缟素，亲自到郊外迎接三位败军之将，痛哭流涕地对阵亡将士表示哀悼，表示这次失败是他自己的战略失误，与三位将军无关。然后，他对在场众人发表政治演说，深刻反省了自己的浮躁思想，发誓从此一定从善如流，带领失败的秦国发愤图强。这段著名演说被后世记录为《秦誓》，它在举国上下情绪低落的时候凝聚了人心、总结了教训，使得复仇的心气很快取代了失败的哀伤，一举挽回了秦国的颓势。

几个败军之将厉兵秣马，准备找机会证明自己。

第二年，秦国伐晋，失利。

国内舆论大哗，大家都认为这几个高干子弟实在不是打仗的料，要求撤换主将。

在巨大的压力面前，秦穆公体现出了非凡的魄力。在严格整顿军政、提升秦军战斗力的同时，他让这几位“常败将军”继续带兵，勉励他们一雪前耻。

面对秦穆公的知遇之恩，孟明视等发誓必报晋国之仇。三年之后，训练有素、憋了一肚子气的秦军再次出征，终于大获全胜。秦军在晋国的土地上如入无人之境，打得晋军纷纷龟缩入城以求自保。

晋国无奈之下只好低头求和，秦穆公亲自率领得胜之师来到崤山，在当年的惨败之地为秦军正名。看着当年崤山之战留下的满山秦军骸骨，全军将士欷歔不已。秦穆公下令收拢尸骨，使他们入土为安，并且让全军穿上丧服，向死去的秦军将士致哀。

古来征战几人回？一个君王的辉煌霸业，又以多少鲜血和眼泪作为代价？！

接下来的几年里，秦穆公的注意力主要放在了西北战线。他用反间计，彻底打垮了威胁周王朝几个世纪的强敌西戎，“益国十二，开地千里”，周天子也闻讯“奖穆公金鼓”，对秦穆公进行官方表彰。此后，秦军进军中原再也没有后顾之忧。

秦穆公三十九年（公元前620年）秦国最杰出的君主之一——秦穆公去世。

在公元前659年穆公即位时，秦国只是一个微不足道的三流小国。三十九年后，秦国已经是东服强晋，西征西戎的一方霸主，跻身于春秋强国之列，为最后秦国一统天下，打下了坚实的基础。

王道

创业者要克服起点低的劣势，就必须要向外界“借势”。秦国大国崛起的这段过程，也正是秦晋两国恩怨交织、各领风骚的过程。战略上，秦穆公以其卓越的政治眼光，努力维持着秦晋联盟的双赢态势，为秦国的建设发展提供了良好的外部环境。外交上，他对晋国以德报怨的宽容态度，则使得秦国一扫“秦戎”的国家形象，成为了东周时期的大国。

第二章

煮酒论英雄——韬光养晦的帝王屈伸术

老百姓常说，刘备的江山是哭出来的。曹操却说："天下英雄，唯使君与操耳。"一个玩感情戏的窝囊男人，为什么被称为大英雄？因为他"小姐的身子丫鬟的命"，虽然素怀大志，却苦于起点太低，只好替人打工。每次独立创业，都很快破产倒闭。由于跳槽太多，虽然每个新东家都把他当做"尊重人才"的活招牌，却从来不会委以重任。除了低调，还是低调，长期韬光养晦、忍辱负重，让他在险恶的政治环境里生存下来，最终一飞冲天，创下三分基业。

1. 英雄莫问出处

《三国演义》中，有一次曹操见到园中青梅甚好，于是邀请刘备来园中一块儿饮酒。曹操是个豪放洒脱之人，喝得兴起，看见天边雨云卷成龙形，就对刘备说："使君知龙之变化否？"刘备一副思维跟不上的样子："未知其详。"曹操说道："龙能大能小，能升能隐；大则兴云吐雾，小则隐介藏形；升则飞腾于宇宙之间，隐则潜伏于波涛之内。方今春深，龙乘时变化，犹人得志而纵横四海。龙之为物，可比世之英雄。玄德久历四方，必知当世英雄。请试指言之。"

刘备谦虚推诿了一番，实在拗不过，于是把袁术、袁绍、刘表、孙策、刘璋这些当年的“职场巨头”一个个列了出来，却都被曹操一一否定。曹操表示：“夫英雄者，胸怀大志，腹有良谋，有包藏宇宙之机，吞吐天地之志者也。”刘备懵懵懂懂地问：“谁能当之？”曹操大笑，对刘备的故作糊涂并不买账，直接用手指指刘备，再指指自己，说道：“今天下英雄，唯使君与操耳！”刘备大惊失色，连筷子都掉在了地上。正巧天边打了个炸雷，刘备连忙解释道：“一震之威，乃至于此。”

《三国演义》的场景多有虚构，这段故事虽与正史有所出入，却生动地展现出了两个人殊途同归的英雄境界。曹操的豪迈正是英雄本色，刘备那副唯唯诺诺、韬光养晦的样子，又何尝不是英雄行径？曹操意气风发，虎视天下，正是“升则飞腾于宇宙之间”的时候；刘备寄人篱下，事事谨慎，则处于“隐则潜伏于波涛之内”的阶段。他们都是“有包藏宇宙之机，吞吐天地之志”的有为之人，却表现出相距甚远的言谈举止。为何？时势不同也。

三国时期的各路英雄，刘备的出场大约是最为落魄的。和袁绍、曹操这些高干子弟不同，刘备虽然名义上是皇帝的亲戚，却是一个地地道道的流氓无产者。父亲当过小官，去世早，少年刘备与母亲相依为命，靠编草鞋、草席卖钱过日子。

家里虽然穷，刘备却从小就有干大事的志向。他家东南角上有棵五丈多高的大桑树，树形长得就像小车盖（皇帝马车上遮阳的那种伞盖）。有人见这树长得有造型，就说这户人家会出贵人。小朋友刘备就把这话当真了，在玩耍的时候指着大桑树说：“我以后就要坐带这种伞盖的马车！”惊得他叔父连连阻止，生怕遭到灭门之祸。

那时候，还没有向劳动人民学习的传统，刘备一家人社会地位很低，以至于多年后在两军阵前，曹操还讥讽刘备是“织履小儿”。因此，刘备十五岁的时候，他母亲怀着“再苦不能苦孩子，再穷不能穷教育”的朴素思想，从牙缝里抠出学费，让他去当地有名的知识分子、前九江太守卢植那里学习。

然而刘备的学业注定是让母亲失望的。虽然有一个好导师，他却不喜欢读书，而是喜欢过声色犬马的小混混生活。当然，与那些脾气毛躁的普通小混混不同，刘备“少语言，善下人，喜怒不形于色”，表现出明显高于众人的修养。他虽然沉默寡言，却待人热情友好。喜怒不形于色，则使他少年老成。自信、谦和、大度等豪杰气质，此时已在刘备身上显露出来，让他“年少争附之”，成了当地混混的头目。

要想当老大，靠编草鞋那点收入是万万不够的。潜力股不怕没人投资，中山地区的大商人张世平与苏双，做马匹生意的时候经过涿郡，看到刘备特殊的相貌（垂手下膝，顾自见其耳）和卓尔不群的领袖气质，于是慷慨解囊，使得刘备有了不菲的运作资金。

人员资金都已到位，如果是在太平年月，刘备充其量只会成为当地小有名气的地方势力，顺便收些保护费，离他的皇帝梦还差得很远。但没多久，改变命运的机会就来了。

造反的黄巾军声势越来越大，朝廷那点兵力招架不住，于是四处招兵买马。刘备带着关羽、张飞等人，从社会游民变成了朝廷军人，立下了一些战功。黄巾军被镇压后，朝廷论功行赏，刘备当上了中山国安熹县（现属河北定州市）的县尉（相当于县公安局长），进入了公务员队伍。

刘备的运气不算坏。在那个讲究门第出身的年代，他没有得到“孝廉”“茂才”之类的推荐，却能从平民一跃至公务员（还是正科级），靠的就是生逢乱世的时代机遇以及真刀真枪的冒险打拼。

此时刘备还是个三十岁不到的年轻人，事业顺利、弟兄众多，有点得志轻狂的意思。不料好日子没过多久，上级派下来一个督邮（监察官），检查刘备这些县级官员的任职情况。由于最近传闻朝廷可能要淘汰一些有军功但是没行政素质的官员，刘备前往督邮下榻的住处拜访，希望能打探一些口风。不知是什么原因，督邮没有答应刘备的拜见请求。刘备当了这么久的大哥，哪里受得了这种委屈？一怒之下回到单位，带了手下兵丁冲进督邮的住所，声称："上面给我秘密命令，抓捕督邮！"抓到督邮后，他把督邮捆在树上，鞭杖百余下，还打算杀了他。督邮苦苦哀求，才幸免一死。

一时冲动闯祸之后，刘备索性连官也不要了。他把官印挂在督邮脖子上，然后带着关羽、张飞等人扬长而去。后来《三国演义》把"鞭打督邮"的账记到了张飞头上，这是不厚道的，只不过是为了维护刘备"忠厚长者"的形象。

由于天下大乱，朝廷也顾不得去惩罚刘备这种小角色。刘备带着弟兄们投靠了正在丹阳郡招兵的都尉毋丘毅。他们路过下邳时小露了几手，解决了一些蟊贼，于是又被毋丘毅保举当官，在下密县（现山东昌邑县东）当县丞（类似于副县长）。但是当了没多久，他又辞职不干了，大约还是受不得官场上的委屈。

没多久，运气一向不错的刘备又当上了高唐（现山东高唐）县尉，后来升官成了高唐令，成了当地一把手。不料黄巾余党终结了他的好运气，攻破了高唐，让刘备成了空头县令。想到公孙瓒在北方幽州发展得不错，他就过去投奔老同学。公孙瓒一见老同学来投奔，还会行军打仗，很高兴，于是给他一些人马，让他与青州刺史田楷联合，一起对付袁绍。刘备果然没让公孙瓒失望，打了几场胜仗后，当上了平原国的一把手。

此时刘备的官，不算大也不算小。平原本来是郡，因为皇帝封了诸侯在这里才被称为"国"，下面有十个城，行政规模相当于现在的地级市。和以前编草鞋的生活相比，一个天上一个地下。刘备很看重这个官职，把当地治理得不错，老百姓都拥护他。再加上他那种不拘小节、礼贤下士的豪杰做派，很多人才也纷纷来投奔。

不过也不是事事顺利，当地有个叫刘平的大户，和刘备有矛盾，派刺客来刺杀他。不料刺客被刘备的气度所折服，不但没动手，还把刘平的计划告诉了刘备。《三国志》说到这里，评论了一句："其得人心如此。"

当时的刘备是否有问鼎天下的雄心呢？谁也不清楚。儿时当天子的戏言，只是童言无忌。此时逐鹿中原的诸侯，个个兵精粮足，根基深厚。刘备此时能做的，不过是当一个好官，在乱世中保存自己、等待时机而已。多年戎马的历练，使刘备从鞭打督邮的愤青，变成了脚踏实地的地方官员，也让他变得行事低调、谨小慎微。

只是，上天似乎连个稳定工作也不打算给他。袁绍打败了公孙瓒，占据了平原。刘备和田楷只好向东边撤退，退到齐郡（今山东益都一带）。

2. 低调谦卑，轻取徐州

此时曹操在中原一带东征西讨，创下了偌大一份家业，打算把家人接到许昌来过好日子。徐州牧陶谦为了向曹操示好，派下属带兵专门保护路过徐州的曹操家属。谁知这个下属见财起意，杀掉曹操的老爸等亲属，带着金银财宝逃之夭夭。

曹操岂会善罢甘休。他命令部下穿上孝服，大举进攻徐州，并且声称要杀光徐州百姓。陶谦本来就不会行军打仗，再加上年迈多病，如何抵挡得住曹操的虎狼之师？他连忙找青州刺史田楷求救。田楷带着刘备来蹚这趟浑水。

看看刘备此时的实力：千余正规士兵，一些在幽州招来的少数民族游骑，另外还有数千投靠而来的饥民。这样的部队，说是"乌合之众"一点也不为过。

进了徐州城，陶谦见到刘备仪表堂堂、语言豁达，心里十分喜欢。他见刘备的人马实在不成样子，当场给了刘备四千人马。拿人家的手软，刘备干脆脱离了田楷的管辖，把组织关系转到了徐州。陶谦自然也不亏待刘备，上表推荐刘备为豫州刺史。当然这也就是个形式主义——汉献帝没有任何实际权力，地方豪强们想怎么折腾就怎么折腾。豫州（今河南南部、安徽北部一带）根本不在陶谦手里，刘备自然也不能去上任，封这么个官，不过是大伙儿穷开心罢了。

刘备带着人马对付曹操的前锋于禁，打了个小胜仗，稍微缓解了徐州的危机。陶谦大喜，在庆功宴上对刘备说："现在天下大乱，皇帝失去威信。你是汉室宗亲，正应该匡扶社稷。我老迈无能，情愿把徐州让给你，你千万别推辞。"

天上真的会掉蛋糕的，但刘备显然还没有心理准备。他连忙离席推辞："我是为了国家大义来相助的。您说这种话，难道是怀疑我有吞并之心？我如果有这念头，皇天不佑！"陶谦连忙说："这是老夫的真心话，决不是虚情假意。"但刘备还是连连推辞，不肯接受。这时候手下们就来打圆场，说曹操大军还没退去，等打赢了这场战役再商议也不迟。

刘备不想要徐州吗？当然不是。当时的刘备，不过是个小小的地方首领，如果能得到战略要地徐州，无疑是为事业发展提供了梦寐以求的平台。但此刻，第一，他摸不透陶谦的心思，第二他初来乍到根基不稳，第三曹操大军正在城外磨刀，这时候接手徐州，只能是成为城内城外各种势力的活靶子，风险实在太大。

内部问题暂时搁置，刘备必须抓好当前的主要矛盾——曹操。遵守先礼后兵的江湖规矩，他首先给曹操写了一封信，表示你和陶谦的战争纯属误会，作为国家的臣子，应该以国家大义为重，去对付那些乱臣贼子，而不是为了私仇大动干戈，等等。当然，徐州城里的人谁也不会把这封信当真，厉兵秣马等待厮杀。

刘备自打出道以来，都是跑龙套的打工仔，兵强马壮的曹操怎么会把他放在眼里？双方正准备操家伙动手呢，不料吕布出来捣乱了，攻破了曹操的兖州（今山东兖州）。一看后院起火，曹操只好暂时放弃报仇的打算，给刘备一个顺水人情，退兵回去了。

见曹操居然退兵，徐州众人暗地了抹了一把汗。庆功宴上，陶谦再次提出要把徐州让给刘备，刘备照例推辞，最后双方达成妥协：刘备驻扎在附近的小沛，算是为徐州看家护院。

过了一阵，老迈的陶谦病势越发沉重，派人请刘备来交代后事。陶谦躺在病床上，对刘备说："请你来，不为别的事情，只因为我已经病入膏肓，朝不保夕。希望你能可怜徐州百姓，受取徐州的大印，我死也瞑目了！"说完对别驾麋竺说："非刘备不能安此州也。"刘备还要推辞："您的公子们可以继承您的事业。"陶谦苦笑道："他们根本没有这个才能。我死了，还希望你对他们多多教诲，但不能让他们掌握大权。"刘备还要推辞，陶谦已经说不出话来，用手指心，去世了。

刘备一方面安排丧事，一方面找众人商议继承人问题。谋士陈登说道："现在皇权式微，海内大乱，要想有所成就，正是时候。徐州地方富裕，户口百万，请您屈尊掌管本州。"

徐州是个好基地，正好以此为资本去争夺天下，刘备心里明白。但它处于"兵家必争之地"，曹操、袁术等人都在对这块肥肉虎视眈眈，羽翼未丰的刘备还是有所顾虑的。他拿袁术试探众人："袁术近在寿春，家世显赫，你们可以把徐州交给他嘛。"陈登正色道："袁术骄横豪奢，不是能在乱世立足的君主。如今我们可以为你提供十万大军，上可以匡主济民，成五霸之业，下可以割地守境，书功于竹帛。如果你实在不同意的话，我也不敢跟着你了。"

北海相孔融（就是"孔融让梨"的那位）作为客人，更是毫不客气："袁术岂是那种忧国忘家的人？不过是冢中枯骨罢了，何足介意。现在的情况，天与不取，悔不可追！"

话说到这份上，再装低调，就要被人诟病了。刘备一副无辜的表情，接受了徐州的大印。

作为一方诸侯，“三让徐州”的陶谦展示出了宽阔的胸襟和长远的目光。他明白，此时无论谁作为徐州之主，都会成为曹操等诸侯的靶子。让自己资质平庸的儿子掌管徐州，不仅徐州保不住，甚至连自家的香火都可能保不住。在诸侯们“子承父业”的大潮流下，陶谦作出“三让徐州”的举动，于公于私都是明智之举。

而对于刘备来说，一个新的时代开始了。他拥有了上可成五霸之业，下可书功于竹帛的根据地，有了与天下群雄抗衡的资本，也算是政治舞台上的一个角儿了。后来，曹操接管汉献帝的监护权，“挟天子以令诸侯”，为了稳住刘备，还表奏刘备为宜城亭侯，双方算是和解了。

很多事业有成的人士都明白“树大招风”的道理，他们知道低调谦卑并不会让他们损失什么，反而能避免不必要的损失，甚至有意想不到的收获。而那些妄自尊大的人，为了一些虚名小利争斗不止，不但毫无收获，甚至要把自己的老本赔进去。

为了证明这个道理，为了证明陈登、孔融的评语，袁术高调登场了。

3. 高干子弟的高调覆灭

在陶谦时代，徐州和袁术的关系还算不错，因此刘备拿袁术来试探众人。等到刘备成了徐州之主，袁术就看不下去了——你一个皇帝八竿子打不着的破落亲戚，到徐州打了几天工，就正儿八经地坐上老板椅了。刘备也不示弱，主动出兵迎击这个“冢中枯骨”。

不料，刘备后院起火了。

在东汉末年，比起低调的刘备，吕布是个不折不扣的风云人物。此人战绩一流，却因为没啥脑子，总是被人当枪使。他杀掉董卓后，本可以权倾朝野，却因为不懂得控制朝局，很快就被董卓的余党赶出了长安。他在中原一带当盲流，东打一个城西挖一块砖，常常和曹操过不去，上次徐州解围，也算是间接给刘备帮了忙。

刘备此前和吕布没什么过节儿（“三英战吕布”那是说书人编的），何况他一直挂着“汉室宗亲”的招牌，以“匡扶汉室”为奋斗目标，吕布算是汉室功臣，也不能不给面子，于是客客气气地迎接了吕布。一见刘备，吕布就诉苦说“我劳苦功高，却总有人和我过不去，弄得居无定所”之类，还大大咧咧地称刘备为老弟。刘备此时大小也是一个腕儿，被人称为小弟，心里老大不舒服。不过既然是客，不高兴也只能吞在肚子里。他把吕布安排在小沛，和自己当年的任务一样，给徐州看门。

工作是安排了，但信任远远谈不上。刘备出兵对付袁术，也没敢请吕布同行，还留着张飞看守徐州。不料张飞和徐州的旧将曹豹有矛盾，曹豹心一横，找吕布表示可以当内应。吕布本来就是个见利忘义的人，一看徐州唾手可得，立即带兵马冲进了徐州城。张飞倒是趁乱逃出来了，刘备的老婆却落在吕布手里。不过吕布坏事并没有做绝，他命人好生供养着刘备的家眷。

刘备前面有袁术大军，后面却没了退路，对吕布恨得直咬牙。

袁术听了这个消息可高兴坏了。敌人的敌人就是自己的朋友，袁术连夜派人去联系吕布，许下丰厚的礼品，包括金银财宝、粮草马匹等等，让他从后面夹攻刘备。吕布倒也爽快，听说有钱就办事，派出人马去抄刘备的后路。刘备一边把吕布的祖宗骂了个遍，一边带着部队从前线撤下来。事情办完了，吕布找袁术兑现承诺。不料袁术在回信中表示灭了刘备才能兑现奖品。

小忽悠碰上了大忽悠，吕布大为恼火，打算亲率大军找袁术算账。谋士陈宫劝阻道：“袁术兵精粮足，不可轻敌。不如与刘备和好，让他屯军小沛，联手对付袁术。”于是吕布派人去联络刘备，表达和解的意思。刘备正被袁术赶得无处藏身，见信大喜。关、张等人纷纷劝阻："吕布是无信小人，不能答应。"刘备却满口答应使者，马上回军徐州，和吕布和解。

一个借住在你家的可怜人，抢了你的房子、关了你的老婆，还在你背后踹了一黑脚。这样忘恩负义的人，你愿意和他继续称兄道弟吗？你还愿意搬回原住处看脸色吗？刘备可以。

成大事的人，除了雄心壮志和过人之能外，还拥有一项特殊本领——忍。

刘备带着残兵败将到了徐州，大约吕布自己也觉得有点过分，"大度"地送还了刘备的家眷，把刘备安排在小沛驻军。以前的主人和看门人互换位置，刘备表现得倒也安之若素。

吕布这边还能暂时稳住，老冤家袁术却不愿让刘备安生，他派出大将纪灵，再次攻打刘备。刘备流年不利，缺兵少将，小沛这样的破地方怎能守住？这时候，吕布站出来了。

他觉得唇亡齿寒，刘备完蛋了对自己并没有益处。然而自己毕竟和袁术签了同盟协议（虽然对方钻了合同空子，但还没正式违约），兵戎相见对自己也没好处。于是他把刘备和纪灵都请到自己的营帐中来开赌局。

吕布命人在离中军大帐一百五十步的辕门竖好方天画戟，宣布如果他能在中军大帐一箭射中画戟上的小枝，纪灵刘备两家就得罢兵，如果不中，双方回去厮杀，听天由命（实际上是要刘备的命）。这个赌局，纪灵觉得胜算很大，刘备也没有其他选择，双方都很快答应了。

只见吕布不负名将之誉，稳稳发箭，射中小枝。刘备赢了，暂时逃过一劫。

当然，吕布的军事实力才是这场赌局的保证。他是肯定要保刘备的，也不愿意得罪袁术，只好想了这个"辕门射戟"的法子。他自认为这次和平大使当得不错，实际上，袁术对他不满，刘备也不会因此对他感恩戴德，他自己虽然扮了一回和平大使，却什么好处也没捞到。

逃过一劫后，刘备对枪杆子里出政权的道理认识得越发深刻，他利用自己的声望不断招兵买马，没过多久又有了一支万余人的队伍。吕布一看养虎为患了，就发兵攻打刘备。刘备不是对手，被赶出了徐州地界。

投靠老同学公孙瓒的话，离得太远，中间还隔了个和自己有过摩擦的袁绍。仔细思量一番，刘备觉得曹操这人还算靠谱，跟他没啥深仇大恨，实力也足以庇护自己，于是带着手下投奔曹操。

曹操正处于事业的上升阶段。他把难民一样的汉献帝迎接到许都，好吃好喝地伺候着，然后打着汉献帝的名义四处征讨，“挟天子以令诸侯”。虽然占据政治上的优势，但曹操的实力还远远没有达到号令天下的程度，袁绍、袁术兵精粮足，吕布之流趁乱打劫，甚至小小张绣也敢对他说不。

刘备此时已经颇有声望，为了维护“爱贤”的好名声，曹操装出一副大度的样子，接纳了过去的对手刘备，还向皇帝表奏刘备为豫州牧（虚衔）。他的谋士程昱也很看重刘备，不过看重的是刘备的人头。程昱对曹操说：“观刘备有雄才而甚得民心，终不为人下，不如早图之。”曹操虽然也清楚这一点，但更多考虑的是舆论问题：“方今收英雄时也，杀一人而失天下之心，不可。”在朝堂上，汉献帝还专门认这个当年卖草鞋的人为皇叔，刘备的皇亲身份算是得到了朝廷认证。从此人称刘备为“刘豫州”或者“刘皇叔”。

暂不提刘备，来看看他的老冤家袁术。

比起刘备这个皇帝九曲十八弯的亲戚来，袁术的简历要好看得多。

袁术字公路，汝南汝阳人，出身豪门，家世显赫。从他高祖父袁安开始，袁氏一门高官辈出，史称“自安以下四世居三公位，门生故吏遍布天下，由是势倾天下”。沾着祖宗的光，袁术出道以来一直仕途平坦，担任过折冲校尉、虎贲中郎将等职务。董卓当权的时候，为了拉拢袁术，还任命他为后将军。袁术不愿意和董卓拴在一条绳上，和堂兄袁绍逃出洛阳，利用家门声望组织各地势力讨伐董卓。虽然这联盟不怎么成功，但袁术总算是有了自己的事业。董卓失败后，他盘踞在淮南一带，称雄一时。

原长沙太守孙坚死后，其子孙策在袁术手下打工，郁郁不得志，打算去江东一带独立发展业务。苦于没本钱起家，他找到袁术，表示愿意拿父亲当年乱军中得到的传国玉玺当抵押品，向袁术借几千兵马，帮袁术在江东一带开拓业务。袁术一贪心，就答应了孙策的请求。

孙策在江东如鱼得水，袁术摸着手里的传国玉玺也动了心思。这是什么啊，皇帝才能有的东西。我兵马又多，势力又广，比起那个在曹操手里当傀儡的小皇帝不知强到哪里去了，为什么我就不能当皇帝呢？

说干就干，他召集手下开研讨会，讨论称帝的具体事宜："汉高祖不过是个亭长，就能起兵得到天下。汉朝已经传承了四百年，气数已尽，天下大乱。我家四世三公，众望所归。我正好顺应天人，正位九五当皇帝。诸位以为何如？"

手下一听到这种不切实际的想法就急了，主簿阎象拜倒在地说："主公万万不可！当年周王朝积累势力那么多年，到了周文王的时候，虽然三分天下有其二，还对纣王称臣。您虽然家世高贵，但声望还是比不过当年的周文王吧。如今汉室虽乱，却没有当年商纣王那样的暴政，人心未失。此事决不可行！"

袁术很没面子，大怒道："我袁姓出自于陈。陈乃是大舜之后。汉为火运我为土，以土承火，正应其运。又有谶语云：代汉者，当涂高也。我袁术字公路，正应此谶。又有传国玉玺。如不为君，是违背天意的。吾意已决，多言者斩！"这一套理由虽然很无厘头，但最后一句大家都是听明白了的，果然没人再吱声。

建安二年二月（公元 197 年 2 月），袁术揣着玉玺在寿春登基，当了皇帝。

曹操很生气，后果很严重。

辛辛苦苦把皇帝请来当名誉主席，办个业务封个职位方便点，袁术却宣布这个皇帝不算数，他自己才是皇帝，一下子把曹操的政治优势贬低得荡然无存。不把这个袁术除掉，曹操“挟天子以令诸侯”的战略作用将被严重削弱。同时，各大割据势力对袁术称帝也不以为然，那些敌对势力更是找到了讨伐的好借口。在曹操的组织下，刘备、吕布、孙策等各路人马打着“讨逆”的旗号，再度结为联盟，一起围攻袁术。

有道是好虎架不住群狼，何况这些一代枭雄（曹、刘、孙三家更是未来的主角）。袁术大败，率残部退到淮河以南。两年后的盛夏，袁术被刘备堵截到绝境，手里仅剩千余老弱残兵和一些粗粮。他觉得食物粗劣难咽，向下人要蜜水解渴。下人对这个“皇帝”毫不客气，说道：“只有血水，哪有蜜水！”袁术恼羞成怒，大叫一声吐血而死。他死后，其家属也被人杀死，那个传国玉玺，也被送到了曹操手中。

袁术的死，是一个高调轻浮者的覆灭，是刘备活生生的反面教材。

袁术称帝之时，看似兵精粮足、人心所向，实际上危机四伏。军事方面，南有刘繇，西有刘表，北有曹操，个个都是敌人，其手下大军不得不分散驻守各地，兵力难以集中。政治方面，袁氏一族虽然颇有声望，但僭越称帝犯了国人大忌，弄得千夫所指，以致袁绍也宣称和袁术划清界限。

至于那个传国玉玺，袁术更犯了个低级政治错误。要知道，玉玺之所以高贵，是因为它代表的是至高无上的权力。而这权力，是靠实实在在的实力做支撑的，强悍如曹操者，这辈子也是思虑再三没敢称帝。袁术拿着玉玺，还真把鸡毛当令箭了。最后的结果，就像还没做足准备就登台的打擂者，刚摆了个造型，就被对手踹下台去。

4. 创业怎么就这么难呢?

曹操把袁术赶过淮河以后，要回军去对付不听话的宛城张绣。他把盟友吕布、刘备等人叫来，重申了一下大家和解，以后不要争斗的主题，留刘备继续驻扎小沛。临走前，曹操暗地里找来刘备嘱咐："我让你屯兵小沛，为的是以后消灭吕布。你先做好准备，不要走漏了消息。"交代完，曹操带着大军离开徐州。刘备表面上和吕布相安无事，暗地里加紧操练兵马等着报仇雪恨。

收拾完了张绣，曹操开始打吕布的主意了。他暗地里派使者与刘备联系，不料这使者却被吕布截住。吕布得知曹刘两家的勾当，二话不说，操起家伙就来围攻小沛。刘备派人求救，曹操令大将夏侯惇率军救援。不料一仗下来，曹军败绩，夏侯惇还在乱军中被射瞎了一只眼睛。吕布大军攻入小沛，刘备再次落荒而逃，老婆又落在了吕布手里，好在吕布并未加害。

曹操一看，嗬，吕布这么牛，还非得亲自出马了。他率领大军一番围攻，历经周折之后，终于在下邳擒获吕布，刘备也抢回了老婆。

在下邳城楼上，被俘的吕布表示愿意投降曹操，声称"两人联手，天下无敌"。曹操也颇有点动心，毕竟自己的谋略再加上吕布的勇猛，这样的组合在理论上是很完美的，他转过头来询问刘备的意见。吕布心想，自己对刘备不错，辕门射戟救过他，抓到他的老婆也不加害，够意思了，应该会说点好话。

只见刘备不紧不慢地说："公不见丁建阳、董卓之事乎？"

吕布心想：不好。丁建阳、董卓本来是吕布的主子，后来都被他杀死了，这等于说吕布是无义小人，收留他只会留下祸患。吕布这下总算知道了什么是杀人不见血，也知道了刘备下起手来有多狠，不过已经晚了。曹操一听哈哈大笑，下令将吕布绞死，一代名将就这么结束了反复无常的一生。

解决了心腹大患吕布，刘备和曹操一起回到许都。虽然刘备在打仗的时候显得不太中用，但曹操对刘备还是十分重视，借着皇帝的名义封刘备为左将军。这是官方的，私下里曹操也和刘备打得火热，不仅让刘备住在相府附近，还和刘备“出则同舆，坐则同席”，上朝、视察都坐一辆车，吃饭、喝酒也要贴在一起。曹操为什么要和刘备贴这么近呢？说白了，是为了给自己打广告。刘备是汉室宗亲，在朝野上下素有忠厚仁义的好名声，颇得民心，用来做曹操人才战略的形象代言人再好不过。此外，走得近了，还能时常观察刘备，防着这个素有“英雄”之名的家伙搞些小动作。

这一段时间，是曹操和刘备的政治蜜月期。但曹操的担心不是没有道理的，在他竭力拉拢刘备的时候，许都另一股势力也在打“刘皇叔”的主意。

汉献帝从兵荒马乱的长安跑到几成废墟的洛阳，担惊受怕不说，连饭都吃不上。曹操把汉献帝和大臣们迎接到许都，好吃好喝地供应着，大伙儿很高兴。可是时间长了，汉献帝就觉得浑身不自在了。堂堂大汉天子，每天要看打工仔曹操的眼色行事，让你往东就不敢往西，让你封左将军你就不敢封右将军，更可气的是曹操那些手下，似乎也没把他这个上级的上级放在眼里，从自己面前过脑袋都不点一下。汉献帝虽然懦弱，可泥人也有泥性子，他琢磨着把曹操干掉，自己舒舒服服地当皇帝。

没权势的皇帝要想搞政治斗争，依托的不是宦官就是外戚，因为这两类人最亲近可信。由于袁绍当年带人“清君侧”，杀掉了大量宦官，汉献帝只好把希望都寄托在外戚董承身上。他暗地里咬破手指，用鲜血写下诏书，让老婆董氏（董承的女儿）缝在衣带里。然后他找来董承，把这套衣服赏赐给董承，嘱咐他仔细观看。董承会意，回家后找出了“衣带诏”。

董承也想着干掉曹操掌握大权，只是苦于无权无势，手下就那么几个家丁，要想扳倒权倾朝野的曹操谈何容易？这时候，只好多拉一些人来壮胆。找了几个帮手之后，他找到了汉室宗亲刘备。

刘备心里从来没把曹操的“优待”当回事，他明白这不过是演给天下人看的政治表演，没准哪天就被“咔嚓”了，因此和反曹小集团一拍即合，看完衣带诏后，欣然手书“汉左将军刘备”于其上，签下了卖命合同。在这份合同上签字的，还有西凉马腾等割据诸侯。

曹操越是把刘备捧到天上，刘备越是低调内敛。在签了那份卖命合同后，刘备更是不露声色，干脆挽起了袖子在自家后院种菜。这是向曹操表态：我现在吃喝不愁，已经知足，准备享受田园之乐了。不过曹操也不是等闲之辈，看出刘备是故作姿态，时不时对刘备敲打一下，告诉他：“别把我当傻子，大伙儿心里有数就行。”于是，出现了本章开头时，刘备的筷子都被吓掉的那一幕。《三国演义》把这段煮酒论英雄的故事写得扣人心弦，而正史上就简略得多。《三国志·蜀书·先主传》不过寥寥数十字：是时曹公从容谓先主曰：“今天下英雄，唯使君与操耳。本初之徒，不足数也。”先主方食，失匕箸。

虽然刘备急中生智掩饰了过去，双方心照不宣地维持“和谐”局面，但古人说一山不容二虎，假如领导觉得你和他一样牛，那你就得注意自己的前途了。曹操不可能长期把刘备这样的枭雄放在身边，刘备也不会甘心在曹操手下领一辈子救济粮，董承的反曹小集团也需要一个掌握军权的强力外援，种种因素之下，挑水种菜的刘备一直在找逃出曹操控制的机会。

正好这时，前文提到过的袁术在淮南混不下去，准备北上投靠袁绍。曹操此时并没有战胜袁绍的绝对实力，何况再加上还能折腾两下的袁术。

正当曹操为这事犯愁时，刘备主动请缨说："袁术要投奔袁绍，必然从徐州经过，我申请带一支军队去半路截击，就能抓住袁术那家伙。"不知曹操这时候在想什么，估计是头痛病正犯着，居然答应了刘备这个居心叵测的请求。

刘备不愧是逃亡老手，当天就点齐军马慌慌张张地逃离了许都。关羽和张飞还不明白，不是奉命出征吗？怎么搞得像私奔似的。刘备告诉他们："我们现在是笼中鸟，网中鱼，如何不急？这次一跑，就像是鱼入了海，鸟上了天，不再受到羁绊！"

曹操的谋士郭嘉、程昱办完公务回来，一听刘备带军队出征了，连忙来找曹操收回成命。曹操一拍脑袋也清醒了过来，派使者去追回刘备。刘备离开许都，手里有兵，腰杆就硬了起来："将在外，君命有所不受。何况这是皇上的旨意，也是曹丞相的主意，你回去把我的意思告诉他。"就这样，刘备逃离许都，又回到了徐州。

徐州本来就是刘备经营多年的地盘，说难听点，就算打败了逃跑也熟门熟路。陈登、孙乾、糜竺这些地方势力高唱"徐州欢迎你"，迎回了老东家。一到徐州，刘备就把曹操派来牵制自己的副将朱灵遣送了回去，又杀死了曹操派遣来的徐州刺史车胄，就这样开始张牙舞爪地和曹操搞对抗。

当然，凭着手下这点兵，刘备也不会坐等曹操来打。他一边招兵买马，一边四处拉外援。袁绍当时吞并了公孙瓒的幽州，兵强马壮，是当时北方几乎唯一能和曹操过招的势力。虽然袁绍和自己有过摩擦，还害死了老同学公孙瓒，但现在为了一起对付曹操，刘备也顾不得那么多了，拉袁绍当了自己的同盟军。

没多久，反曹小集团被人告发，董承等人包括董皇后都被曹操处死，刘备自然也被捅了出来。曹操大为恼火：我对你那么好，你还在我眼皮子底下算计我，末了还拐跑了我的军队，杀了我的人，做人实在不厚道。

不过曹操并没怎么把刘备放在眼里，他先去和袁绍对抗，派出刘岱、王忠这两个不入流的武将征讨刘备。这下子，刘备也不遮掩自己的本性了："这几个人来有什么用，曹操亲自来，才可以和我打两下。"刘备的嚣张是有本钱的，自打出道以来，他也大大小小打了不少仗，虽然对付曹操、吕布这些狠角色有些吃力，但对付小角色还算绰绰有余。果然，刘岱、王忠很快就被刘备军队生擒。刘备倒也没为难他们，放两人活着回去了。

两个可怜虫带着几万大军进去，光杆司令出来。曹操算是彻底看清了刘备的英雄本色，准备亲自带人去讨伐刘备。有人就提醒他，袁绍才是最大的敌人，一旦你离开许都，袁绍就可能乘虚而入，所以你还是先让刘备得意两天吧。曹操仔细考虑后表示："夫刘备，人杰也，今不击，必为后患。袁绍虽有大志，而见事迟，必不动也。"曹操果然不愧枭雄之名，算准了袁绍不会有所动作，从而作出了最正确的判断。

曹操认真了，刘备就倒霉了。刘备先是联络袁绍发兵乘虚攻击许都，袁绍却像是听曹操指挥似的，犹犹豫豫没有发兵。势单力薄的刘备不是曹操的对手，很快又被曹操赶出徐州。这一次，不仅老婆被抓了，连关羽也迫于形势降了曹操。

这年头，创业怎么就这么难呢？刘备咬咬牙，投奔了袁绍。

5. 八年蛰伏，一飞冲天

这时候的刘备，已经不是当初的那个小地方官刘备了。他一度占有徐州，和吕布、曹操抗争，就算是投奔到曹操手下，受到的空前的礼遇也使得他身价大涨。一向自视甚高的袁绍亲自出邺城二百里迎接光杆司令刘备，待遇优厚。

但是，在刘备心里他对袁绍并不满意。这家伙虽然兵马多、地盘宽，却并不是一个有主见的人。袁绍集团内部也是矛盾重重，谋士们忙着争权夺利，互相攻击。此时，袁绍正在官渡和曹操鏖战，偏偏关羽表现出色，杀死了袁绍的爱将颜良，袁绍当时就把怒火发泄到刘备头上，认为刘备就是曹操派来的内鬼，要杀刘备。多亏众人劝解，刘备才逃过一劫。

刘备心里琢磨开了：袁绍这样子估计打不过曹操，到头来自己还是要跑路。就算袁绍赢了，自己也未必活得有多好。不如找机会跑出去，再拉扯起人马，在曹操袁绍两家对抗的时候坐收渔利，发展自己的势力。

于是，他自告奋勇去找袁绍，说要去南方联络刘表攻曹。袁绍也没多想就同意了。刘备带着心腹再次脱离险境，来到汝南收编土匪，囤积粮草，外加关、张等老部下陆陆续续归队，就这样刘备的新公司像模像样地发展起来了。曹操派蔡阳来攻打，反倒让蔡阳丢了性命。

此时曹操根本腾不出手来对付刘备，这样下去，刘备还真要鼓捣出大动静了。但袁绍实在不争气，很快在官渡大败，没给刘备多少发展的时间。曹操平定了北方，就准备掉过头来对付老冤家刘备了。刘备一看大事不好，还没等曹操过来，就拔腿投奔了荆州牧刘表。刘表把他安排在新野，当做对付曹操的前哨。

刘表，字景升，鲁恭王（汉景帝的儿子）之后，正儿八经的汉室宗亲。为什么这么说呢？因为比起卖草鞋起家的刘备来，刘表家世显贵，社会名望也高，大家自然就相信他的家谱（做人要争气啊，不然祖宗也没法认）。荆州在他的统治下，战事不多，百姓生活安定，是当时许多北方士大夫躲避战乱的乐土。比如诸葛亮，也是早年跟着叔父从山东琅琊来到南阳的。

不过刘表这人并不是个能干大事的人。袁绍和曹操在官渡对峙，袁绍找刘表结盟合击曹操。刘表倒是答应结盟了，却不发一兵一卒去攻打曹操的后方。手下人劝他，你要么动手帮袁绍，要么和曹操站在一边，这下可好，袁绍赢了会找你问罪，曹操赢了也找你麻烦，你这不是老鼠钻风箱——两头受气吗，等他们的仗打完了，荆州也就危险了。刘表嘴上光说“是啊是啊，你说得真好”，不过就是不行动，眼睁睁地看着曹操赢了袁绍。

在荆州，刘备再次展现出了超一流的挖墙脚才能。由于在北方搞出了很多名堂，和大奸臣曹操唱对台戏，在荆州的许多知识分子都视刘备为偶像。加上刘备本身又是个讲义气、礼贤下士的豪杰，许多荆州士人都对他有好感。

支持者多了，刘备大约也有点昏昏然，言语中有些不注意起来。一次和刘表吃饭，他中途上厕所时见大腿上赘肉复生，不由得潸然泪下。回到座位上，刘表见他面有泪痕，便询问是怎么回事，刘备回答：“我以前总是行军打仗，大腿上没有赘肉。现在很久没骑马了，大腿上赘肉复生。感慨岁月蹉跎，很快就老了，还没有建立什么功业，所以伤心啊！”刘表劝慰道：“听说你在许都的时候，和曹操煮酒论英雄，以曹操的权势，也只敢和你相提并论，你何愁不能建功立业！”刘备乘着酒兴，感慨地说：“备若有基本，天下碌碌之辈，诚不足虑也。”

这下子刘备犯了大错误——你大大咧咧地跑到总经理办公室高谈阔论，说要是有资金，我能办个比你还牛的公司，这不是找抽吗？刘表心里就嘀咕了：你所说的“碌碌之辈”，我这个眼前的领导岂不是也算在里面？你想要有“基本”，荆州岂不就是你最好的下手目标？再联想到刘备平时那些收买人心的小动作，刘表对这个亲戚“另眼相看”，把他放在了新野小城，从建安五年到建安十三年，整整八年之久。

人生有几个八年呢？何况年近半百的刘备。也亏得他能忍，不动声色地熬过了这八年。

曹操知道了刘表不肯用刘备，也就没急着南下，而是在北方继续清理袁绍的残部和乌桓等少数民族势力。这期间，夏侯敦、于禁等曹军将领也来新野试过运气，不过都惨败而归，反而更加提升了刘备在荆州的人气。《三国演义》中，这些功劳被记在初出茅庐的诸葛亮身上。实际上，此时诸葛亮还没有出山，这些胜仗完全是刘备指挥得当的功劳。

刘备是个胸有大志的人，并不甘心一辈子在新野这个小县城自娱自乐。虽然说自己还能对付一些大小角色，但是刘备知道，要想和曹操直接对抗，光靠手下这些人还是不行的。关、张、赵等人有万夫不当之勇，孙乾、糜竺等人也是可用之才，但是这些人只能当帮手，比起汉初三杰那种掌控大局的人才，还是差了一个档次。所以，刘备大半辈子在地图上跑圈，也没跑出个名堂，混到现在连歇脚的地方都是找人借的。

后来的事情大家都知道了，诸葛亮横空出世，彻底改变了刘备的人生道路。千里马常有，而伯乐不常有，光荣属于肯屈尊、肯低调的刘备。

虽然曹操南征之初，刘备一如既往地溃败，但是赤壁一战，局势彻底扭转，刘备趁乱抢下荆州，拥有了发展空间。以至于曹操听闻刘备占据荆州的时候，大吃一惊，感叹刘备终于要成就王霸之业了。

曹操预判得没错，刘备以荆州为跳板，图巴蜀、进汉中，拥有了梦寐以求的帝王基业，终于告别了韬光养晦、低调图存的流浪生涯。

王道

忍字头上一把刀，在可能今天是座上宾、明天是刀下鬼的流浪生涯里，刘备靠什么生存于枭雄的夹缝之中？刘备之所以韬光养晦，是因为他知道低调只是手段，保存自己、战胜对手才是最终目的。正如陈寿在《三国志》中的所说的：抑揲彼之量必不容己，非唯竞利，且以避害云尔。

第三章

李渊起兵——把创业变成安全的冒险游戏

纵观五千年历史，各路枭雄你方唱罢我登场，不知几人称帝几人称王。然而大浪淘沙之后，其中又有多少是草头天子、短命皇帝？成大事者，追求的当然不是这种过把瘾就拉倒的赌徒心态。隋唐交际之时，十八路反王纵横天下，最后出场的李渊却带走了最大的蛋糕。他如何把一场搭上身家性命的冒险游戏，变成安全系数更高的权谋博弈？晋阳起兵，是一个从高端创业并短时间内奠定胜局的成功案例。

1. 活在夹缝里的开国皇帝

如果能翻看后人的史书，李渊一定会是最郁闷的开国皇帝。

皇帝们按时间顺序排队的话，他前面是亡国之君的代言人——隋炀帝，后面则是盛世明君的佼佼者——唐太宗，都是点击率极高的明星皇帝。而行事低调、在位时间也不长的他，看上去只是两座高峰夹缝之间的小人物。

平庸无能之辈，优柔寡断之徒是对他的总体评价。然而，最让他郁闷的是大家认为大唐股份有限公司压根儿不是他创立的。

历史学家范文澜的评价，代表了人们普遍的认识："唐高祖爱好酒色，只是凭借周、隋大贵族的身份，公元616年，得为太原留守。他起兵取关中，建立唐朝，主要依靠唐太宗的谋略武功，他本人并无创业才干，连做个守成的中等君王也是不成的。”

一句话，如果不是祖坟冒烟有个好儿子，李渊一辈子就是个隋朝地方公务员。别说皇帝梦，在那样的乱世里，能不能保住脑袋还不好说。如果后人帮他做简历，职业生涯一栏估计只用写五个字：李世民他爹。

古往今来，开国之君哪个不是响当当的人物？他们是在征服和血战中幸存下来的优胜者，他们是阴谋阳谋黑白两道都能玩得风生水起的超级CEO……总之，都是牛人。

李渊当然也是。

历史不是摸彩票，而是推牌九。靠运气吃饭是不现实的，能玩到最后的大赢家，一定有着超乎常人的本领。

2. 豪门联姻好办事

李渊（公元566年～635年），唐朝开国皇帝。陇西成纪（今甘肃秦安县东）人，字叔德，一个含着金汤匙出生的高干子弟。

李渊的七世祖李皓（旧唐书中记载为李暠）在晋末时，曾经在甘肃拉杆子建立过武装割据势力，自号凉武昭王。但他的儿子没能守住产业，不久后被匈奴人灭掉破产。无处安身的李氏族人只好从老板沦为打工仔，跟着北魏部队混饭吃，顶着不高不低的中级职称默默无闻，一直到爷爷李虎这一代才有所好转。由于辅佐宇文泰建立北周而立下大功，李虎成为当时八大元老重臣之一，官至太尉。死后被追封为唐国公。老爸李昞，北周时当柱国大将军，隋朝时被封为唐公，死后谥唐仁公。

由于父亲和兄长死得早，李渊七岁接了老爸的班，还在玩泥巴就成了国家一级公务员——唐国公。但是，小李渊要考虑的不仅仅是有吃有喝有地位的好处。在那个兵荒马乱的年代，家里没牛人罩着，你再高贵也是白搭，惹人羡慕的贵族头衔其实等于随时可以作废的空头支票。

但是别急，贵族联姻为什么讲究门当户对？图的就是个双保险。翻开南北朝时期那些门阀贵族的谱系表，你就会发现那些在政治军事上活跃的大人物，几乎都是亲戚：你的女儿嫁给了我的儿子，我的姐姐是你家的媳妇，我的夫人你见面了还得喊声三姨妈……总而言之，不管谁得势，都是咱圈子里的人，都得给咱照顾照顾。

老爸没了，老妈还有娘家人呢。

大贵族独孤信家有很多女儿，大小姐嫁给了北周明帝宇文毓，史称北周明敬皇后，四小姐嫁给贵族李昞，生了个儿子叫李渊，后来大家叫他唐高祖；七小姐嫁给了隋文帝杨坚，生了个儿子叫杨广，后来大家叫他隋炀帝。

由上推理可得：隋文帝是李渊的姨父，隋炀帝是李渊的表弟。

继续推理可得：想不发达也难啊……

因其幼年丧父，加上和自己孩子杨勇、杨广年纪也差不多，七姨父杨坚对外甥李渊颇为怜爱，史书记载“文帝与高祖相亲爱”。公元581年，杨坚逼北周小皇帝让位，建立隋朝。十五岁的李渊开始步入仕途，从此平步青云。

如果李渊是个平庸的高干子弟，他会加官晋爵，平安一生。但他不是。

如果杨广是位雄才大略的君主，李渊或许会成为忠心耿耿的能臣，但杨广不是。

如果那是个天下太平的时代，李渊则只能在明争暗斗的政治旋涡中挣扎，但那个时代不是。

李渊不是庸碌之辈。

杨广性格狭隘多疑。

那是一个乱世枭雄的时代。

3. 当打工仔的日子

最近李渊发现，当打工仔的日子越来越难过了。

杨广上台执政后，一边穷奢极欲地挖运河、搞南巡，一边穷兵黩武三次征讨高句丽（今朝鲜地区）。劳役、重税把老百姓推向绝境，史称“黄河之北，则千里无烟；江淮之间，则鞠为茂草”。这种情况下，当良民只会受冻挨饿，死得更快，当“盗匪”没准还能多活几天（安居则不胜冻馁，死期交急，剽掠则犹得延生）。于是全国上下人心浮动，一场社会大动荡已经不可避免。

偏偏此时民间不知从哪里传出了这么一首歌谣：“日月照龙舟，淮南逆水流，扫尽杨花落，天子季无头。”“季无头”不就是“李”字吗？性情多疑的隋炀帝立即把打击的矛头指向李氏贵族。蒲山公李宽之子李密被罢官问罪，赶回家种田；右骁卫大将军李浑被安了个谋反的罪名，全家三十余口惨遭灭门。一时间人人自危：谁是下一个？

杨广的矛头指向了表哥李渊。李渊和李浑一样，属于传统的关陇军事贵族，声名显赫。此时正在弘化驻守，兼知关右十三郡军事，十三郡兵马都归其调度。而且李渊生性豪爽，喜欢结交天下豪杰，深得民众拥护。这样的一个表哥，自然让杨广放心不下。

李渊政绩颇佳，并没有什么把柄可抓，要不由分说把他处理掉说不过去。但这样一个角色，放在外地掌握实权实在令人担忧。于是杨广派出使者下诏，要唐国公李渊前往洛阳面圣，觉得就算不处理李渊，放在身边也比较好监视控制。

在弘化，李渊听到李浑一门覆灭的消息，不免有兔死狐悲之叹，同时为自己的家族深感担忧。谁知怕啥就来啥，杨广的诏书令他进退两难。

去吧，岂不是自投罗网，谁知道是个什么下场；不去吧，皇帝正好有理由治罪，轻则丢官，重则全家掉脑袋。李渊知道目前皇帝的注意力正在那可信可不信的民谣上，现在去只能是触霉头，只有把事情拖一拖，等皇帝转移了注意力，才有机会度过这场危机。

于是李渊“恰巧”地病了，装出一脸病态来对使者说：“我最近思念亡妻窦氏，又不小心感染了风寒，已经是卧床不起，如果出远门肯定会丢了老命。虽然我很思念皇帝，但我现在实在是不能进京。等我病情稍有好转，马上进京拜见皇帝。交代完了，又不失时机地送上一大堆金银珠宝，请求他们回去复命时对皇帝多美言几句。”

使者们吃人家的嘴短，拿人家的手软，在向隋炀帝复命的时候，把李渊如何诚心面圣但又如何病重、无法远行的情况汇报了一遍。隋炀帝将信将疑，倒也没说什么。正巧这时各地的造反运动又掀起了一个小高潮，被搅得头昏眼花的杨广很快转移了注意力，一时也没对李渊怎么样。

一晃几个月过去了，正当李渊暗自庆幸躲过一劫的时候，他在宫里当妃子的外甥女王氏却传来了一个让李渊惊出一身冷汗的消息。

这天杨广不知怎的又想起了李渊，于是问王氏：“你舅舅是怎么回事，叫他都不按时来。”王氏如实回答：“他的病可能还没好吧。”杨广哼了一声，说：“会不会死啊？”王氏吓得赶紧偷偷派人将这事告诉了李渊。

李渊知道，这句特殊的“问候”也曾经用在另一位重臣身上。

拥立杨广的朝廷重臣司徒杨素生病的时候，杨广问太医：“会不会死啊？”杨素听到这个消息，药也不敢吃了，没多久就惊惧而死。

论功劳，杨素南灭陈朝北击突厥，战功赫赫；论关系，杨素是杨广夺取皇位的最有力支持者。连他这样的人也觉得难以自保，李渊怎能不惶恐？

深谙政治游戏规则的他，从来就没把自己与皇帝的亲戚关系当成护身符，也没想过要为大隋集团效忠到底。天下大乱改朝换代的局势，对杨广的不信任和对家族命运的担忧，让李渊不得不重新考虑一下自己的职业规划了。

说到隋炀帝杨广，人们想到的第一个词就是“暴君”。其实此人文韬武略，并不亚于后来的唐太宗李世民。作为军事统帅，杨广亲自参与领导了消灭陈朝统一全国的战役，并且驻守江南十年之久，终于使得南方完全平定，再加上北征突厥的胜利，一切使得他“声名籍盛，冠于诸王”，为他最终夺取太子之位继承皇位奠定了基础。同时，他还是个才华横溢的诗人，比如其作品《秋思诗》：“寒鸦飞数点，流水绕孤村。斜阳欲落处，一望黯销魂。”诗作中一种别样的情愁流露无遗，比起那些专业文人的作品毫不逊色。

不过，正是出众的文才武略，造成了杨广的极端自负，也造成了他刚愎自用、多疑猜忌的狭隘性格。他不喜欢有人能超越他。他曾经向臣属夸耀：“别人总以为我是承接先帝而得帝位，其实论文才，帝位也该属我。”在杀死当时著名的文学家薛道衡后，他得意地说：“看你还能再作出‘空梁落燕泥’否！”，狭隘的心态暴露无遗。他不喜欢听到不同的意见，有不少大臣就是因为对杨广进行劝谏而遭到迫害。三次征伐高丽结束后，太史令庾质因为劝谏他不要到洛阳巡游，要给百姓留点休养生息的机会，结果被他杀死。这种“老子天下第一”的心态，正是他与纳谏如流的李世民最大的差别，也导致了他最后惨死的结局。

要想有所作为，必须学会收敛锋芒。李渊知道正是自己的高调触了霉头，引起了皇帝的猜忌。从那时候开始，李渊一改率性豁达的性格，收敛了那些豪杰做派，“纵酒沉湎，纳贿以混其迹焉”。杨广不喜欢有人比他强，于是李渊变成了独自贪杯动辄大醉的酒徒，有时候还顺便搞点灰色收入。这些事情不但要做，还要大张旗鼓地做，做得上达天听，让皇帝知道李渊是一个贪杯好色、聚敛钱财的庸碌之辈。此外，还要向皇帝表示自己的忠心。怎么表示？杨广喜欢听好话，就上一些歌功颂德的奏章；杨广喜欢鹰犬好马，于是李渊就花重金搜罗好鹰好马献给皇帝……

装了一段时间的孙子后，杨广觉得李渊这人也不过如此，虽然还是有所猜忌，却也大大地放松了警惕。李渊度过了自己政治生涯的第一个重大危机，但这种如履薄冰的生活，终究不是长远之计。

在你死我活的政治斗争中，要想不被别人主宰命运，就要让自己成为主宰者。造反毕竟是风险极高的冒险游戏，虽然获利很高，但赌注太大、成功率太低。大业九年（公元 613 年）杨素之子杨玄感造反兵败，被碎尸焚烧的下场似乎还在眼前。和那些造不造反都是一个死字的人比起来，李渊的本钱太大，他当时的头衔是柱国大将军、唐国公、千牛备身、殿内少监、卫尉少卿，不敢说一人之下万人之上，但至少吃穿不愁、人人仰慕。

这场危险的游戏，他需要用一种更安全的方式来进行。

大业十三年（公元 617 年），机会来了。

4. 箭在弦上

自从大业七年（公元 611 年）邹平人王薄在长白山（今山东章丘境内）第一个造反开始，大江南北的起义已有数百起，人少的打家劫舍，人多的攻城略地，隋朝政府按下葫芦浮起瓢，起义军越打越多，隋军越打越少。

到了大业十三年（公元 617 年），经过数年的海选和淘汰赛，全国起义势力的三位决赛选手已经基本产生：窦建德领导的河北起义军、翟让和李密领导的瓦岗起义军以及杜伏威和辅公祏领导的江淮起义军。一些野心勃勃的地方豪强也开始招兵买马加入竞赛，名义上是协助朝廷剿灭起义军，替领导分忧，实际上是想趁着乱世割据一方，准备多捞一把。

这时候，隋朝中央实际控制的地区只有洛阳、长安以及江都（扬州）

等少数大城市。改朝换代的趋势已经十分明显，剩下的问题就是：谁是那个真命天子？

这一年，突厥屡屡进犯边境，山西河东（今山西永济西）甄翟儿发动了起义。已经被全国烽火乱了阵脚的隋炀帝此时也顾不得什么“李姓天子”的传言，起用带兵打仗很有一套的李渊担任太原留守。

太原作为军事重镇，驻有大量军队，而且粮饷充足。可以“食支十年”，正是英雄用武之地。李渊得知消息，不由得大喜过望。他把大儿子李建成和家人老小留在原驻地河东，并要求其“潜结英俊”，自己带着次子李世民来到太原上任。他意味深长地暗示李世民：“唐公是我的封号，而太原正是陶唐（尧）的发祥地，现在让我来这里，真是天意呀！”

但是，经过最初的喜悦之后，李渊发现他手里拿着的其实是个烫手的山芋。

作为大隋集团公司在山西的区域经理，李渊的日常工作主要由两部分组成：对外防止突厥抢劫集团入境，对内防止辖区内造反分子抢钱抢粮抢地盘。

突厥人从来不是吃素的主儿，前两年动用十万大军还把来北方巡游的隋炀帝围困在雁门城（今山西省代县）内。如果不是当时在河东地区任职的李渊带兵前来用计解围，隋炀帝估计要被突厥人带到塞外去啃沙子了。

至于造反的起义军，则是典型的“野火烧不尽，春风吹又生”。社会的动乱把百姓都逼上了绝路，只要有人登高一呼，就能招来几万亡命之徒。此时正有一个绰号叫历山飞的人组织了几万起义军占据了河西郡，阻断了太原到长安的必经之路，还有进一步发展壮大的趋势。

不管你是要在这块地面上当个优秀公务员还是称王称霸，先打扫好屋子才能请客。

柿子先捡软的捏，比起兵强马壮的突厥人，刚放下锄头不久的起义军自然更好对付。李渊没费多大力气就亲自镇压了历山飞的农民起义军，并将其精壮士兵收编。

高兴没多久，李渊的老朋友——突厥人来了。

大业十三年（公元617年）的正月，大伙儿还在拜年，突厥进犯山西。李渊没有亲自出马，而是派出副手高君雅，与马邑郡守王仁恭联合出战，结果战败而回。突厥人劫掠一番后扬长而去。

按照当时的法规，战败之人必须受到惩罚。战报传到江都（扬州），隋炀帝派来使者逮捕了王仁恭，同时宣布囚禁负有领导责任的李渊。作为当地的最高长官，李渊并没有真的被抓进大牢，而是被就地免职，等进一步的处分通知。

接下来会发生什么，谁的心里都没底。皇帝的下一封诏书可能带来三种结果：第一，训斥几句了事，大家虚惊一场；第二，严厉处分，撤职或者降级；第三，借机逮捕杀掉。隋炀帝杀人本来就不讲理由，过去没事还找李渊的麻烦，何况现在李渊自己把脑袋放到了案板上。退一步讲，就算隋炀帝免其一死，将其削职罢官，失去了实权和军队的李渊就成了没有爪子的狮子，只有被欺负的份儿。

在出兵征讨的同时，李渊一直没有停止提升人气的小动作。在群雄并起的乱世里，喜欢结交豪士、手握兵权的李渊，无疑是值得投资的优绩股。作为众人瞩目的地方最高长官，拉帮结派的事情李渊不方便亲自去做，于是让儿子出面。长子李建成在老根据地河东结交豪杰，次子李世民则在太原搜罗人才。隋朝的右勋卫长孙胜德、右勋侍刘弘坺本来是军人，为了逃避征讨作战而逃亡到李渊手下。

如履薄冰的政治生涯，使李渊养成了谨慎再谨慎的性格。他不是不想反，而是有太多的顾虑。他曾经对李世民表示，他担心的是“家破人亡，为英雄笑”，群雄逐鹿，谁又能保证自己是笑到最后的人？

如今隋炀帝的刀子已经架到了脖子上，一向谨慎小心的李渊也不禁乱了手脚，与其坐以待毙，不如造反单干，反正这大隋集团看上去支撑不了多久，不如索性下海碰碰运气。

他赶紧通知远在河东郡的李建成秘密联络民间豪杰，准备起义。李世民也在太原城内十分活跃地进行串联，准备在短时间内夺得太原城的控制权。正当一干人等紧锣密鼓地谋划动手的时候，戏剧性的一幕出现了：隋炀帝不仅没有打算杀李渊，还派使者来让其官复原职，继续主持太原的军政要务，被抓起来的王仁恭也恢复原职。

皇帝这是敲山震虎呢？不然为什么只派一个使者来抓人，后一个宣布免罪的使者又来得这么快？

虚惊一场后，回过头来看当时的情形，李渊惊出一身冷汗。

此时李渊手中真正受过训练、能上阵的士卒不过数万人。这些兵力让他们当当城管、守守城墙、对付历山飞那样的起义军还能将就，但要拿这点兵力去冲破层层关卡、重兵把守的长宁，还真是勉为其难。同时，“老朋友”突厥骑兵也在塞外虎视眈眈，逛一次太原府比饭后散步还容易。一旦前方攻击受挫，后方又被突厥端了老窝，下场可想而知。

冲动是魔鬼啊！

但是，箭在弦上不得不发。核心成员都已经得到通知，起兵的日期也已经确定。这牵扯到成千上万人的计划，一旦某个环节出了问题被泄露出去，大家都是死路一条。此时就是李渊想收手等等，也由不得他了。

这时候摆在李渊面前的有三大问题：第一是民心问题。毕竟自己是镇压过起义的朝廷官员，那些受尽官府压迫的老百姓会不会买自己的账？第二是兵力问题。按照制度，地方官员要征兵、调兵是必须经过朝廷批准的。自己擅长招兵买马，摆明了就是要犯上作乱，朝廷决不会听之任之。第三是突厥问题。一旦太原空虚，这些靠着抢劫发财的老邻居一定会有所动作。

有限的时间内，李渊与李世民、刘文静、裴寂等密谋骨干进行了周密谋划。

他必须给自己的计划打上所有的补丁。

从来就没有什么救世主，一切要靠我们自己。

5. 给钉子户下个套

大业十三年（公元617年）初，太原一共有三个朝廷认证的高级管理人员：太守唐国公李渊，太原郡一把手，行政和军事都归他管。郡丞王威，李渊行政工作上的副手。武牙郎将高君雅，李渊军事工作上的副手。这两个人，尤其是高君雅与隋炀帝的关系密切，在杨广还是皇子的时候，他就已经是杨广的心腹。这两位副手与其说是助理，不如说是隋炀帝放在李渊身边的两颗钉子，随时注意着李渊的一举一动。因此，李渊要想有什么小动作，瞒过这两人是第一步。

枪杆子里面出政权，要想起事，第一个问题就是招兵买马。可是连年战争，老百姓早就怨声载道，凭什么要跟着你卖命？虽然平时李渊平易近人，结下了不错的人缘。但造反毕竟是杀头的罪行，如果老百姓不支持，连组织人马都很难。

没办法，只能让皇帝背一次黑锅吧。

治罪风波刚刚过去，隋炀帝一纸诏书，又传来了新的命令：太原、河西、雁门、马邑四郡，二十岁以上五十岁以下全部当兵，年底在涿郡（今北京）集中，计划攻打高句丽。

消息传来，整个太原地区都陷入了惊惶之中。对于隋炀帝这种穷兵黩武不管百姓死活的行为，老百姓个个骂娘，骚乱的情绪一触即发。

隋炀帝确实一直在计划征服高句丽，但是这次确实被骂得莫名其妙。这诏书是在李渊的授意下，原晋阳令刘文静伪造的，为的就是挑起民众对朝廷的怨恨，为起兵赢得人心：乡亲们，这朝廷没指望了，要另外想办法啊……反正杨广正缩在江都出不来呢。

民心倒是煽动起来了，私自招兵却是不可能的。招兵不比搞传销，偷偷摸摸拉几个下线，再找个屋子搞搞培训就成。成千上万的人来参加面试，不用登广告就能弄得家喻户晓。在当时，法律上有“擅兴律”，严禁私自调兵。如果擅自调兵千人，就处以绞刑。即使是李渊这样的封疆大吏，手里的兵权也很有限，只有在战争状态下，才能依照皇帝的指示招募和调动军队。玩私募的话，没准兵还没招到几个，两个钉子户的小报告已经交上去了。

谢天谢地，法律还另外规定，如果遇到紧急情况，比如突如其来的反叛，地方军事首长可以自己招募军队，但必须立刻上报。李渊和几个心腹一商量，打起了这个“特殊情况”的主意。

他要给钉子户下个套。

巧得很，机会送上门来了。二月，刚刚复职没多久的马邑郡守王仁恭被部下刘武周杀死。刘武周不但占据了马邑郡，还投靠了突厥人。三月，刘武周不仅拿下娄烦郡，还冲入了皇帝的行宫汾阳宫，抢走了里面为皇帝准备的女人，和珠宝一起献给了突厥始毕可汗。很快，刘武周又在突厥的支持下攻下雁门郡，并接受了始毕可汗的册封，称“定杨天子”，大张旗鼓地要平定杨氏天下。

拿下山西北部后，刘武周的下一个目标自然是重镇太原。眼看人家就要骑到头上来了，李渊马上召开了紧急会议，摆出一副十分为难的样子：

“同志们，形势很严峻啊！刚刚接到报告，刘武周那小子不仅造了反，还勾结了突厥人。他们已经占据了雁门关，离这里只有三百里，骑个马就过来了。这种大事我们当然要向皇上报告，可是呢，皇上在江都，离我们有 3000 里。而且现在天下不太平，鬼知道报信的人能不能按时到达。我们现在手上就这点兵，等皇上批了报告调兵过来，我们的脑袋可能已经被刘武周砍下来当夜壶了。就算他们不过来打太原，但汾阳宫被他们抢了，我们如果坐视不管，皇上追究起来我们也脱不了干系。这如何是好？大家现在是一条绳上的蚱蜢，一起想想办法吧。”

大家一听，不禁脑袋冒汗：皇帝的脾气大家都是知道的，怪罪下来别说丢官，丢脑袋也是正常的。

王威、高君雅作为主要副手，马上表示：“我们决不能坐以待毙，应该由唐公您出面召集军队、应对危局。您是太原留守，又是皇亲国戚，山西只有您能出来挽救啦。”

李渊连忙摆手推辞：“不不，私自招兵可是掉脑袋的事情，我可还想多活几年呢……”

这两位一看领导态度消极，马上连连劝说：“这时候您可不能放手不管啊。再说，法律又不是一律不准征兵，只要赶紧把报告交上去就好。您这是为大计着想，皇上肯定不会怪罪您的，说不定还会嘉奖您呢……”

李渊作出一副无可奈何的样子：“唉，就听你们的吧，这也是没有办法的办法。升官发财我也不指望，大家平安无事也就谢天谢地了……”

领导班子作出了决策，征兵工作马上开展起来了。叛军和突厥人打过来，不管是当官的还是老百姓都讨不了好。何况征兵布告里还有这么一条：参加唐公军队的，就不用去参加远征高句丽的行动了。反正是要当兵，在自家地界上总比背井离乡好些，因此老百姓报名非常踊跃。很快李渊手下就多出了一支 3 万人的军队。招兵买马的同时，李渊又派人前往河东，通知留在那里的李建成、李元吉带着家属赶回太原。

两个钉子户还在暗自得意呢：你这个老滑头看到敌兵压境还这么消极，没准和刘武周他们已经有了勾结。要不是我们据理力争，太原说不定已经不姓杨啦。皇上知道了一定会夸我们能办事……

得意了没几天，他们就笑不出来了。

招来的新兵需要管理和训练，但是这样的大事偏偏没有这两位什么事。尤其是高君雅，明明是个专门管军事工作的领导，偏偏没人睬他。

再一看，这些军队交给了些什么人：李世民、长孙顺德、刘弘基。李世民虽然没有什么职务，但他是李渊的二公子，这也就算了。长孙顺德和刘弘基本来是逃避远征高句丽的逃兵，按理说应该待在大牢里，这会儿却在军队里耀武扬威。我们知道你李渊喜欢讲义气，所以以前看到你包庇罪犯也就睁一只眼闭一只眼，可是现在你还要他们掌握兵权，是不是有什么图谋呢？

这两位越想越不对劲，于是打算先下手为强，把长孙顺德和刘弘基先抓起来再说，试探一下李渊的反应。动手之前，他们先找到一个叫武士彟的人。此人本是商人，在乱世里投靠到李渊的帐下，当了个管武器装备的官儿。由于和王威、高君雅私交还不错，两个人想让他当个中间人，先礼后兵找李渊交涉一下。

政治斗争，首先要站好队。圆滑的武士彟早已看出局势掌握在李渊手中，于是劝说二人："这两个犯人你们也知道，是唐公包庇的人。把他们抓起来，唐公的面子往哪儿放？一定不会善罢甘休。唐公在太原城里一手遮天，上上下下都是他的人，真的闹起来，吃亏的还是你们。何况敌军压境，这时候内乱了对谁都不好。"王威、高君雅无可奈何，一时也抓不到李渊的把柄，只好放弃了计划。

顺便提一下，这武士彟没做过什么惊天动地的大事，后来却有个惊天动地的女儿——小名媚娘，人称武则天。

到了五月份，李渊手下的人马越来越多，而且军队上下都是他的亲信故旧。这时候就算是傻子，也该猜出李渊想干什么了。王威、高君雅明白过来已经为时已晚，两个被忽悠的纯洁的人受到了伤害，情急之下，打算采取暴力手段来挽救危局——刺杀。

王威、高君雅计划在晋祠趁李渊祈雨不备的时候动手，计划却被一位叫做刘世龙的乡长得知。由于李渊交往不分贵贱的处事作风，这位小小的基层干部以前在与李渊见面时，不仅没有被冷落，反而感受到了春天般的温暖。李渊的人格魅力拯救了自己，小人物刘世龙的密告，改变了历史的走向。

既然大家挑明，也就不用再遮遮掩掩了，李渊决定先发制人。

公元617年5月4日夜，李渊让李世民带领兵马预先埋伏于晋阳宫城之外。

之所以要把晋阳行宫当做下手地点，李渊是经过慎重考虑的：第一，这里是铁杆哥们儿裴寂的管辖场所，只要一进宫城，王、高就算喊破嗓子也没辙。第二，这可是皇上的行宫，王、高不可能带领很多随从入内，动手自然方便些。

第二天，李渊随便找了个由头，叫王、高二人一起去晋阳宫视察。这是公务，两人没办法推辞。众人在晋阳宫内休息落座时，一个低级官员刘政会闯了进来，声称有密状呈上。

李渊不动声色，示意王、高两位副手先去看密状。

不料刘政会大声说道："我告的就是郡丞等人，这密状只能给唐公您看。"

李渊作出大吃一惊的表情，"有这种事？！"忙拿过密状仔细查看，过了好一会儿，大声宣布："王威、高君雅里通突厥，引兵入境！"

高君雅立刻反应过来，当场挥着拳头对李渊大吼："你们这是诬陷！你为了造反，要杀掉我！"

此时二人已是瓮中之鳖，哪里还有反抗的余地。两边的武士一拥而上，把王威、高君雅捆翻在地。与此同时，二人在宫外等候的亲随也被李世民带兵制伏。

6. 没有永远的敌人，只有永远的利益

这时候摆在李渊面前的，依然是险恶多变的形势。

一把手抓了二把手，立即成了小小太原城的头条新闻。高君雅可是

皇上的亲信，他会去勾结突厥人？证据何在？李渊如果不作出一个合理的交代，“李渊要干啥”马上就会成为第二天街头热议的头号话题。“李渊怕是要造反”的猜测将很快就会流传出去，造成难以预计的后果。

索性抡起膀子造反？还不到时候。士兵们刚刚招募过来，还没有形成战斗力。李建成、李元吉他们带着全家老小，还在从河东赶来的路上。长安的女婿柴绍也还没有赶到太原。一旦周边地区官员知道李渊造反，集合军队前来进攻，并且在周边设下关卡捉拿叛乱分子，那可真是赔了夫人又折兵。

在下手之前，李渊必须要稳定人心。

历史就是如此巧合。就像那个“狼来了”的故事一样，撒谎不眨眼的李渊真的把狼招来了。两天后，一些突厥轻骑侦察兵突然出现在太原北门，趁守军不备冲进城内，进城虚晃一枪后，又从东门扬长而去。（史载：“轻骑入外郭北门，出其东门。”）没多久，几万突厥大军出现在太原城下。

什么是真正的朋友？就是在最需要的时候出现在你面前的人。

这下子，王威、高君雅就算浑身是嘴也说不清了。

可李渊却一点儿也高兴不起来。

城外的突厥骑兵不是来旅游观光的，他们手里提着家伙，眼里冒着欲望，专门干打劫这种没技术含量的事情。此时李渊手里虽然也有了几万人马，却基本都是些新兵。这会儿让他们排队当仪仗队还成，让他们去跟剽悍勇猛的突厥骑兵战斗，简直是肉包子打狗——有去无回。

站在城头看着城外黑压压的突厥人，众人头皮发麻，一时间毫无办法。

这时候刘文静说话了，他问侦察兵：“有没有刘武周的部队参与？”侦察兵回答：“没有看到刘武周的旗帜。”

大伙儿感到奇怪：“这有什么关系吗？现在不管谁来打，我们都不是对手啊。”

刘文静不慌不忙地分析道："当然有关系。突厥人一般只是来打劫，抢点东西就走，不会拼命攻城。刘武周则不同，他是要攻城略地抢地盘的。如果他来了，那可真不好说了。"

听了刘文静的分析，一向谨慎的李渊果断命令："各位集合兵马做好准备。同时打开城门，我们摆空城计！"

众人大吃一惊："你以为这是戏台子啊，学着诸葛亮摆空城计。那可只是传说中的成功案例，万一突厥人脑子一根筋不配合，傻乎乎地进城来，咱们可就是玩火自焚了！"

面对众人的议论纷纷，李渊笑道："我已经反复考虑过，不会失败。目前的情况，就算突厥人不拼命攻城，我们也守不住。刚才刘大人也说了，突厥人无非是为了钱财而来。要知道，贪图利益的人决不会打算以性命作代价。这种心态下，他们会变得多疑怕死。只要我们摆出空城计，突厥人一定不敢轻举妄动。"

众人头皮发麻地去准备。果然，突厥人看着打开的城门，一时间不敢轻举妄动。

此时，太原城内群情激奋，一致要求杀死王威、高君雅这两个勾结敌人的内奸。于是李渊"顺应民意"，把这两人"咔嚓"掉了。

但意外的事情打乱了李渊的计划。部将王康达沉不住气，带领千余人马出战，全军覆没！得知这个消息，大家都惊恐得说不出话来：毕竟真的假不了，假的真不了。城中的虚实已经暴露，只怕太原城是保不住了。

好在突厥人并没有立即攻城。李渊再生一计：命令部队夜晚悄悄出城，到了白天又大张旗鼓地从大路上进城，看上去就像是外地派来了大批援兵。如此这般地武装游行了两日，突厥人进退两难，只好在城外顺手抢了点东西，悻悻而去。

熬过险象环生的五月，到了六月，李建成等人拖家带口终于到达太原，没有顾虑的李渊打算放手大干了。

但是，要想进军长安，李渊的后院根本不稳固，毕竟突厥人刚刚来拜访过。谨慎的李渊可不愿意后院起火。这时候，刘文静建议：联合突厥。

虽然和突厥人当了多年对手，李渊却深知“只有永远的利益，没有永远的敌人”。联合突厥，不是面子问题，而是战略问题。目前利害关系很明显：联合突厥的话，一可以得到安全的大后方，二可以得到突厥的军事支援。对抗的话，则腹背受敌，军心动摇。利害得失面前，李渊毫不犹豫地放下感情因素，作出了最有利于自己的选择。

怎么联合？突厥人不是活雷锋，为了世界和平对你不打不抢。鉴于突厥始毕可汗有两大爱好——一是虚荣，二是贪财，李渊采取了两大手段——一是拍马屁，二是送好处。

李渊给突厥可汗写了一封信，声称自己打算拯救当时的政局，去把隋炀帝从江都接回北方来，重振朝纲，恢复隋文帝时期与突厥的和亲政策，两国互利互惠，希望可汗能够支持。最后署名时，写上了“李渊启”三个字。别小看这个“启”字，这是一种表示尊重的格式，一般在向地位比自己高的人写信时才使用，《资治通鉴》中称之为“卑辞厚礼”。当然，为了尊重突厥人无利不起早的传统习俗，随信自然还有丰厚的礼物。

突厥可汗收到了李渊措辞谦卑的信，看着眼前的金银财宝，心里十分高兴。游牧民族都是直肠子，哪里管李渊心里的小九九，直接把话放到台面上来了：隋炀帝这个人大家都知道，你如果真的把他迎接回来，只怕第一个杀的就是你唐公。干脆啊，唐公你直接当皇帝，我们一定全力支持，有事尽管开口。怎样？请你赶快答复。

看到回信，李渊哭笑不得。周围的人倒是十分积极，巴不得李渊答应。李渊自知时候未到，吞吞吐吐地说了些场面话：“这怎么可以呢？我可是隋朝的臣民啊，世受国恩，享受高官厚禄。要是造反，我还是人吗……”主要干将刘文静、裴寂出来劝说：“如今我们虽然有兵了，但是缺乏马匹。突厥兵我们可以不要，但是马不能不要。现在突厥放出话来了，多不容易啊。如果我们还支支吾吾，一旦他们反悔，我们以前的工作就白做了啊！”

李渊的犹豫不无道理，作为一个高级造反者，他必须考虑名分问题。

作为隋朝的高级公务员，他不能像普通起义领袖那样，找块高地扯着嗓子大喊：“活不下去了，乡亲们造反吧！”以正统的眼光看来，造反是件合理不合法的事情。打天下不能光靠着长孙顺德和刘弘基这些上阵砍人的兵油子，也需要得到上流社会的支持帮助。如果贸然称帝，必将遭到士大夫阶层的排斥。此外，树大必然招风，三国时期袁术称帝的下场发人深省。在实力并不占优势的情况下，低调做事才是正确的选择。

经过一番商议，李渊等人提出了一个折中方案：第一，宣布隋炀帝为太上皇，立在长安的代王杨侑为皇帝。第二，用红白两色旗帜。红旗是隋朝的旗帜，白旗是突厥的旗帜，这代表李渊现在既是隋朝臣子也是突厥的盟军。李渊对此也自嘲了一回：“我们这样子就是掩耳盗铃嘛，但是迫于时势，不得不这样啊！”（史书记载：渊曰：“此可谓‘掩耳盗钟’，然逼于时事，不得不尔。”）

6 月 18 日，突厥使者康鞘利到达太原，表示可汗认同了李渊的新方案，表示会派人参战，要多少由李渊定夺。同时，为了“表示传统友谊”，使者还带来了千余匹战马，按优惠价和李渊做生意。

李渊好吃好喝招待使者，至于那些战马，他只是挑挑拣拣买了一半。有人就不明白了：“我们正缺战马，也不是买不起，干吗不全买了？要是唐公你手头紧，咱们也能支援你一些全买下来。”李渊回答：“突厥人马多，而且贪财。如果这次买完了，下次就会接着来卖。现在我们求着他，难道真的和他们讨价还价？他们的马多的是，如果不买，那是得罪他们，如果一直买下去，我们怎么买得起？所以我只买一半，让他们觉得我们没有什么消费能力。这样他们就不会常来做生意了。”

过了一阵子，突厥使者觉得事情已经办好，就准备回去。李渊让刘文静一起过去，回复关于借兵的问题。

临行之前，李渊把刘文静叫来嘱咐一番："突厥人进入中原，也只是祸害老百姓。我之所以要借兵，为的是做样子给刘武周看，让他不敢对我动手。你这次去，随便借几百个人，让他们摆摆造型壮壮声势，多了也没啥用。"

刘文静到突厥后，开口和可汗借了几百个士兵，并且承诺了极有诱惑力的回报："若入长安，民众土地入唐公，金玉绢帛归突厥。"自己只出了这么一点兵力（对方还包食宿），就得到这样的报酬，始毕可汗自然乐不可支，满口答应。

传说有位老神仙有点石成金的金手指，当他问地主"你要什么，我都可以变出来"的时候，地主回答："我要你那根金手指。"李渊不是冤大头，他眼里不是那些金银，而是那根可以赢得一切的金手指——江山。

7. 用面子换位子

一切准备就绪。

大业十三年七月，李渊正式召开起兵誓师大会，自称大将军，宣布了隋炀帝的种种过失，宣布自己要拯救民众于水火之中。其实，不管李渊用什么样的口号，明眼人都知道李渊这是要跳出来自己单干了，纷纷追随。

三天后，李渊一行来到西河。一下马就慰问当地官员和百姓，接济那些穷苦人。七十岁以上的老人，都被授予了一个名誉官职，由政府供养。顿时全城老少感恩戴德，称颂不已。

随后，李渊又摆出求贤若渴的姿态，贴出告示：诚聘各方豪杰加盟本集团，共图大业。

结果招聘场面火爆，头一天就来了一千多人。李渊作为主考官，一边问对方的特长，一边给对方封官。张三会写字，就当记事；李四力气大，就当校尉。拿张纸写上名字和官职，再盖个官印，你就算是编制内了。几乎人人都得了官职（虽然是打白条的），皆大欢喜而离去。消息传出去，来投奔李渊的人更多了。

正当李渊顺利进军的时候，李密的使者来了。

当初起兵的时候，李渊给各路人马都送了信，算是打招呼。没想到李密专程送来了回信。这个李密，自从被隋炀帝迫害罢官以后，先是充当军师帮助杨玄感造反。杨玄感失败后，他又投奔了瓦岗寨，夺得了领导权。目前他的人马号称百万，是个惹不起的角色。

李密在信中表示：我们虽然不是同一家阵营，但都姓李，五百年前是一家。我不过有点虚名，却被各方豪杰拥戴当了起义军的盟主。此时隋朝未灭，希望能与唐公您联合，共图大业，斩杀隋朝昏君。如果你愿意的话，可以带千余人马来河内（今河南省沁阳市），咱们结盟如何？

使者退下后，李渊大笑："李密妄自尊大，还打算拉我入伙。我现在正打算进军关中，如果回绝他，倒是给自己惹麻烦。不如表现得谦卑一些，给他戴高帽子，让他帮我挡住关中以外的隋军，我好乘虚进入长安。等到关中平定，我再养精蓄锐，出来坐收渔翁之利。"

于是李渊回信："我这人没什么本事，不过是靠着祖上的功劳高官厚禄。如今天下大乱，如果我不出来尽一份力，就说不过去了。我大兴义兵，联合突厥，本意是为了匡扶隋朝。天下百姓，必然要有个主人，这个人选，不是您又是谁呢？我都是半老头子了，不敢有这个想法。只希望拥戴贤弟，应了李氏称帝的预言。那时候我只要求回到属地，安分地当我的唐国公就足够了。至于要杀死隋朝天子，我不忍心啊。而且现在山西不太平，我实在也抽不出时间来与你会盟，希望您能谅解。"

一番回话，拍了李密的马屁，又和李密保持了距离，不可谓不高明。

李密接到回信果然大喜：“有唐公支持我，天下足可定也！”于是两路人马一直保持着井水不犯河水的“和睦”状态。

接下来的事情很顺利。此时天下大乱，杨广被围困在江都，瓦岗军则在河南与困守洛阳的王世充激战正酣，隋朝政府已经无力抵抗李渊的进攻。李渊的人马纪律严明，对百姓秋毫无犯，并且学着农民起义军的做法，打开官仓分粮食给百姓。于是百姓纷纷加入李渊的队伍，等十一月李渊军队顺利拿下长安城时，已经有二十万之众了。这时候离他太原起兵，还不到半年时间。

占据关中后，李渊镇压了当地隋朝的反抗势力，让隋炀帝提前下岗，当太上皇。同时将十三岁的代王立为皇帝，称隋恭帝，自己当大丞相，由唐公成了唐王，掌握一切大权。到了 618 年，隋炀帝在江都被杀，李渊也趁势逼迫恭帝“禅让”皇位，正儿八经地当上了大唐开国皇帝——唐高祖。

王道

晋阳起兵的成功，李渊主要依靠了两个法宝：一是谨慎全面的准备工作，二是低调务实的对外联合。第一个法宝使得整个事件一直在计划内运作，无论是起兵时机、宣传口号还是对外关系，几乎都不存在重大漏洞；第二个法宝使得李渊避实就虚，获得稳定后方的同时，避开不必要的摩擦直取关中，用最小的成本换来了最高的收益。委曲求全也罢，扮猪吃虎也罢，要正视自身的条件，做事的时候选择最有效率的方式，千道万道，最终结果才是王道。

第四章

玄宗浮沉录——成功者没有懈怠的权利

伏尔泰说："国家的繁荣昌盛仅仅系于一个人的性格，这就是君主国的命运。"（《路易十四时代》）这句话在唐玄宗李隆基身上，似乎得到了最准确的诠释。是他，扭转乾坤励精图治，让李唐王朝得以复兴，开创开元盛世；是他，风流多情骄奢淫逸，几乎断送大唐江山。是什么手段让他开创了辉煌事业，又是什么错误让他抱憾终生？谁来回答唐朝君臣当时的疑问："玄宗之政先理而后乱，何也？"

1. 女皇的阴影

单从血统亲疏而论，李隆基和皇位是沾不上边的。他的父亲李旦是唐高宗的八儿子，也是武则天最小的儿子，李隆基本人则是李旦的三儿子。按照嫡长子继承皇位的规矩，这父子俩本该都蹲在一边凉快去，老老实实做个土财主王爷。

但是，父子俩赶上了武则天专政的"好时代"，李唐皇族的皇子们就像女强人手中的棋子，被她任意摆布。高宗去世后，太子李显（中宗）才当皇帝两个月，就被武则天废掉，性格软弱的李旦被扶上皇位（睿宗），成了母亲手中的傀儡。就在李旦当上皇帝的第二年，即公元 685 年的八月，李隆基出生于皇宫之内。

这正是李唐王朝的多事之秋，雄心勃勃的武则天不再满足于当一个“实际统治者”，干脆拿掉了儿子，自己登上皇位，改元为周，成为历史上唯一的女皇帝。李唐皇族虽然还保留着爵位吃国家粮，但是常常受到武氏一族的排挤。

八岁那年，李隆基朝拜女皇，不料手下被负责禁卫的金吾将军武懿宗大声呵斥。俗话说：“打狗还得看主人。”武懿宗仗着自己是武则天的侄子，明摆着没把李隆基放在眼里。面对这个气势汹汹的家伙，李隆基毫不示弱，大声呵斥：“吾家朝堂，干汝何事！敢迫吾骑从！”武则天听说了这件事，不仅没有生气，反而对孙子的霸气十分赞赏，觉得孙子比他那软弱的父亲强多了。

尽管如此，在无情的宫廷斗争中，李隆基的生母窦氏还是因为得罪了武则天被害死。错综复杂的宫廷变故，使得少年李隆基练就了坚定的意志和果敢的作风。眼看朝纲不振、皇族式微，他开始积极网罗人才、结交有为之士、培养心腹党羽，静观时局的变化。

公元 705 年，大臣张柬之等人发动政变，逼迫武则天退位，迎中宗复位，恢复了李唐天下。中宗李显是个昏庸之人，既怕老婆韦氏，也管不住女儿安乐公主。母女两个都以武则天为偶像，打算夺得权柄当女皇，偏偏又没有武则天的才能，把朝堂弄得乌烟瘴气。据说韦氏曾和奸夫武三思坐在龙床上赌博，中宗还在一旁帮着数筹码。安乐公主则在朝廷上下公然卖官鬻爵，迫害良臣。最终，这两母女干脆合谋毒死了中宗，打算效仿武则天由韦后登基称帝。

李隆基的姑姑，也就是武则天的掌上明珠、现代影视剧的“宠儿”太平公主，早已对韦氏等人的作为心怀不满，对她们手中的权柄更是虎视眈眈。她与上官婉儿密谋，假借中宗的遗诏，立温王李重茂（中宗少子）为皇太子，相王李旦（睿宗）参谋政事。

李旦不愿意卷入这政治是非中去，对政局一直采取回避态度。李隆基却感到这是夺取政权的好机会，可以与太平公主联合密谋除掉韦后一党。有人劝他把发动政变的事情向父亲李旦禀报，深知父亲软弱性格的李隆基回答："我们是为了社稷，成功了好处归相王，失败了我一死了之，不连累相王。现在报告的话，相王如果赞成的话，就承担了风险；如果不赞成，我们的密谋可能就会失败。"于是他背着李旦开始行动。

公元710年，李隆基借势与太平公主联合发动政变，带着万余御林军攻占皇宫，处死韦后、安乐公主及其党羽。政变次日，太平公主剽悍上殿，不由分说地把傀儡皇帝李重茂从龙椅上拉下来，宣布李旦再次登上皇位，做派颇有其母之风。这时，李旦才得知政变的经过。他抱着李隆基哭泣道："社稷宗庙得以保全，是你的功劳！"李隆基当日被改封为平王，兼殿中监，同中书门下三品、兼押左右万骑，军权在握。

政局初定，接下来是论功行赏。李旦的长子李成器按规定应立为太子，但李成器没有被这天上掉下的馅饼砸昏头，看清形势的他坚决辞让说："国家安则先嫡长，国家危则先有功；平王有功于国，自己决不居平王之上。"当事人都这么说了，参与政变的大臣也借机表示李隆基应该当太子。李旦乐得做个顺水人情，立李隆基为太子。

政变女主角太平公主劳苦功高，再加上说话办事颇有武则天遗风，得以掌握朝政，号称议政公主，当时"宰相七人，五出其门"，文武大臣"大半附之"。

世界上没有永远的盟友，只有永远的利益。一心以母亲为榜样的太平公主，对精明能干的李隆基颇为忌惮——一旦此人继位，自己岂能大权独揽？为此，她千方百计找碴儿废掉李隆基的太子之位，打算另外找个软弱无能的替代品。她不仅在李隆基身边安插了不少卧底，还常常在睿宗李旦面前说些挑拨的话，让其疏远太子。睿宗耳根子软，听了几次就半信半疑了。

睿宗这人，坏处是没主见，好处也是没主见。不久后不知哪里传来谣言，说五日内有人带兵进宫，睿宗马上急了，召集大臣商议此事。大臣张说指出："这一定是有人要离间陛下与太子的关系，如果陛下令太子监国，则君臣分定，谣言自然不攻自破。"睿宗觉得这话也有道理，在景云二年（公元 711 年）二月二日，命太子李隆基监国，代行皇帝的部分职权。太平公主一看李隆基已经开始当实习皇帝了，更是咬牙切齿。

第二年，天上出现了彗星（也就是老百姓常说的扫帚星，是不祥的征兆），太平公主指使亲信对睿宗说："从天象上看，皇太子要当天子了。"睿宗本来就是个懒得管事的人，被人弄得在这皇帝位子上上下下几次，就像闹着玩一样，估计他自己也腻味了，于是干脆决定退位让贤，把皇位传给了李隆基。

本来是挑拨离间，却没想到事与愿违，太平公主吃了个哑巴亏，姑侄之间的矛盾越来越激烈。李隆基也不是善茬，立即决定先发制人。公元 713 年，李隆基与宰相郭元振、大将王毛仲、内侍高力士带领禁军镇压"谋逆"，杀死宰相窦怀贞、萧至忠、岑羲等人，下诏赐死太平公主于家中，彻底剪除了心腹之患。事后，太上皇李旦也彻底交出权力，二十九岁的李隆基在十二月大赦天下，改号"开元"，成为唐王朝的真正统治者，史称唐玄宗、唐明皇。

武则天退位后，唐王朝内部争权夺利，政局动荡，七年之内六次政变，皇位五次更换，皇亲国戚王公大臣死于非命的不在少数。为了巩固皇权，稳定局势，唐玄宗采纳姚崇的建议，将政变功臣贬至州郡任刺史，诸王也令出刺外州。在政变中屡屡扮演关键角色的禁军势力自然也在整顿之列，其首领王毛仲被处死，并设立飞龙禁军，由宦官高力士亲自指挥，保证皇帝的安全。这一系列兔死狗烹的举动，虽然显得不够厚道，却实实在在解决了当时权力结构混乱的问题。

踏着那些高贵的鲜血，大唐王朝即将迎来黄金时代。

2. 敬贤与用贤

在接连粉碎阴谋集团后，权力重新得到集中，皇权重新赢得敬畏，唐王朝的发展终于走上正轨。但连续的政变让朝廷大伤元气，人才缺乏、吏治混乱，众人用怀疑的眼光看着这位靠武力夺取政权的新皇帝，形势仍然不容乐观。

玄宗深知安定的政局得之不易，他严格遵循着曾祖父唐太宗留下的“去奢省费，轻徭薄赋，选用廉吏，使民衣食有余”的基本国策，按照“节用、寡取、任贤、富民”这八个字办事，开始了属于自己的帝国时代。

开元二年（公元 714 年），玄宗下令将宫中一批价值不菲的珠宝绫罗当众焚毁，向大臣们表示抑制奢靡的决心，并规定后妃以下不得穿珠玉锦绣，全国上下不得采取珠玉、刻镂器玩、织造锦绣珠绳，违者责杖一百。同时，他还拿亲属开刀，削减了亲王和公主的待遇，说：“老百姓交上来的赋税又不是我的，将士们出生入死，所得的赏赐不过是一点点财物，儿女们有什么功劳，凭什么享受这么多封户呢！”

据说太子（也就是后来的唐肃宗）跟着老爹吃饭，桌上有一盘羊腿，玄宗让太子割一些羊肉来吃。太子割完羊肉，手上沾满了油，顺手就拿起一张面饼擦手，玄宗的脸色顿时阴了下来。不知是看到了老爹的脸色还是舍不得手上的那点油，太子擦完手后居然把面饼送到嘴边吃起来。玄宗的脸上顿时多云转晴，对太子说：“做人就应该这样。”

连太子、公主都被开刀了，那些混饭吃的南郭先生自然更不在话下。由于武则天时期封官太多，国库开支庞大，玄宗下令大量裁减冗官。至于那些光吃饭不干活的衙门机构，也在裁减之列，不仅节省了开支，办事效率也大大提高。

皇帝一带头，臣属们不得不跟着勒紧裤腰带过日子。大臣卢怀慎当了几十年的官，始终是粗茶淡饭，发工资都救济了别人，等到去世的时候，“家无余蓄，妻、子匮乏”，家中唯一的老仆人请求卖掉自己凑钱给老主人办丧事。玄宗闻讯大为感动，马上派人救济，并亲自为卢怀慎书写碑文赞颂之。

要过好日子光靠勒紧裤腰带是远远不够的。那八个字中“任贤”两字，才是治国的关键所在。玄宗以其卓越的用人眼光，先后任用了姚崇、宋璟这两个著名宰相，张说、韩休、张九龄等人也各有所长。开元年间人才荟萃，堪称一时鼎盛。

姚崇向玄宗提出“抑权幸、爱爵赏、纳谏诤、却贡献、不与群臣亵狎等十事”，玄宗全部采纳，通过其辅助在政治、经济、军事等方面进行一系列革除时弊的改革，为“开元盛世”打下了基础。姚崇也因为打开局面有功，被时人誉为“救时宰相”。晚唐诗人杜牧也赞其“首佐玄宗起中兴业”。

开元四年（公元 716 年），姚崇举荐宋璟接替自己的宰相职务。宋璟不负众望，“务在择人，随材授任，使百官各称其职；刑赏无私，敢犯颜直谏”。他的远房叔叔宋元超在参加吏部的选拔时，向负责人说明了自己与宰相的特殊关系，希望能得到照顾。下面的人把此事告诉宋璟，宋璟非但没有给叔叔说情，反而特别告诉吏部：“不要让他当官。”对于这个六亲不认的人，玄宗“甚敬惮之。虽不合意，亦曲从之”，甚至把宋璟的进言书立座右，作为鉴戒。一次宫廷宴会上，玄宗将自己使用的金筷子赏赐给宋璟，表示：“朕不是赐给你金子而是筷子，是表彰你正直无私呀！”

对于这些政治精英，玄宗无比尊敬。某天玄宗打算和姚崇谈论政务，偏偏天降大雨，道路泥泞。姚崇年事已高，这种天气进皇宫是很不方便的。于是玄宗命令随从用皇帝才能乘坐的御辇抬姚崇进宫。消息一传开，朝廷上下议论纷纷，认为这是至高无上的荣誉。

有时候，玄宗还搞点评奖评优的海选活动，营造敬才、爱才的氛围。他还在勤政楼用七种宝物装饰成一座七尺高的宝座，宣布人们在讲解儒家经典或者议论政务的时候，只有获得大家一致认可才能坐上这个宝座。众多大臣学者中，只有张九龄风流倜傥、谈笑风生，得以坐上宝座，一时传为美谈。

听说服用常春藤可以延缓衰老，让老人白发变黑，唐玄宗立即下令采摘。由于离长安不远的终南山常春藤出产不多，唐玄宗专门派人前往太湖一带采摘，赏赐给朝中老臣。

对于手握天下的帝王来说，“敬贤”其实是件比较容易的事情，摆点高姿态、说两句客气话、发放点福利，不过是大佬们的举手之劳。但是“用贤”就没这么简单了。首先，帝王公司老板只有一个，经理人做大了会不会夺权上位？其次，老板之所以是老板，自然要比手下强那么一点点，看着一个个手下比自己做的还要风生水起，是有点伤自尊的。特别是有的老板，白手起家历经风雨扫荡群雄创下基业，骨子里早就认为老子天下第一，招人不过是找几个打工仔，听你的意见那是给你面子。偏偏许多有才能的人多少有那么点小脾气，到时候顶起牛来，搞得老板下不了台，那是相当伤脑筋的事情。于是乎很多老板一方面摆出“求贤若渴”的姿态招揽人才，一方面大包大揽抓住权力不放，把人才当做菩萨供养起来。如果碰上一些“刺头”人才，直接将其扫地出门的也不在少数。

所以历数千古帝王，表示要“招贤”的一大把，真正能把人才用好、管好的没几个。唐玄宗用人，好就好在能放下架子、撇下面子，真正把用人和社稷联系起来，凡事都是从大处着眼，而不是以自己的一时好恶改变用人策略。

大臣韩休直言敢谏，就像唐太宗时期的魏征，以至于唐玄宗见了此人就想绕着走，生怕又被这家伙上思想教育课。

一天，唐玄宗正在照镜子，见自己的脸瘦了一圈，闷闷不乐起来。旁边的宦官正好趁机说话："那个韩休当宰相，事事都和陛下争执，弄得陛下心情不好。不如将其罢免，用萧嵩为相。"唐玄宗不以为然，说："朕貌虽瘦而天下必肥。萧嵩为相，一副唯唯诺诺的样子，也没自己的主见，他退下去后，我总是不放心睡不好。韩休为相，诸事力争，他退下去后，我睡觉很踏实。我用韩休，是为社稷着想。"

不仅如此，玄宗还采用宋璟的建议，恢复了贞观年间实行的谏官制度，鼓励谏官直言进谏，不要有所顾忌。玄宗为了娱乐，曾经派人前往江南捕捉一种水鸟。于是有谏官提意见，认为这样会妨碍农耕，并且尖锐地说："道路观者，岂不以陛下贱人贵鸟乎？"听到这话，玄宗非但没有生气，还下令奖励这位进言者。

帝王与臣子最大的矛盾，就是在权力分配上的矛盾。因此很多官员对分内的事情也是一步一个请示，生怕触到皇帝的权力痒处。姚崇曾经找玄宗请示提拔一个小官的事情，没料到玄宗扭过头去根本不理他。姚崇以为皇上没听清，只好复述一遍，没料到玄宗一声不哼。姚崇不晓得哪里触了皇上的霉头，连忙惶恐退出。一旁的高力士说："陛下登基不久，宰臣请示的事情，就应该当面回复解决。姚崇向您请示，您却不理睬，我们作为陛下身边的宦官也感到恐惧啊。"玄宗说："我已经把政事交给姚崇，大的事情当然要由他禀报，大家共同决断。提拔一个小官，姚崇难道还不能自己做主，跑来麻烦我吗？"

惶恐不安的姚崇正在感叹天威难测的时候，高力士告知他事情的原委，才让他缓下一口气来。大臣们听说这件事以后，都认为皇上用人不疑，英明大度。

史书称赞这段时期的人才政策："开元之盛，所置辅佐，皆得贤才……朝多君子，信太平基欤。"在明君与名臣的通力合作下，大唐帝国上下充满了积极向上的活力。经过百年积累，唐王朝进入了黄金时代，一个社会安定、繁荣空前的开元盛世出现了。

物价和治安是社会是否繁荣的重要标准，每逢王朝末世，史书上必有“物价飞涨、盗贼蜂起”八个字。开元盛世在这两方面又是个什么表现呢？据数十年后杜佑的《通典》记载：当时“米斗至十三文，青（今山东青州）、齐（今山东历城）谷斗至五文。自后天下无贵物。两京米斗不至二十文，面三十二文，绢一疋二百一十二文。”可见此时物产丰富、物价低廉。物质的丰富必然带来商业的极大繁荣，当时全国各地“夹路列店肆待客，酒肆丰溢”，商人们“远适数千里，不持寸刃”，根本不用担心车匪路霸问题。记载显示，开元十八年（公元 730 年），全国犯罪的仅二十四人，治安形势一片大好。

安居乐业带来了人口的大量增长，官方记载显示，天宝十三年（公元 754 年）全国人户约九百六十二万户、人口约五千二百八十八万。由于古代民间历来存在靠隐瞒人口来躲避税收、徭役的现象以及当时统计条件的限制，专家学者们普遍认为这个数字大大少于当时全国的实际人口。他们综合各方面史料推测，公元八世纪中叶，唐朝全国实际人户超过一千三四百万户，实际人口超过七千万。

在科技并不发达的古代，人口就是生产力，当时的大唐王朝，无疑是当之无愧的超级大国，长安和洛阳无疑就是当时的纽约、伦敦。和现在很多人希望移民美国一样，当时的外国人也以能在唐朝定居为荣，在长安常年定居的西域胡人多达二十余万。“唐人”“唐人街”“唐山”等称号流传海外，影响至今犹存。

杜甫在《忆昔》一诗里深情回忆那个黄金时代：

忆昔开元全盛日，小邑犹藏万家室。
稻米流脂粟米白，公私仓廪俱丰实。

九州道路无豺狼，远行不劳吉日出。

齐纨鲁缟车班班，男耕女桑不相失。

开元十三年（公元 725 年）十月，玄宗在泰山行封禅之礼，表示治理天下已经大功告成。谁也不知道，几十年后玄宗回忆起这个时代，是一种怎样的心情。

真可谓：我猜到了开始，却猜不到这结局。

3. 口有蜜，腹有剑

让我们先随着倒流的时光，回到贞观十五年。

玄宗的曾祖父唐太宗李世民，正在与臣子谈论治国之道。太宗谓侍臣曰："守天下难易？"侍中魏征对曰："甚难。"太宗曰："任贤能，受谏诤即可。何谓为难？"征曰："观自古帝王在于忧危之间，则任贤受谏。及至安乐必怀宽怠，言事者唯令兢惧，日陵月替，以至危亡。圣人所以居安思危，正为此也。安而能惧，岂不为难？"（《贞观政要·君道》）

太宗认为，守天下只要能做到选贤任能、虚心纳谏，就可以保证长治久安。而魏征则强调，帝王们在忧患之时，固然会"任贤受谏"，但很难做到居安思危。没想到近一百年后，唐太宗谈论的问题，在其曾孙李隆基身上得到了惊人的验证。

继二哥、四弟去世之后，开元二十二年（公元 734 年）正月，玄宗五弟薛王李业去世。同样是通过政变上台，但与骨肉相残的李世民相比，玄宗与兄弟们的感情十分深厚，常常与众人一起饮酒、击球。这些玩伴的去世，使得五十岁的玄宗在悲痛的同时，也隐隐感到了人生无常的恐惧。薛王的葬礼之后，玄宗就派人前往恒山，请著名道士张果（也就是民间传说的张果老）到洛阳，以求长生不死之道。

从此，走向老年的玄宗开始像成功人士那样享受生活，不再提什么节俭，对大臣们的进谏也不十分在乎。这时，他的用人标准开始变化，那个让他说出“朕虽瘦而天下必肥”的韩休让他越来越不满意。每次玄宗去游乐的时候，都吩咐侍从：“别让韩丞相知道。”可是韩休的批评奏章却很快被送到玄宗面前。虽然碍于多年君臣的面子玄宗不能怎样，但玄宗还是巴不得这个老家伙早点消失。

不久后，忠正耿直的韩休病故，“善体上意，口蜜腹剑”的李林甫成为丞相，天宝之乱拉开了帷幕。

李林甫是唐高祖李渊的堂弟、长平王李叔良的曾孙，父亲是扬州府参军。史载“林甫恃其早达，舆马被服颇极鲜华，自无学术，仅能秉笔”，是个讲究排场、不学无术的纨绔子弟。不过由于有楚国公姜皎这样一个好舅舅，他少年得志，得以进入官场，担任司门郎中的官职。侍中源乾曜对此很不满：“郎官须有素行才望高者，哥奴（李林甫小名）岂是郎官耶？”

为了向上爬，李林甫很懂得走“后宫路线”，“深结宦官及妃嫔家，伺候上动静，无不知之，由是每奏对，称旨，上悦之”，把玄宗的行踪和喜好弄得一清二楚，更有利于阿谀奉承。此时玄宗最喜欢的后妃是武惠妃，最喜欢的儿子是武惠妃的儿子寿王李清。于是李林甫通过宦官牵线向武惠妃传话，说愿意“尽力保护”寿王，暗示可以帮助寿王夺取太子之位。武惠妃自然大喜，几阵枕头风吹过，李林甫很快被提拔为黄门侍郎，没多久就当了宰相。

由于门第高、后台硬，加上“脑袋灵活”，李林甫得以步步高升，出现在唐王朝的政治舞台中央。和那些有事没事就进谏的大臣们不同，李林甫极其善于揣摩上级的心思。《新唐书》中说：“林甫特以便佞，故得大任”。公元736年，唐玄宗打算想从陪都洛阳回长安，宰相张九龄等人认为秋收还没结束，浩浩荡荡的皇帝随行人员会干扰百姓的生产，不如等到冬闲时节。大臣们告退时，李林甫故意装出腿疾的样子落在后面。玄宗问他怎么了，李林甫回答说：“我不是有病，而是有话要奏明皇上。长安和洛阳本来是皇上的东宫、西宫，皇上要到哪里去何必等时间？如果说妨害农民生产，免掉他们的赋税也就是了。”玄宗听了很高兴，很快就下令起驾前往长安。

为了独揽大权，李林甫对那些不听他的话、不帮他的忙的大臣想方设法地陷害。由于李林甫工于心计，要整人也是一口甜言蜜语，人们评价他“口有蜜，腹有剑”，“口蜜腹剑”的成语就是这么来的。几番谗言之后，张九龄、裴耀卿、李适之等敢于直言的大臣被贬官离京，李林甫在朝廷中一人独大。从此，开元年间那些能臣、直臣在朝廷中几乎被排挤一空，小人、奸人则猖狂一时。

曾经有人向玄宗推荐酷吏吉温，玄宗不愧为一代人杰，看一眼后就对手下说：“是一不良汉，朕不要也。”吉温面试失败后只好另辟蹊径，千方百计打点关系，大肆结交高力士、李林甫、杨国忠等权贵，终于飞黄腾达，害人无数，玄宗对此却睁一只眼闭一只眼。后来在狗咬狗的内部争斗中，吉温被贬出京城，玄宗才对臣子表示悔意：“吉温是酷吏子侄，朕被人诳惑，用之至此。”

可惜，造就这些诳惑者的，就是玄宗自己。为了封住舆论，李林甫对专门负责提意见的谏官们说：“你们看到那些仪仗马了吗？它们吃得好住得好，但是只要一鸣叫，就会被淘汰掉，悔之何及！”在这样的舆论封锁下，玄宗很少听到刺耳的意见，觉得李家王朝仍处于盛世，越发昏庸起来。天宝三年，玄宗对高力士说：“朕不出长安近十年，天下无事，朕欲高居无为，悉以政事委林甫，何如？”高力士回答：“天下大柄，不可假人；彼威势既成，谁敢复议之者！”玄宗露出不高兴的神色，高力士一身冷汗，立刻跪下请罪：“臣狂疾，发妄言，罪当死。”

连陪伴玄宗身边多年的高力士都无法撼动李林甫的地位，李林甫自然是更加恣意妄为。

为了排斥那些有名望的人，保住自己的权势，李林甫向玄宗建议以后节度使这样的官职应该重用寒族和“蕃人”，因为寒族没有后台，自然难以拉帮结派；“蕃人”打仗勇猛，没什么花花肠子，可以信任。于是，不受节制的节度使很多由“蕃人”专任。

值得一提的是，这些“蕃人”当中，有个叫安禄山的人。

“天宝危机”的产生，李林甫固然是重要因素，玄宗自己更是难辞其咎。司马光《资治通鉴》评价：“上晚年自恃承平，以为天下无复可忧，遂深居禁中，专以声色自娱，悉委政事于林甫。林甫媚事左右，迎合上意，以固其宠；杜绝言路，掩蔽聪明，以成其奸；妒贤嫉能，排抑胜己，以保其位；屡起大狱，诛逐贵臣，以张其势。自皇太子以下，畏之侧足。凡在相位十九年，养成天下之乱，而上不之寤也。”

天宝十一年（公元 752 年），李林甫病死。与后来死于非命的杨国忠相比，寿终正寝的他是幸运的。但他死后第二年，与之有隙的杨国忠唆使安禄山诬告李林甫谋反，玄宗下令追削李林甫官爵，没收其家产，子孙流放，甚至连他的尸首也没放过，“剖林甫棺，抉取含珠，褫金紫，更以小棺如庶人礼葬之。”陷害别人一辈子，最终也被陷害，冥冥之中，自有安排。

4. 君王从此不早朝

开元二十五年（公元 737 年）十二月，深受玄宗宠爱的武惠妃去世，享年四十岁。爱妃去世，使得步入晚年的玄宗失去了心灵依托，日夜寝食难安。正在这时，杨玉环走进了他的生活。

杨玉环本来是武惠妃亲生儿子寿王李瑁的媳妇，不但年轻貌美，还聪明伶俐，颇有音乐修养，擅长歌舞。玄宗本身也是个音乐爱好者，对这样的美女加才女自然十分欣赏。玄宗是怎样搭上杨玉环的，史书上含糊其辞。有史料记载是出于高力士的推荐，这可能性实在太小——就算高力士和玄宗关系再铁，也断然不敢跑到皇上儿媳妇那里拉皮条。估计是玄宗自己看上了杨玉环，高力士才敢利用特殊身份做点联络员工作，充其量也就是胁从。

唐朝社会风气比较开放，虽然总体上说是个男权社会，但还没有南宋朱熹弄出来的那些“三纲五常”的严格礼教，女性相对比较自由。武则天之所以能当女皇，与社会对女性的宽容心态也有很大关系。因此，宫里闹出了这档子事，也没什么大臣要拼了老命进谏，捍卫“人伦之道”。

话虽然这么说，抢儿子老婆毕竟不是什么光彩的事，玄宗贵为皇帝也只能“曲线救国”，开元二十八年十月，与李瑁成亲五年，已经有了两个孩子的杨玉环“出家”当女道士，为玄宗的母亲窦太后祈福，赐号太真。杨玉环搬出寿王府，住进修行的太真宫，并在这里与玄宗秘密私会。这一年杨玉环二十二岁，玄宗则五十六岁。

到了天宝四年，苦苦熬了五年后的玄宗才把杨玉环迎入宫中正式册封为贵妃，这对地下夫妻算是正式登记。当然，老爸也不会让儿子太吃亏，玄宗给儿子介绍了一个老婆作为补偿。

对于这突如其来的命运转折，寿王李瑁只能自认倒霉，而杨玉环又是以怎样一种心态去面对的，现在的我们已经难以知晓。我们所知道的，是一个风流帝王对爱妃无尽的恩宠。也许是年龄相差太多的缘故，李隆基虽然贵为皇帝，心底还是有很多的不安。为了展示作为一个皇帝丈夫的伟大，为了能在占有人的同时占有她的心，玄宗只好尽量在物质方面“贿赂”杨贵妃，就像现在的小青年为了讨好女朋友就带她购物一样。

由于此时皇后位置空缺，实际上杨贵妃就是的后宫之主，一切待遇也都是皇后级别。贵妃喜欢换衣服，于是专门有七百多人为她做衣服；贵妃想吃新鲜荔枝，于是专门开辟了从岭南到长安的几千里贡道，“一骑红尘妃子笑，无人知是荔枝来”……当年那个英明果断、勤政治国的李隆基，已经变成了被爱情冲昏头脑的小青年。由于杨贵妃的喜好，本来在开元后期有所抬头的奢侈之风更加盛行，许多官僚贵族为了巴结贵妃，争献奇异珠宝和美味佳肴。

杨贵妃能得到玄宗的宠爱，固然有天生丽质的因素，很大程度上也是因其善解人意，这是那些只懂得争风吃醋的艳丽后宫女子不如她的地方。一次玄宗和亲王下棋，杨贵妃在一旁观看。对方大概没读过厚黑学，一个劲儿把领导往死里攻。眼看玄宗就要输棋了，杨贵妃故意“失手”让怀里的宠物猫跑到了棋盘上，“稀里哗啦”一下，棋局没了，胜负也就没了，保住面子的皇帝一方面说“可惜可惜”，一方面心里暗暗高兴。对于这样的“贴心小棉袄”，玄宗自然是宠爱有加，称赞她是自己的“解语之花”。后来，人们就用“解语花”来形容那些善解人意的美人儿。

玄宗离不开杨贵妃，还因为两人在歌舞艺术上的相得益彰。两人的合作成果，最著名的要数《霓裳羽衣曲》，乐调优美，构思精妙，堪称我国音乐史上的一颗明珠。弦歌声声中，玄宗沉迷于艺术的世界：“骊宫高处入青云，仙乐风飘处处闻。缓歌慢舞凝丝竹，尽日君王看不足。”（白居易《长恨歌》）

既然贵妃受宠如此，照顾一下她的娘家人是再正常不过的事。杨氏一族在上流社会迅速蹿红，其大姐封韩国夫人，三姐封虢国夫人，八姐封秦国夫人，“并承恩泽，出入宫掖，势倾天下”（《旧唐书·杨贵妃传》）。

三位夫人能够随意出入皇宫，生活无比奢华。虢国夫人有一个夜明枕，放在大厅里就不用点灯。韩国夫人则更愿意在照明问题上与民同乐，干脆做了一颗灯树，高八十尺，竖在山上，上元夜（元宵节）的时候点亮，百里外都看得见，堪比探照灯，甚至月色都显得暗淡了。杜甫有诗描绘杨家姐妹们出入宫闱的场景："虢国夫人承主恩，平明上马入宫门。却嫌脂粉污颜色，淡扫蛾眉朝至尊。"

如果说玄宗只是在几个女人身上撒钱，不过是满足了贵妇人的奢侈消费，无碍大局，杨国忠的"异军突起"则堪称一场政治灾难。

杨国忠是杨贵妃的"从祖兄"（他的爷爷和杨贵妃的爷爷是堂兄弟），此时也得到机会进入朝廷。此人不但胸无点墨，而且品行不端，是族人们都看不起的酒鬼和赌徒。偏偏此人善于察言观色、溜须拍马，通过杨贵妃这个"内线"掌握了关于玄宗的大量情报，然后投其所好地说话办事。《旧唐书》说："上春秋高，意有所爱恶，国忠探知其情，动契所欲。"

如果说李林甫是能力尚可的奸臣的话，杨国忠则是个不入流的混混。说来好笑，玄宗是在赌桌上"发掘"出杨国忠这个"人才"的。老头子成天在女人堆里无所事事，就常常和杨家几个亲戚玩赌博。皇帝出手可不像我们穷小子一次五毛、一块，估计每次都是老百姓眼中的天文数字，因此给皇帝算筹码也是件很伤脑筋的差事。杨国忠在赌场混惯了的，算起赌账来又快又准。玄宗觉得此人聪明干练，于是提拔他当大官。殊不知经常在赌场混的人，能有多高的道德感呢？结果此人不但没有理政才能，把政务弄得一塌糊涂，还在收受贿赂、结交朋党方面"大放异彩"。担任宰相的时候，杨国忠共身兼四十多个重要职务，主要负责财政和人事这两大肥缺。由于职务太多，他甚至连公文签字都忙不过来，只好交给亲信左右去办。这些人得到签字权后，变本加厉地收受贿赂，把朝政搞得乌烟瘴气。

在杨国忠手里，本来严格的官员选拔制度成了摆设。本来官员的任命过程要经过好几个衙门和多位有关官员的审核，整个过程需要数月。杨国忠则本着高效率办事的原则，把有关衙门抛开，让几个手下人在他的私宅里确定名单，然后找几位官员走过场式地讨论一下，一天全部搞定。选出来的是些什么货色，大家自然明白。

为了掩饰自己的无能，杨国忠对年老的玄宗采取“体贴”的消息封锁政策。玄宗听说外面暴雨成灾，向杨国忠询问灾情，杨国忠专门找来大个的粟穗子，说外面庄稼都长成这样，并没有受灾。有不识相的官员报告灾情，请求朝廷赈灾，杨国忠大发雷霆，甚至下令将报灾的官员治罪。在这种情况下，唐玄宗听不到任何坏消息，却“以为天下无复可忧”。

朝中大臣对杨国忠的德行了解得清清楚楚，根本看不起他。在其初登高位的时候，甚至还有朝臣“指目嗤之”，一点面子都不给。随着杨氏一族权势越来越大，杨国忠仗势一天天飞扬跋扈起来。一年上元节，杨国忠的车队在长安城游逛，与广宁公主的骑从车队发生争执。杨门奴仆狗仗人势动起手来，混乱中公主跌落马下，驸马郑昌裔连忙去扶，被杨氏奴仆的鞭子抽在脸上。广宁公主去找父亲玄宗流泪告状，不料玄宗下令只杀杨家奴仆一人，非但没治杨国忠的罪，还将驸马郑昌裔免官，不许朝谒。这样一来，没人再敢得罪杨国忠。

在这样乱糟糟的政局下，开元盛世带来的安定局面迅速恶化。进入国库的钱越来越少，朝廷的奢侈花费却越来越大。在杨国忠的“精心呵护”下，玄宗对这些问题不仅没有重视，反而打算在军事上作出一点成绩来。上级的态度刺激了将领们立功求官的欲望，甚至不惜在边界肆意挑衅寻求战争。边境安定的局面一去不复返了，唐朝先后和吐蕃、南诏等少数民族政权开战。尤其是征南诏之战，唐军将士先后战死、病死者达二十万之多。

玄宗倦于政事，用错李林甫、杨国忠二人，大唐王朝已经从内部被折腾成了空架子。偏偏此时，他又信错了一个外人，正是这个人，完成了对浮华盛世的最后一击。

5. 盛世终结者

安禄山是个边境胡人，生得膀大腰圆一脸凶相，而且狡黠奸诈，很善于把握人的心理活动。三十岁之前，他只能在边疆做一点小生意，后来又当了互市郎将（唐朝与少数民族买卖市场的管理员），混得很不成功，有时还监守自盗。开元二十年（公元 732 年），他因为偷羊被抓判死刑，眼看就要做无头鬼。情急之下他高声大叫："大夫不欲灭奚、契丹两蕃耶？而杀壮士！"范阳节度使张守珪见此人不凡，将其招降后安置在军中。

从此，破落户安禄山找到了最适合他的职业——军人。由于熟悉本地地形，外加骁勇善战，安禄山很快就军功显赫，开元二十四年（公元 736 年）任平卢将军。

但好景不长，安禄山在一次讨伐契丹的战斗中失利，按律当斩。朝中主政宰相是张九龄，他过去就曾评价安禄山："乱幽州者，必此胡也。"现在正好除掉此人，于是批准行刑。没料到玄宗看了批文不以为然，觉得看人不能主观臆断，于是安禄山逃过一劫。

捡回一条命的安禄山很快明白"朝中有人好做官"的道理，千方百计向上级领导贿赂献媚，对过往防区的使者也是百般奉承。不久后，玄宗的耳边就常常有对安禄山的称赞之声。天宝元年（公元 742 年），安禄山升任平卢节度使，兼柳城太守、押两蕃、渤海、黑水四府经略使。

天宝二年正月，安禄山入朝拜谒皇帝，玄宗对他很是宠信。仗着皇帝撑腰，安禄山对当时掌权的李林甫并不在意，态度傲慢。李林甫却也不动声色，当着安禄山的面把当时身兼二十余职、恩宠无比的大夫王鉷叫来问话。王鉷对李林甫满脸堆笑，百般恭敬。大胖子安禄山在一旁不由得心生凉意，对这个其貌不扬的小瘦子恭敬起来。李林甫让安禄山见识了厉害，摆出高姿态对安禄山说："安将军此次来京，深得皇上欢心，可喜可贺。将军务必好自为之，效命朝廷。皇上虽春秋已高，但宰相不老。"一席话说得安禄山心惊肉跳。每次李林甫和安禄山谈话，都能轻易猜透其心思，安禄山不由得心中敬服，事情不敢有半分隐瞒。

老谋深算的李林甫当然也不愿得罪安禄山，见安禄山有服软之意，便对其恩威并施。很快两人关系就亲密起来，安禄山甚至称李林甫"十郎"。安禄山曾对亲近之人说："我安禄山出生入死，天不怕地不怕，当今天子我也不怕，只是害怕李相公。"

对于朝中另一个炙手可热的人物杨国忠，安禄山却并不待见。杨国忠不是不懂强强联合的道理，两人最初见面时，他见安禄山身体肥胖行动不便，每次上下台阶时都去亲自搀扶。但是，安禄山对能力平庸的杨国忠却十分轻视，对他的大献殷勤并没有什么反应。被人追捧惯了的混混杨国忠哪里受得了这口气，一直怀恨在心，这也为后来的祸事埋下了伏笔。

由于"打点得当"，很多大臣都向玄宗赞扬安禄山的"忠正无私"，玄宗于是任命安禄山兼任范阳节度使，"由是禄山之宠益固不摇矣"。在安禄山离京的时候，玄宗命令中书门下三品以下正员外郎长官、诸司侍郎、御史中丞等群官于鸿胪寺亭子为他饯行。

天宝六年，安禄山再次入朝拜谒。在和玄宗吃饭时，他表示："臣蕃戎贱臣，受主宠荣过甚，臣无异才为陛下用，愿以此身为陛下死。"玄宗龙颜大悦。同时，安禄山见杨贵妃深得皇帝宠爱，于是表示愿意给小他十八岁的杨贵妃当干儿子。安禄山每次入见，常常先拜贵妃，后拜玄宗。玄宗感到奇怪，问他为何先拜贵妃，他回答说："胡人先母而后父。"玄宗哈哈大笑，反觉得这胡人憨直可爱。从此，安禄山得以随意进入内宫，有时会与贵妃面对面坐着吃饭。

善于拍马屁的安禄山，有时候看上去又很不识相。一次玄宗让安禄山见太子。见到太子后，安禄山并不下拜。左右责怪他失礼，他说："臣蕃人，不识朝仪，不知太子是何官？"玄宗只好耐心解释："太子是储君，朕百岁后要传位于太子。"安禄山故作惶恐状："臣愚，只知陛下，不知太子，臣今当万死。"这才下拜。

安禄山是个出名的大胖子，自称有三百斤，肚子垂过了膝盖。玄宗见此人如此肥胖，就打趣问他肚子里装了什么。安禄山一本正经地说："更无余物，止有赤心耳！"玄宗大悦。尤其难得的是，安禄山虽然肥胖，却十分灵活，在玄宗面前跳胡旋舞，旋转起来"其疾如风"。可以想象，一个三百斤胖子像维吾尔族姑娘那样旋转跳舞，是怎样的视觉效果，估计玄宗等人乐开了花。

安禄山表面上是个憨豆先生，实际内心全是小九九。他不但专门安插亲信在京城打探消息、贿赂重臣，还不断地派人往京城进献奇珍异兽、金银珠宝，以至于沿途"郡县疲于递运"。玄宗不但没责怪其劳民伤财，反而觉得这是他忠心的表现。加上李林甫建议重用番臣，安禄山得以继续高升，兼任平卢、范阳、河东三镇节度使，手握十几万精兵。

李林甫死后，安禄山没有了可惧怕的人，他"计天下可取，逆谋日炽"。在表面上的忠诚下，安禄山开始了谋反准备。他以局势需要的名义，在范阳城北筑雄武城，储藏大量粮食和兵器。从同罗、奚、契丹等少数民族降者中选拔精壮八千余人，称为"曳罗河"（壮士之意），打起仗来十分骁勇，所向披靡。同时还私下做了数以万计的绯紫袍、鱼袋（官员身份装饰物），准备以后分给臣属。

天宝十三年（公元 754 年），玄宗再次对高力士显露出"退休"的念头："朕今老矣，朝事付之宰相，边事付之诸将，夫复何忧！"这等于是要把大唐江山托付给杨国忠、安禄山这样的角色，难怪高力士急得连连劝阻："边将拥兵太甚，陛下将何以制之！臣恐一旦祸发，不可复救，何得谓无忧也！”懒得管事的玄宗虽然最终没有正式“退休”，但实际上已经很少过问政事，任由杨国忠、安禄山等人在朝廷内外折腾。

安禄山扩军备战，自然逃不过有识之士的眼睛，预警之言纷纷。但骂安禄山最起劲的，反倒是自己也不干净的杨国忠。杨国忠本来就是个睚眦必报的混混，被人骂一句都会记恨一辈子，何况当年热脸贴上冷屁股。他屡奏安禄山有“反状”，打算置其于死地。

玄宗的耳朵都要起茧子了，再想想安禄山毕竟是三镇节度使，手里有十几万精兵，真要造反可真是非同小可。于是玄宗听从杨国忠的建议，宣召安禄山入朝，试探其反应。杨国忠的如意算盘是：安禄山要造反，一定不敢冒掉脑袋的风险来长安。只要他不来，反意毕露，要怎么治罪那就另说了。

事实证明，比起安禄山来，杨国忠的权谋水平只是小儿科。安禄山接到诏书后，出人意料地迅速进京，反倒使杨国忠十分难堪。

天宝十三年（公元 754 年）正月，安禄山拜见玄宗，哭诉说：“臣本胡人，陛下不次擢用，累居节制，恩出常人。杨国忠妒嫉，欲谋害臣，臣死无日矣。”玄宗也觉得很不好意思，只能好生劝慰，并且对他大加封赏。

第二年，杨国忠等人又想出个“调虎离山”的计策，建议将安禄山召回任宰相，另派人分别去当三镇节度使，削掉安禄山的军权，玄宗接受建议。连诏书都起草好了，玄宗却又变了主意，派一个宦官以赏赐为名，前往范阳暗中考察安禄山。安禄山早就猜出醉翁之意不在“赏”，塞给宦官大量金银珠宝。宦官回宫禀报：“禄山竭忠奉国，无有二心。”玄宗再也不信安禄山要造反的传言，对杨国忠说：“禄山，朕推心待之，必无异志。”那些说安禄山要造反的人，很多都被玄宗逮捕起来交给安禄山处理，“由是人皆知其将反，无敢言者”。

这一年的四月，玄宗命给事中裴士淹宣慰河北。代表皇帝的裴士淹到了范阳二十多天，安禄山才态度倨傲地接见了他，根本没有作为臣子的礼节。裴士淹回来后却怕被治罪，“不敢言”。

天宝十四年（公元 755 年）十一月，安禄山打着讨伐杨国忠的旗号，终于起兵造反，“步骑精锐，烟尘千里，鼓噪震地”。此时，他所控制的三镇总兵力达二十余万，占当时边兵的四成，占全国兵力的三分之一。中原内地已经数十年没有经历战乱，毫无作战经验的唐军节节败退，甚至不少官吏听到叛军打来的消息，自动弃城而逃。

安禄山从开始起兵到十二月十三日攻占东都洛阳，前后只用了短短三十五天，河北、河南的郡县纷纷归降。此时，各地勤王的军队还来不及赶到长安，关中地区守备空虚。安禄山此时却像很多小暴发户那样，事业刚刚起步，就讲起了排场，忙着张罗登基过皇帝瘾的事情。

唐朝方面借着这个喘息机会，调动各路援军向关中集结。河北、河南的志士也开始集结军队，反抗安禄山残暴的统治。至德元年（公元 756 年）五月，安禄山西进潼关受阻，在河南一带进退维谷，“议弃洛阳，走归范阳，计未决”。

不料杨国忠再次出场“拉兄弟一把”，强令主张坚守的潼关守将哥舒翰出关迎敌，十七八万唐军溃败，潼关失守，关中地区从此无险可守。

老皇帝的安乐梦结束了。

听到潼关失守的消息，玄宗拖家带口，带着杨贵妃及其姊妹，来得及通知的公主王孙，杨国忠、陈玄礼等大臣以及大批宦官、宫女仓皇西逃。一群养尊处优的人踉踉跄跄跑到马嵬驿（今陕西兴平西），随行士兵怨声载道，对上层贵族昏庸无能的不满积聚到了顶点，开始哗变。杨国忠偏偏不知死活，和以往一样耀武扬威地跑到士兵面前弹压，被哗变士兵扯下马来，拳脚砍刀板砖一起上，当场毙命。接下来，士兵们又把矛头指向杨贵妃，认为此女魅惑皇帝，是天下衰败的根源，声称如果不除掉贵妃，将会采取进一步行动。无奈之下，老皇帝让老宦官高力士带走杨贵妃，令其自缢身死，时年三十八岁。可怜倾国红颜，就此化为尘土。

后世人们对杨贵妃大都采取同情态度。她虽然有种种过失，却并没有像妲己那样到“祸国”的地步。她喜欢奢华，喜欢奉承，有时候吹点枕头风，但她并不是一个坏女人，她对政治不感兴趣，不插手权力之争，不迫害朝廷大臣，对人也比较仁厚，只是以自己的妩媚温柔和音乐才华争取玄宗的百般宠爱。她只是一个躲在皇帝背后享受幸福的小女人（如果她觉得那就是幸福的话）。

龙武大将军陈玄礼对军队已经失去了控制，很难想象这些得寸进尺的士兵们又要做出什么来。正在这时，成都进贡的十余万匹春彩（一种丝织物）经过，玄宗终于恢复了过去的政治智慧，命人将春彩陈列在一旁，召来将士，当众演讲：“朕近来年老糊涂，托任失人，导致安禄山叛乱，不得已要远避其锋。知道你们都是仓促跟随朕上路，来不及跟父母、妻儿告别，一路跋涉，极其劳苦，朕惭愧之至。西去四川的路险阻、漫长，所经郡县房屋狭小，而人马众多，供给难免会发生问题。现在你们可以各自还家。朕独与儿孙、宦官前行入川，也完全可以走到。今天与你们诀别，你们可共分这些春彩，以作为路费。若是回到家中，见到父母及长安父老，请代朕致意。望各自珍重。”一边说，他一边“泣下沾襟”。士兵们都是平民子弟，何曾想过皇帝会有流泪求情的场面？不由得全部下跪高呼万岁，表示会紧随皇帝，不敢有二心。

但是，他这个万岁也当不久了。太子李亨在混乱中离开大部队，逃到朔方（治灵州，今宁夏灵武西南），在手下的建议下另立朝廷，是为肃宗，宣布逃到成都的唐玄宗退居太上皇。

在名将郭子仪等人的努力下，玄宗在四川并没有待太久。至德二年（公元758年）末，唐军收复长安、洛阳，玄宗也得以重返兴庆宫。此时，他身边没有大臣、没有爱妃，只有一个相伴多年的老宦官高力士。

权力斗争面前，皇家亲情不过是可以随手掀掉的破布。肃宗对父亲本来就心怀不满，再加上心腹李辅国的挑拨离间，更是对玄宗冷漠不已。在其默许下，李辅国先是将兴庆宫中的三百匹马削减为十匹，后又把玄宗骗往太极宫软禁起来。没多久，高力士又被流放到巫州（今湖南黔阳县）。

寂寞、凄凉、回忆、后悔等情绪越来越紧地在这位七十多岁的老人心中纠结，他郁郁寡欢，不思饮食。上元三年（公元 762 年）四月初五，唐玄宗死在长安太极宫神龙殿，享年七十八岁。

在他身后，是一个他亲手打造，又亲手毁坏的天下。“安史之乱”虽然结束，但其留下的藩镇割据局面从此成为唐王朝始终无法解决的毒瘤。再加上宦官专权、朋党相争、农民起义，大唐帝国早已失去了昔日的辉煌，内外交困。公元 907 年，军阀朱温在这所破房子上踹了最后一脚，篡位称帝，从此后世只能在那些盛唐诗歌里梦回唐朝。

王道

从励精图治到倦于政事，从厉行节俭到骄奢淫逸，从万邦来朝到仓皇出逃，从圣明天子到昏聩之君，历史上从来没有哪个皇帝的一生像李隆基这样，充满了矛盾的悲剧色彩。“此恨绵绵无绝期”，恨就恨在“前明后暗”，恨就恨在自毁事业。成功是一条漫长的路，谁也没有懈怠的权利，即便你已经足够辉煌。

人和篇

打造团队的王道心术

一个领导者，即使个人能力并不算优秀，但只要手下人才荟萃、齐心协力，那他就是个很好的领导。在利益倾轧、朝秦暮楚的政治场里，如何最大限度地利用人力资源，使他们为自己的目标服务，使自己的能量成倍增长，是每个成大事者必须考虑的问题。怎样拉拢人才、怎样使用人才，怎样保留人才？杰出的帝王们给我们好好上了一课。

第五章

一代霸主齐桓公——成也用人，败也用人

他的名字听起来很缺乏智商，他这一辈子确实也没多少聪明的成就，他只是重用了一个几乎毁掉他一生的男人。于是他的事业从军事到政治，最终当上了春秋时期的第一位霸主。也因为用人，他最后死得很难看。这就是我们的主人公——公子小白，大家习惯叫他齐桓公。

1. 不把鸡蛋放在同一个篮子里

伟人的诞生都是相同的，伟人的死法各有各的不幸，齐襄公万万不会想到他的死和地里的甜瓜有什么关联。

公元前 686 年，驻扎在齐国都城临淄郊外的两员大将打了份共同报告，家有老母、夫妻分居云云，要求调回城内任职。齐襄公正在吃瓜，于是随意说道：“好的，瓜代为期。”意思是等明年吃瓜的时候就让你们调回来（这里的瓜指的是甜瓜，吃西瓜那是唐朝才有的事）。

好吧，一年就一年，两个领兵打仗的将军转而关注地里的瓜秧子。终于等到了第二年的夏天，城里的诏书仍然没有下来，打报告上去也不见批示。也许齐襄公这家伙当初只是随口说说，根本没放在心上，两个被忽悠了的家伙一腔怨气。

公孙无知（这名字有个性）是襄公的堂弟，从小就受到襄公父亲齐

僖公的喜爱，受到的待遇几乎等同于太子。齐襄公当了国君，对这个当年和自己争宠的堂弟很不待见，不仅削低了他的待遇级别，还时不时给他小鞋穿。公孙无知找到这俩甜瓜将军，大家一商量，准备对齐襄公动手，事成之后大家都有好处。

冬天转眼就到了，齐襄公带着浩浩荡荡的队伍出城打猎。路边蹿出一头大野猪，“人立而啼”，有进化为异形的趋势。齐襄公吓得转身撒丫子就跑，最后命是捡回来了，鞋子跑丢了一只。那时候经济不发达，弄双好鞋也不容易，感到心疼的齐襄公命令一个仆人去找。当时情况那么乱，鞋子又怎能找得到？齐襄公一气之下赏了这人一顿鞭子，只好作罢。

这天晚上，叛乱开始了。造反三人组拉起队伍，偷偷靠近齐襄公的营地，正好抓住那个挨了鞭子的仆人。这个找鞋的立马声称自己也恨死了齐襄公，还把背上的鞭痕亮给叛军看。造反者一看不假，就松开手让其在前面带路，不料此人立即跑进营地大呼小叫，让众人操家伙保卫国君。

虽然亲随们忠心护主，毕竟仓促之间没有什么抵抗力，叛军很快攻入大帐，杀死躺在床上的人。有细心者察觉此人没有胡子（古人很重视胡子，不会剃掉），仔细一看发现此人是齐襄公的亲随宦官，替主公一死。齐襄公因为白天躲野猪扭伤了脚，没能跑远，躲在帷幕后面，被叛军搜出杀死。

齐襄公死得窝囊，国君之位却是个香饽饽。公孙无知终于实现梦想，抢得君位。不料乐极生悲，没多久他就被老仇人杀了，国君之位再度空缺。

当年襄公在位时，政令多变（比如甜瓜事件），不行威仪，他的弟弟们预感国内会有变乱发生，大都避祸出国。公子纠的老妈是鲁国人，于是他跑到鲁国，由管仲、召忽辅佐。公子小白则跑到莒国，由鲍叔牙辅佐。

顺便说一下，“公子”这两个字在春秋时期是不能随便叫的。如果叫“公子某某”，就说明他是国君的儿子，比如上面的公子纠、公子小白。公子的儿子则可以叫“公孙某某”，比如上面和甜瓜将军造反的公孙无知，他的爷爷是国君，老爸只是公子，因此自己只好叫“公孙”。不像后来，随便哪个男青年进青楼都可以被叫“公子”的。

言归正传，两个公子听说了国内有肥缺的加急电报，立即都带着随从往临淄跑。公子纠一方打算用点阴招，派管仲前去拦截公子小白的车队。半路上两边碰个正巧，话不投机，管仲拿起弓箭就射。“嗖”地一下，公子小白口吐鲜血倒在车上，管仲以为得手，胜利收工并回报公子纠。

既然竞争对手挂了，那就慢点赶路吧，反正去早了也不会多发一个月工资。而且那年代坐车并不是很舒服的事，没有高速公路，也没有橡胶轮胎，公子纠那坐惯了真皮沙发的屁股早就快颠散架了。

一行人晃晃悠悠到了齐国，才发现临淄已经有国君了，不是别人，正是被管仲射到的公子小白。原来管仲学艺不精，只是射中小白的腰带扣（类似于现在的皮带头）。公子小白急中生智，倒下装死。骗过管仲后昼夜兼程赶到临淄，在国内贵族的拥护下登上君位，史称齐桓公，这一年是公元前 685 年。

气急败坏的公子纠一伙人又连忙跑到鲁国。要求鲁国政府为自己撑腰。鲁国也想过一把大国瘾，想着如果把公子纠塞到齐国国君的位置上，自然能捞到不少好处。于是鲁庄公亲自指挥战车跑到齐国境内跟齐桓公打了一仗，结果落荒而逃，被追得连专车也不敢坐了，偷偷搭上一辆传车（用来送信和送官人出差用的，相当于古代公交车），才捡了一条命回鲁国。

齐桓公得势不饶人，一口气追到汶水岸上，顺手就把汶水以北的大片田地占据了。鲁庄公刚刚大败，也拿齐国没办法，从此“汶阳之田”成了齐鲁之间的长期遗留问题。

仗也胜了，地也占了，桓公悠哉游哉地凯旋回朝。回家躺在床上一想，总觉得心里还有什么放不下。一拍脑袋，想明白了：斩草要除根，春风吹又生。他马上派出使者传话给手下败将鲁庄公："你必须杀掉你们窝藏的公子纠，消灭分裂势力，保证我国领土和主权完整。"

鲁国君臣商量了一下，觉得没必要为个外人玩命，就派人杀掉了公子纠。主人死了，他的两个随从面临着下岗再就业的问题。召忽性情忠直，自杀殉主。死之前，他对管仲说："我死了，公子纠就有了为其赴死的忠臣。你活着去建功立业，公子纠就有了活着的臣属。死者完成德行，生者完成功名，各尽其份，你好自为之。"

士兵把管仲塞进囚车，前来请示鲁庄公作何处理。管仲在诸侯中已经小有名气，于是有人建议把他留下来给鲁国打工。鲁庄公觉得这样做就是得罪齐国，于是又有人建议杀掉管仲，免得为齐国所用。众说纷纭之际，齐国使者发话了："不能杀。管仲亲手射过我们主公，主公要亲自宰了他解恨。"好吧，鲁庄公也懒得多想，就让齐国使者把管仲引渡到齐国处理。

囚车"咯吱咯吱"作响，管仲对自己到齐国后的命运倒并不担心，那边好哥们儿鲍叔牙正掌权呢。这事情还要从很远很远说起……

管仲的父亲虽然当过官，但死得早，以至于家道中衰。那时候没有科举制度，当官基本要靠门第，没穷小子管仲的份。为了谋生，他只好从事当时被认为很卑贱的商业。在经商的过程中，他结识了好朋友鲍叔牙，两人合伙做生意。做生意挣钱分红，管仲总是贪吃多拿，于是有人在背地里说管仲贪财不够朋友。鲍叔牙就连忙解释："管仲不是贪财，是因为他家里穷需要钱。我拿少点是自愿的。"前面我提到过，那时候的城里人是有义务参军打仗的。管仲前后参加了三次战斗，每次都是对方一冲锋他就撒丫子逃跑。很多人都讥笑管仲不是男人。鲍叔牙又跳出来解释："管仲不是怕死，而是因为家里母亲全靠他一人供养，不得不保全性命。”话虽然这么说，大家都认为管仲是个没出息的人，鲍叔牙则认为管仲是个有大本领的人，现在落魄不过是没机遇罢了。对这个铁哥们儿，管仲也是十分感激，对人表示：生我者父母，知我者鲍叔牙。

后来这俩一起扛过枪、分过赃的好兄弟总算混出了点名堂，被齐僖公分别任命为公子纠和公子小白的师傅。鲍叔牙对上级分配的工作并不满意，觉得公子小白继位无望，工作没有前途。管仲却替他分析：太子（后来的齐襄公）暴虐无德，以后国内肯定会有内乱。继承君位的，不是公子纠就是公子小白。现在我们分别辅佐一人，日后不管哪方得势，都好有个照应。鲍叔牙深以为然，尽心竭力辅佐公子小白。

西方投资领域有一句经典名言：“不把鸡蛋放在同一个篮子里。”这俩做过生意的哥们儿虽然早生了两千年，但明显也深谙此道。

管仲现在显然没心情考虑鸡蛋问题，人无远虑必有近忧，那后面渐渐遥远的鲁国都城才是他最担心的地方。一旦鲁庄公后悔派兵追杀，自己只有伸脖子挨宰的份。于是管仲亲自编了首歌，教给押送士兵唱。据说这歌节奏还很快，就像摇滚那种，大家踩着调子，不由得脚步也快起来了。事实证明，兴趣广泛一点是很有用处的，靠着心理学和音乐学知识，管仲一行人赶路快了不少，两天的路程只花了一天半就走完了。等鲁庄公反悔要追，已经是鞭长莫及。

2. 管仲改革

话分两头，齐桓公这边新君即位，正张罗着找人当齐相的事情。齐桓公找到师傅鲍叔牙，鲍叔牙谦逊地表示：“臣不过是个平庸之辈，主公要我做官，是对我的恩赐。您如果只想治理齐国，有我们几个也就够了。要想把齐国治理强大，臣希望主公能请管仲当齐相。”齐桓公很惊讶地说：“你不知道他是我的仇人吗？”鲍叔牙回答：“管仲天下奇才，当年射主公是为了忠于公子纠。如果能赦免他并委以重任，他一定还会忠心耿耿地为齐国效劳。”齐桓公还是不放心：“管仲和你相比如何？”鲍叔牙索性打起了广告：“管仲有五点比我强：宽以从政，惠以爱民；治理江山，权术安稳；取信于民，深得民心；制定礼仪，风化天下；整治军队，勇敢善战。”齐桓公答应了鲍叔牙的请求，这才有了齐国使者一定要“活口”的一幕。

听说管仲的“专车”（囚车）过来了，鲍叔牙专门跑到边境上迎接老朋友，打开桎梏（就是古代手铐脚镣），沐浴更衣，穿得有模有样，坐上“专车”（真专车），往国都临淄进发。

进城之前，鲍叔牙又忙不迭地打前站进宫报告。既然老冤家来了，齐桓公就说：“好吧，我先见见他。”鲍叔牙连忙阻止：“对于管仲这样的能人，必须要隆重接待。您得先沐浴三次，斋戒三天，选吉日远远跑到郊外迎接进城，才能体现他的价值。”齐桓公这人没啥优点，就是听劝，心想闲着也是闲着，就给鲍叔牙面子多折腾一下。一切照办后，管仲终于坐在朝堂里和齐桓公面对面谈话了。

管仲射箭技术一般，侃大山毫不含糊，从重商爱民到富国强兵，从维持治安到尊王攘夷，天南海北地侃下来，齐桓公就有点觉得不靠谱了，坦言自己有三大毛病：一是喜欢打猎，只要兴致一高，连朝政都会耽误；二是喜欢饮酒作乐，没完没了影响很坏；三是好色，常常被人指责。桓公担心这三样缺点会妨碍自己成就霸业，管仲回答：“这些毛病确实不好，但对于一个君主来说不算太大的毛病。”齐桓公又问：“什么缺点会妨碍霸业？”管仲表示：“不知贤，害霸；知而不用，害霸；用而不任，害霸；任而复以小人参之，害霸。”明确指出不知道人才、不懂得使用人才是最大的缺点，当国君有这些毛病的到处都是，只要你能让你用的人才帮你管事并且不让小人参政，同样可以成就霸业。

齐桓公发现事业和生活并不冲突，就很高兴地拜管仲为相，主持政事，自己退居二线抓妇女工作。

没多久，管仲又跑来和上级谈条件："俗话说人微言轻。我一介布衣，家族无权无势，突然间当了大官，人家不尊重我啊。"于是齐桓公给管仲修了大宅子，把临淄城商业税收的三分之一给管仲发工资，一下子让他成了临淄城头号富翁，类似于今天的"打工皇帝"。

有了经济地位还要有社会地位，齐桓公给了管仲一个称号——仲父。"仲"就是排行老二，这等于是叫管仲"二叔"或者"干爹"了。一不做二不休，齐桓公索性把管仲捧到天上去，下令全国要避讳"夷吾"这两个字（管仲名夷吾，字仲），把管仲当做至高无上的人来看待。

在当时，政权都是由贵族把持，所谓"某某世家"。管仲一介平民，突然成了一人之下万人之上的执政者，必然遇到极大的阻力。齐桓公打破常规，不仅任用仇人，还不遗余力为其撑腰。他也许不是合格的管理者，却是眼光独到的老板。

从此，齐国出现了君、相二元化分权管理的局面。齐桓公拥有全部股份，但不参与经营，管仲同志作为高级经理人，拿着羡慕死人的高额工资，尽心竭力为大齐集团干活。据说有个官员找齐桓公请示事情，桓公一挥手："找仲父去。"再次请示，又被挥出来，如是再三。有人就打趣他："你这么当君主，也太容易了吧？"齐桓公搂着爱妃，笑嘻嘻地说："寡人没有得到仲父，治理起来很艰难。现在得到仲父，为什么不活得容易些呢？"

四十五岁的管仲没有对不起观众，他不但能侃，还真的能做。在中原诸侯都在鼓励农耕的时候，他偏偏干起了老本行——做生意。商人出身的他把齐国当成一个大集团公司来经营。他设立"轻重九府"，通过观察年景好坏、百姓需求，囤积和出售商品，赚取利润。齐国临海产盐，他就让政府统一经营海盐，进行海盐专卖。当时其他国家缺盐，齐国趁机抬高价格，黄金源源不断流入齐国国库。由于各国之间的国际结算货币是黄金，齐国这么一鼓捣，便成了操纵“国际市场”的金融寡头。

为了有个安定的国际环境，齐国退掉了部分以前从鲁、卫、燕等国抢来的土地。这些邻居正在高兴呢，经济侵略就不声不响地来了。管仲先是高价从梁国、鲁国收购丝织品。两国贪图利益，就开始搞全国养蚕运动，把种粮食荒废了。一年后，齐国居然不来收购了，梁、鲁两国的人只好穿着丝绸饿肚皮，吃了个哑巴亏。

手里有钱了，办事就方便了，管仲开始着手整顿军备。齐国实行军政合一、兵民合一的制度，城里的“国人”必须服兵役。每家出一人服兵役，五家一伍。五十人为一小戎，小戎由里司率领。每连二百人为卒，卒由连长率领。每乡两千人为一旅，旅由良人率领。五乡一万人为一军，十五乡共三军，桓公、国子、高子各率一军。后来咱们常用的连长、旅长、军长等称呼就是从这个时期流传下来的。这些士兵平时只用训练，训练完了该干啥干啥去，每年还要出城搞两次大型军事演习。这样既保持了战斗力，也不用发军饷。

人倒是有了，总不能操起木棍就去打仗吧，武器也是战斗力。管仲规定：犯罪较轻的人交上一只真皮的盾加一支大戟就可以赎罪，犯罪较重的可以用甲和戟赎罪。要想打官司，胜诉的一方要上交诉讼费三十支箭。渐渐的，齐国军队的兵器也比较充足了。很快，齐国的兵力达到三万人，兵车达到八百乘。这些数字现在看来没什么，在那个人口不多的春秋初期，已经算是超级军事强国了。在接下来的三十多年间，齐国渐渐蚕食掉周边三十多个小国，疆域面积扩大十余倍，国富兵强，雄踞东方。

志得意满的齐桓公发现形势不是小好，是大好，就跟管仲商量：“现在咱们这么强大，可以会盟诸侯了吧？”管仲劝道：“当今诸侯，强于齐者甚众，南有荆楚，西有秦晋，然而他们自逞其雄，不知尊奉周王，所以不能称霸。周王室虽已衰微，但仍是天下共主。东迁以来，诸侯不去朝拜，不知君父。您要是以尊王攘夷为号召，海内诸侯必然望风归附。”

“尊王”，就是尊重周王室。自从周天子东迁洛阳以来，王室地盘不过方圆一二百公里，和其他诸侯也差不了多少，军事实力更是比不过那些天天靠掐架强身健体的臣属。于是诸侯国敢于不尊敬周天子了，也敢于不来进贡了，周王室的生计日渐窘迫，甚至不得不找诸侯“告饥”“求金”，老板要找员工借钱花了。话虽然这么说，毕竟是名义上的主人，敢于在明面上和天子作对的也没几个，若是打着周天子的旗号号令天下，道义上还是占据优势的。

“攘夷”，就是对付那些少数民族。要想把小弟们带好，光靠暴力是不行的，还要给实惠。如果小弟被欺负了也不出手，这样的老大是不能服众的。在当时的华夏大地，除了周王分封的诸侯外，还间杂着不少非华夏族人群，大体上被分为四种：东夷、西戎、南蛮、北狄。这些少数民族虽然生产力落后，但是战斗力强悍，动辄找华夏族邻居们打秋风，杀人放火拿东西之类。当年烽火戏诸侯的周幽王，就是被“西戎”干掉的。要想让小弟们都心服口服，就得把这些“夷”打跑，让小弟们感恩戴德。

既然手头资本雄厚，那就“尊王攘夷”吧。

3. 霸主初现

管仲没想到，自己在国际舞台上的演出，是以砸锅开始的。

齐桓公二年（公元前 684 年），齐桓公想起当年鲁国帮公子纠夺位的事情，心里又痒痒起来，打算再去敲打一下邻居。于是就动用三百辆战车，往南行军二百公里，直扑鲁国北境。大军压境之际，上下一片恐慌的鲁国跑出来个叫曹刿的家伙，为鲁庄公出谋划策，在长勺（今山东莱芜东北）击败齐军，留下了“肉食者鄙”“一鼓作气”等几个著名典故，在此不作详述。

齐军大败而归，管仲很郁闷，齐桓公却没什么表示。正好西边的宋国（今河南商丘）与鲁国有摩擦，齐国就找到宋闵公商议共同出兵教训鲁国。宋闵公正巴不得有人撑腰，当场答应，派出大力士南宫长万，率领百十辆战车攻打鲁国。齐国也派出部队南下接应。

鲁国人见对方人多势众，只好用计。他们在马身上蒙上虎皮，两军交战之时，一群假老虎就朝宋军冲过去。当时打仗都用马拉战车，宋军牵引战车的马被这情景吓得魂飞魄散，扭头就跑，一下子宋国人溃不成军。南宫长万孤身奋战，把围上来的鲁国人打得满地找牙，鲁庄公见此人如此嚣张，抬出御用宝弓“金仆姑”，射伤了南宫长万的屁股。接着鲁庄公的车右歂孙跳下车去和受伤的南宫长万单挑，终于将其放倒擒获。宋军一败，齐军也就自动退兵了。

南宫长万是宋国的卿，也是个小贵族。鲁庄公没为难这个俘虏，留他住了几个月，放了回去。情绪复杂的南宫长万回到宋国，宋闵公迎接他的不是暖言慰问，而是一句噎死人的话：“我以前敬重你是个好汉，现在你成了鲁国的俘虏，我不再敬重你啦！”噎人是噎人，日子还得过，大家暂时相安无事。

第二年秋天，宋闵公出城打猎，南宫长万作陪。大家在营地喝酒喝多了，言语也就随便起来。南宫长万有一门绝技，能掷戟高数丈，用手接住，百无一失。宋闵公令南宫长万玩了一会儿，众人赞叹不已。闵公心里有些嫉妒，就命人拿来棋盘，要和南宫长万下棋。南宫长万一介武夫，比不过脑力劳动者宋闵公，很快连输五局，被罚酒五斗，喝得大醉。闵公嘲笑说：“俘虏是常败之人，怎么可能胜于我呢！”南宫长万心怀怨愤，但未发作。

正巧洛阳周王室传来消息：老天子病死，新天子继位，应派人吊贺。南宫长万说："我从没去过洛阳，愿意奉命前往，见见世面。"闵公笑着说："宋国难道无人？要你这个俘虏当使者。"南宫长万终于爆发，乘着酒劲跟宋闵公口角起来，随即两人动手扭打。宋闵公岂是大力士南宫长万的对手，三两下就死在对方碗口大的拳头下。因为死得窝囊，他的谥号是"闵"。

南宫长万一不做二不休，又连杀大夫仇牧、华督，立公子游为君。宋国大乱，贵族们纷纷出逃。不久后，本国贵族们又带着外国干涉势力打回来，赶走南宫长万，另立新国君。南宫长万后来被陈国人灌醉，包裹在犀牛皮里引渡回宋国，受醢刑（剁成肉酱）而死。

话说齐国这边，齐桓公君臣正为不能打出国际声望而发愁。听说宋国发生内乱，管仲连忙找齐桓公建议："我们应该召集诸侯搞一个会盟，正式确认新任宋公的合法地位，提高我们齐国的国际知名度。"于是，齐国在北杏（今山东东阿县境，那个盛产阿胶的地方）召开国际首脑峰会，邀请各国领导参加。不料响应者寥寥无几，除了陈、蔡这两个小国，就只剩邾国这个小小国，很多大牌国家如郑、卫、鲁、楚都根本不买账。

就连会议的主要人物宋国新君宋桓公，也刚来一天就回去了。倒不是因为觉得人少没面子，而是因为座次问题。宋国国君的爵位是公爵，齐国只是侯爵，按照"公、侯、伯、子、男"的座次，宋桓公觉得理应自己当盟主。齐桓公本就是打算来抢镜头的，仗着实力雄厚大模大样自封为盟主，所以宋桓公干脆来个非暴力不合作，扭头跑了，留下四个大眼瞪小眼的国君，喊了几句口号，发了几份文件，各自散伙。

比起前两次军事失败，这次政治失败更是让齐国丢面子。连你的支持对象都不买你的账，还谈什么称霸诸侯？管仲琢磨着要摆出点强硬姿态来，就找齐桓公表示：会盟是周天子批准的，不买齐国的账就是不买天子的账。卫、鲁、郑三国不是无故缺席吗，咱们就发兵讨伐，杀鸡给猴看。齐桓公觉得和郑、卫两国没什么矛盾，和老邻居鲁国怨仇很深，还是发兵打鲁国吧。

由于曾经吃过亏，齐国倒也没直接对鲁国下手，而是捡软柿子捏，灭掉了鲁国的附庸小国遂国（今山东宁阳县）。鲁国接到消息，一方面打算起兵帮小弟报仇，一方面又怕齐国强大的实力。一伙人正在商量，管仲的一封信到了："鄙国讨伐了遂国，是因为它上次无故缺席周天子召集的盟会。周天子命我们消灭它，以惩罚不敬之罪。你们鲁国当初也受了邀请却故意缺席，如果不赶紧补办，我们大军即刻南下！"

新提拔的大夫曹刿说："齐国人这次会盟是以天子的名义，没去是咱们理亏。"一个叫曹沫的猛士却跳出来宣称要带兵触一下齐军霉头。鲁庄公年轻好战，当年就亲自上阵射伤过南宫长万，很是欣赏这个勇士，当即派给他军队去迎战齐军。结果曹沫三战三败，才知道打仗不能光靠唾沫星子和肌肉棒子，灰溜溜跑回来了。鲁庄公没有治他的罪，只是让他换个更适合的工作，让他当贴身保镖。

鲁庄公没有办法，只好答应补办会盟，两国首脑在柯（今山东阳谷县，那个武松打虎的地方）见面。勇士曹沫并不知道后来有个猛人在此打虎，但他心里一直琢磨着怎么摸老虎屁股。

会议场面无非是锣鼓喧天红旗招展，乱哄哄地安检工作也没做好。等主要领导人都落座后，鲁庄公的贴身保镖曹沫同志突然掏出藏在怀里的短剑，左手抓住齐桓公的衣袖，右手持短剑直逼齐桓公的咽喉。由于动作太过潇洒迅速，周围的人伸直了脖子，半天才反应过来。

管仲故作镇定，不紧不慢靠过去："曹将军，您这是什么意思啊？"

曹沫一脸正气："既然号召帮助弱小，那么强大的齐国屡屡侵占鲁国土地，以至于鲁国城墙倒塌就会压倒齐国（夸张了点），请考虑怎么办！"

齐桓公见自己小命捏在鲁国人手里，马上答应归还过去抢占鲁国的汶阳之田。文书草签后，曹沫收起短剑。惊魂未定的人们继续打官腔，表示高度重视两国友谊，希望本次会晤能成为两国关系新的转折点云云。最后双方总结，这是一次团结的大会、胜利的大会，希望双方能加强在各领域的友好合作，维护和发扬齐鲁两国的传统友谊。勇士曹沫则以非常规的勇敢洗刷了败军之将的耻辱，被司马迁归入刺客列传，大加称赞。

会议结束，鲁国人嘻嘻哈哈地走了，齐桓公则是越想越肉疼。手下人也愤愤不平，鼓动齐桓公毁约。管仲反对说："贪图眼前的小利，却失信于诸侯，对霸业不利。不如守约归还土地，树立我们的威望。"齐桓公权衡利弊，最终忍痛把汶阳之田还给了鲁国。

其实，不管是现在还是当时，在被胁迫的前提下签署的合约都不具备法律效应，是做不得数的。齐桓公却最终履行诺言，让天下人都很惊讶，对这个国际警察有了好感，以至于"诸侯闻之，皆信齐，欲附焉"，甚至认为"桓公之信著乎天下"。渐渐地，人们对齐桓公扶持弱小匡扶周室的口号比较相信了，齐桓公的霸业发展有了相对友好的国际环境。齐桓公用低姿态得到了高回报，这也许不是一次友谊的大会，却是一次双赢的大会。

但是不稳定因素仍然存在。那个因为座次问题中途跑路的宋桓公，依旧不买齐国的账。齐桓公见胡萝卜不管用，立即挥起了狼牙棒，联络陈、曹两国发兵问罪。为了显示对周天子的尊重，齐桓公还专门邀请了天子的军队参与讨伐。周天子的军队没什么战斗力，不过作为政治仪仗队威力无穷。宋国见势不妙，很快服软，愿意献出礼物赔罪，尊齐桓公为盟主，齐桓公把礼物转赠给周天子的军队，不损一兵一卒地回去了。

公元前 667 年冬，经过一系列的打打谈谈，齐桓公已经得到了一大批小国的服从。他召集鲁、宋、陈、卫、郑、许、滑、滕等国君，在宋国的幽举行会盟。和当年在北杏召开的寒碜会盟相比，齐桓公终于感觉到了事业有成的喜悦，连周惠王也派召伯参加，宣布授予齐桓公侯伯的头衔。从此齐桓公成了朝廷认证的霸主。

4. 外来人员问题

当中原大地在热热闹闹开会的时候，有北京户口的燕国人正在为外来人员而苦恼。

那时候的燕国人远远没有今天的北京人风光，由于地处偏僻、人口稀少，燕国是春秋时期的边缘化国家，很少有资格参与中原事务（估计连差旅费都花不起）。一代代燕国国君就窝在华北平原的最北端，老实巴交地过日子。

他们的老邻居山戎人主要聚集在迁安、卢龙一带，也就是现在的唐山市附近。他们生产力不发达，养不起越来越多的人口，就有事没事来找燕国人的麻烦。燕国的都城蓟，就在如今北京广安门或房山一带，离山戎人不远，如今坐高速三小时就能打个来回。这些少数民族邻居不办暂住证，也不当农民工，跑到燕国境内见啥抢啥，杀人放火也是常有的事。有时候抢得兴起，还打算进北京城见见世面，燕国人死活不让，于是他们就跑到城墙边上吭哧吭哧做攀岩运动，最终踏着一地的板砖悻悻而归。

折腾多了，燕庄公就招架不住了，见齐国当了中原霸主，就派人找齐桓公求援。齐桓公此时正计划对付南方的楚国，对北上扶贫没有什么兴趣。管仲认为，南有楚国、北有山戎，都是中原各国的祸患。齐国要想对付楚国，就必须先讨伐山戎，免去后顾之忧。如今燕国找我们求救，我们率兵征伐山戎，必然能得到各国的衷心拥护。公元前 663 年，齐桓公高举尊王攘夷大旗，和管仲亲领兵车三百乘，北上千余里征讨山戎。

事实证明，科学技术的确是第一生产力。拿着长矛、木棒甚至还有石斧的徒步山戎人，远远不是以战车为主要进攻手段的齐国人的对手。面对身披重甲、往来驰骋的齐国战车部队，山戎人几乎无处下手，很快溃不成军，残部逃到卢龙县附近的孤竹国一带。

被逼急了的山戎人想出一条计策，派人假意投降，把齐军引入北部旱海。这是个方圆百里的无人区，地上全是砂石，动不动就刮沙尘暴，谁进去都是两眼一抹黑。齐桓公一行人在这地方转悠了三天三夜，一点走出去的希望都没有。眼看将士们筋疲力尽、军心涣散，管仲向齐桓公建议道："臣听说老马识途，燕马多从漠北而来，也许熟悉此地，大王不妨令人挑选数匹老马放行，或许可以寻见出路。"齐桓依计而行，只见几匹老马缓缓先行，人困马乏的军队紧随其后，居然真的从阎王嘴里跑了回来，也留下了"老马识途"的成语。

捡回一条命的齐军找到山戎残部，又是一通狠揍，夺得大量土地。大军回国之际，齐桓公把夺来的五百里山戎土地，全部赠送给燕庄公（实际上，齐国也没法控制这千里之外的飞地）。燕庄公捡了这样的大便宜，千恩万谢地把齐桓公送到边境上，送了一程又一程，不知不觉已经出了燕国国境。

齐桓公很是过意不去："燕公同志，按照规定，两国诸侯相送最多到边境，再远送就是屈尊了。现在你已经到了我们齐国境内，于礼不合啊，我们还是就此分别吧。刚才您多走的五十里地，就全部割让给您，就算是你送我到边境上吧。"燕庄公感激涕零，苦苦推辞，齐桓公要在小弟面前装大款，硬是把这五十里地送给燕国。后来这一带就叫做"燕留"，即现在的河北沧州一带，目前仍是山东河北交界之地。

在北伐的时候，鲁国也曾表示要参与行动，到最后只是喊了喊口号，提供一点兵粮了事。齐桓公回来之后，打算发兵教训一下这个老滑头国家，管仲劝阻道："好歹是邻居，为了一点小事操家伙影响不好。我们不如主动改善两国关系。这次打仗胜利，咱们得到一些中原没有的战利品，不如送给鲁国一些，好让天下人看看。”果然，鲁国上下对齐国的主动示好反响很大，其他诸侯国也对齐国敬佩不已。

没多久，北方的“北狄”又活跃起来。这些人的活动区域更靠近中原地带，河南境内的卫国遭了殃。

卫国是当时中原北部比较大的国家之一，都城朝歌就在今天的河南鹤壁市的淇县。当时的国君叫卫懿公，别的缺点倒没有，人也厚道，就是有保护动物的爱好，具体来说，爱养鹤，史称“卫懿公好鹤”。

本来这点小爱好也没什么大问题，多少国君还荒淫无度呢。只是这卫懿公也太入迷了些，在他手下的鹤都享了清福，穿的是绫罗绸缎，吃的是山珍海味，还住着别墅，坐着专车，甚至还封了官，食大夫俸禄。老百姓们怨声载道，卫懿公我行我素，倒也是个特立独行的角儿。

公元前 660 年，北狄人攻入卫国境内，举国上下鸡飞狗跳。卫懿公一看情况紧急，连忙派人到武器库取出衣甲戈矛，发给国人去对付侵略者。本来出兵打仗是城市平民的义务，可是国人们都不愿意领取兵器。他们对卫懿公说：“你的鹤那么出色，派它们去好了，保证能打胜仗。”卫懿公不会傻到真的派宝贝鹤出战，只好答应把鹤都赶走，以后不再养鹤。这些鹤都养惯了，盘旋在朝歌上空不愿飞走，好些都被军士们抓去下酒。

好说歹说凑齐了一支军队，卫懿公亲自率军出征，算是以身作则，也是给自己赎罪。这群三心二意的军士们碰上北狄人，北狄人诈败逃跑。卫懿公一看雪耻这么容易，立即带人穷追不舍。没多久，北狄人的大批伏兵从四面八方涌出来，卫懿公就被不明不白扯下战车活捉了。北狄人有吃人的恶俗，便把卫懿公捆好剥皮，做了烧烤。

消息传到城内，老百姓还来不及幸灾乐祸就开始撒脚丫子跑路。卫国的贵族和平民有拿珠宝玉器的，也有拿锅碗瓢盆的，老老少少都往黄河岸边跑。狄人跟上来就是一阵掩杀，不管你是达官贵人还是平民百姓，一律一视同仁。卫国难民逃到最后只剩下七八百人，凄凄惨惨，好不伤心。

在一旁的宋国看不下去，发兵救出了这披麻戴孝的几百号人，又从共、滕两个小城拉出来四千多人，凑够了干活人数，在曹邑（今河南滑县）立卫戴公为国君。虽然领导班子定了，但是卫国的工作很难开展——狄人随时可能来二度打劫，大伙儿跑得急啥生活物资都没了，提心吊胆饿肚子。宋国国力不够，有心无力，一切还得仰仗老大哥啊。

齐桓公派出公子无亏（齐桓公的儿子，是个不吃亏的主，后面还会出场）带着五百乘车马和三千名甲士来给卫国当保安。这伙军爷不但带来了武器，还带来了大量救济物资，甚至还包括牛羊猪狗鸡等三百余只（拿来做种，因为家禽都被狄人吃光了）。

狄人吃饱了，就继续散步，跑到邢国（今河北邢台），继续干抢劫杀人的老本行。齐桓公作为霸主，马上派出管仲联合宋、曹两国兵马，向河北挺进。倒霉的邢国人苦苦支撑两个月，终于挺不住弃城逃跑。管仲大军正好赶到，截住了鞋子都跑掉了的邢国人。跟在后面的狄人也打累了，比划了两下闪人，临走还在邢国都城放了把大火。

国家遭到毁灭性打击，邢国人只好找齐国人要经济援助。齐桓公就在夷仪（今聊城西南）发动各国军队劳动改造，修筑一座新城，安置无家可归的邢国人。第二年，卫文公也派人来打报告，说卫国目前没有城墙没有庙堂，老百姓都住窝棚，希望能有一座城。齐桓公一视同仁，在河南濮阳给他也修了个城，成为新的卫国国都。卫文公总算解决了住房问题，高高兴兴地作诗："投我以木瓜兮，报之以琼琚。"（《诗经·卫风·木瓜》）

5. 员工任命老板

齐桓公打击异族侵略者，救诸侯于苦难，还不计利益得失大搞经济援助，威望大大加强。那些以为齐桓公不过是仗着有钱有军队称霸的人，也变得服气了。但是，一个特殊的“蛮国”却让如日中天的齐国吃了钉子。

楚国由于地处偏僻，一直被中原诸国以“蛮子”看待，国际峰会基本也不叫它。楚国窝在荆棘遍地的南方数百年后，渐渐成为南方地区的巨无霸，不断向北扩张势力，打算在国际事务中发出自己的声音。在齐桓公眼里，这等于是对齐国霸主地位的挑衅，于是准备找机会敲打它一下。

公元前 659 年，楚国进攻郑国，齐桓公喊了几个小弟前去救援。楚国人闻讯也不敢硬碰，随即撤军。这个时期，楚国固然因为实力问题不敢正面对抗霸主齐国，齐国也因为担心失利不敢轻易进攻楚国，两家都保持着极其谨慎的状态。

真正把齐国拖入对楚战争的，是一个女人。

前面我提到过，齐桓公是个喜欢抓妇女工作的人。这一天，齐桓公带上小老婆蔡姬，在湖里荡起双桨，小船儿推开波浪。大约是想展示一下自己的平衡能力，蔡姬故意把船摇晃起来，打算博得几声美人尖叫（错了，是老头）。齐桓公已经是上了年纪的人了，哪里经得起这样的极限运动？大喊小老婆停下。蔡姬估计是平时很得宠，任性惯了，反倒更加疯狂。

老头子齐桓公发火了，就像退货那样，把蔡姬退回了娘家蔡国。齐桓公本来是略施惩戒，以后还打算把小老婆接回来。没想到蔡姬的哥哥蔡穆侯也是个牛脾气，心想你看不上我，我还看不上你呢！过了一阵，蔡姬就在哥哥安排下，嫁给了年轻力壮的楚成王。

这么多年来，只有给他送老婆的，还没听说有找他抢老婆的。齐桓公戴了绿帽子，哪咽得下这口气。就像谈恋爱被抢了女朋友的毛头小伙一样，齐桓公老夫聊发少年狂，喊了几个帮手（鲁、宋、陈、卫、郑、许、曹等七国），号称“八国联军”，来找情敌的霉头。

首先倒霉的是原小舅子蔡穆侯，支撑了没两下就被灭掉了，八国联军进入楚国北部的召陵（今河南漯河，盛产火腿肠）。

楚国人虽然好勇斗狠，但也不愿意吃眼前亏。派出一个叫屈完的使者前来谈判。屈完先是拐着弯表示不满：“你们住北海，我们住南海，相隔千里之遥，井水不犯河水，没想到你们到我这里来了，为什么呢？”管仲回答：“从前召康公奉了周王的命令，曾对我们的祖先太公说过，五等侯九级伯，如不守法你们都可以去征讨。东到海，西到河，南到穆陵，北到无隶，都在你们征讨范围内（这是很遥远的故事了，早已过了保质期，管仲拿它当借口）。”屈完问道：“那到底我们犯了什么错呢？说出来我们好改。”管仲心想抢老婆的事当然不方便说，也不能指责楚国北进威胁了齐国势力，就捡了一点陈谷子烂芝麻：“周天子那里已经很久没收到楚国进贡的包茅了，很生气。还有当年周昭王南征，至今未回（死在这里），这事你们有很大责任。我们这次来，就是为这些问罪的。”

那时候还没有发明蒸馏制酒法，为了提高酒的纯度，古人在酿完酒后要用包茅过滤，把酒汁从酒糟里过滤出来。楚国当地生产这种植物，于是每年就要向周天子进贡这种土特产。

周昭王当年出兵长江流域，征讨了二十六个小国，却在回师的时候淹死在汉水上。据说这是楚国人使的坏，渡船是用胶水粘合起来的，船到江心就散架沉没了（后来黄药师也使用过这一招，差点害死欧阳锋郭靖等人）。

包茅问题，派几个人割草就是了。周昭王问题，年代久远死无对证，谁也没办法整治楚国。屈完腰杆子硬了起来："没有进贡包茅，确实是我们的过错，我们马上补交。至于昭王的事情，纯属意外交通事故，不信你们去汉水边打听好了（能问谁去）。" 谈判无果而终，双方大军在陉（今河南郾城南）对峙，都不敢轻举妄动。

战事从春天拖到夏天，楚国又派屈完过来和谈，已经无心恋战的齐桓公和管仲很快就和楚国达成撤兵协议。齐桓公大约是还想捡回一点面子，就带着屈完参观兵营。只见齐国兵强马壮、甲胄鲜明，果然不愧是当时最强大的军队。齐桓公得意地对屈完说："以此为战，何人不胜？以此攻城，何城不克？" 屈完毫不示弱："您如果用德来安抚天下诸侯，谁敢不服从呢？如果只凭武力，那么我们楚国可以把方城山当城墙，把汉水当护城河，你的兵再多，恐怕也无济于事啊！"

桓公拿这个软硬不吃的家伙没办法，双方握手言和，两个巨无霸之间的战争就这样以体面的方式结束了。齐国再次申明了在中原的霸主地位，楚国则得到了继续积累实力的机会，为后来的进军中原打下基础。

应付了刺儿头诸侯，打掉了抢劫犯外族，齐桓公正想歇一口气，没想到中原又出事了。

这回事情大，还不好弄，因为是"第一家庭"（周天子家）出事了。周惠王的王后死后，又新立了一个王后。这个后妈为了让自己的儿子王子带继位，不断在周惠王身边吹枕头风，要废掉王子郑。王子郑知道斗不过后妈，掐指头一算，能帮忙的也只有诸侯霸主齐桓公了，于是专门跑去拜见齐桓公。齐桓公见此人屈尊求救很实诚，又是正宗的长子，于情于理都应该帮忙，就满口答应。

没多久，周惠王死了。齐桓公听到消息，立即带上一群小弟，跑到洛阳城外，乱哄哄地折腾，说是来吊唁死去的周天子。王子郑的后妈当然知道城外的不是善茬，老老实实看着王子郑登上宝座，是为周襄王，齐桓公“尊王”的事业达到顶峰。

第二年（公元前 651 年），齐桓公召集鲁、宋、郑、许、曹等国在葵丘（今河南兰考，焦裕禄工作过的地方）举行会盟。齐桓公率领一帮国君宣誓：“凡我同盟之人，既盟之后，言归于好。不可堵塞水源，不可囤积谷米，不可废长立幼，不可以妾为妻，不可使妇人参政。”不堵塞水源，是为了让下游的诸侯国也能灌溉；不囤积粮食，是为了让邻国能度过灾荒，这都是有益于诸侯之间和谐稳定的措施。至于后三句，估计是专门讲给周襄王那个后妈听的。

周襄王自然要好好回报这个最大的竞选赞助商，专门派人来大会上传达上级精神，并赐给齐桓公宗庙祭肉。齐桓公正要跪下接受礼品，天使（天子使者，没有长翅膀）发话：“天子说，桓公同志年纪大了（七十多岁），不必下跪。”

听说不用下跪，齐桓公很是高兴——那年头没有钙片，他老人家腿脚已经不好使了。管仲此时也是个老头子了，却要他下跪：“天子这么说是给面子，但咱们不能失了礼节。君臣礼数要是乱了，会有灾祸的。”齐桓公脑筋转得快，马上对天使表态：“不管天子在不在，咱们的礼数是不能少的。”连忙弯腰走到台阶下，恭恭敬敬磕一个头，然后走进殿堂，再跪拜一次，接受了使者带来的祭肉、旗帜和其他礼物。

这些东西其实不值啥钱，比如祭肉不过就是牛肉干，上市场可以论斤称的。但是，这是从周天子宗庙里拿出来的，是周文王、周武王这样的超级大腕享受过的东西，那就十分金贵了。齐桓公借助自己恭恭敬敬的礼仪，把周天子的地位抬得至高无上，以后再打着周天子的旗号去对付别人，自然分量又重很多。

齐桓公的历史功绩，后人总结为“九合诸侯、一匡天下”。所谓“九合诸侯”，就是九次召开春秋国际首脑峰会，这次葵丘会盟，就是其中的最高潮。“一匡天下”，就是指齐桓公带着手下兄弟把周襄王送上王座，稳定天下大局。

事业成功后，齐桓公更加懂得享受生活，不仅祭祀穿衣十分奢华，还把满院子点上蜡烛，如同白昼。上行下效，管仲觉得自己也不能落后，他对老朋友鲍叔牙说：“我要为主公分担一下世人的指责。”

虽然这个理由比较雷人，管仲还是扎扎实实把排场铺开了。他自己的府里修建三层高台，叫三归，表示民人归、诸侯归、四夷归，简直就是要抢周天子的饭碗。然后他又在门里门外种上大树，听上去植树绿化值得表扬，但在那时却是了不得的罪过——按照“周礼”这是违规的。其他诸侯国派使者来齐国，到管仲家作私人访问，管仲喝完一杯，就把酒杯反扣过来放在桌上，这也是违规的（只有诸侯国君才能这样）。后来孔老夫子抓住这些小辫子，说管仲奢侈放纵，不遵守礼节。

但善良的齐国百姓对此却没什么怨言：比起管仲的贡献来，这点享受实在算不得什么。只要国家治理得好，大家能吃饱穿暖，出国有面子，领导干部吃穿高档一点，是可以接受的。最怕的就是那些光吃饭不办事的公务员，这种人是要被唾沫星子淹死的。

几年后，见风声不那么紧，没当成天子的王子带（周襄王后妈的亲儿子），又开始不安分了。他派人联络了戎人兵马，准备里应外合把周襄王赶下台来。没料到附近秦晋两国迅速行动，击败了戎人。王子带一看没了指望，脚底抹油跑掉了。人跑了，事还没结束，戎人准备将武装冲突升级。齐国虽然因为地理位置原因没赶得上平叛，但因为兵强马壮腰杆硬，就派管仲去和戎人谈判。戎人当年被齐国揍惨过，于是就坡下驴，和周襄王议和，两家握手言欢。

周襄王心里高兴，就留管仲吃饭。那个讲“礼”的时代，吃饭也是有规格限制的，周天子有天子的标准豪华套餐，诸侯有诸侯的套餐，上卿有上卿的套餐。管仲是齐国本国封的卿，属于下卿，套餐就要寒酸不少。没料到饭菜送到管仲面前，居然是上卿标准。管仲坚决推辞：“如果您请我这个下卿吃这么豪华的上卿标准餐，那敝国的国氏、高氏上卿来了，您还怎么招待他？”国氏、高氏血统高贵，虽然没啥本事，却享受种种特权。最终，管仲还是要来了一份下卿套餐。

6. 一个遗憾的结束语

人老了最怕寂寞，好在事业成功的齐桓公老同志并不担心这个。虽然他已经不怎么抓妇女工作了（年龄不允许），但是他身边不缺伴儿。如果说管仲是他事业上的伴侣，接下来三个就是生活上的伴侣了，不过都是男的：

易牙，当时著名厨师，据说十分善于分辨味道和调味，是鲁菜的老祖师。此人把做菜的功夫挪到人际关系上，善于逢迎拍马，饭前饭后都把齐桓公伺候得好好的，颇得齐桓公欢心。一次齐桓公故意开玩笑：“天上飞的地上跑的我都吃得差不多了，就是不知道人肉是啥滋味啊，哈哈。”没多久，齐桓公就吃到了一盘从没吃过的肉食，一问之下才知道易牙杀掉了三岁的儿子，专门为自己做了这道菜。齐桓公认为这个厨师爱主人胜过爱自己，于是更加信任他。

开方，卫国公子，放着好好的太子党不做，跑到齐国服侍齐桓公十五年，无比体贴。卫国与齐国不过数日路程，他却一直没有回国探亲，甚至父母死了也不回去奔丧。

竖刁，齐国宦官，为了能进宫服侍齐桓公，他欲练神功挥刀自宫，练就了吹溜拍马察言观色的葵花宝典，常年伺候在桓公老头子左右。

这三个人备受宠幸，号称“三贵”。但因为管仲当年与齐桓公有言在先，不能让小人参政，齐桓公也不敢对这三人委以重任。这三人还不敢太过嚣张，只好与老头子齐桓公每日在宫中游宴作乐，后世有人传说桓公与这三人是同性恋关系，俺们就不过多八卦了，权且相信他们是纯洁的男男关系吧。

不过，世界上没有不散的筵席，合作了四十年的君臣搭档，终于要各自单飞了。

公元前 645 年，是九合诸侯后的第六年，也是齐桓公同志最为悲伤的一年。他政治生命的另一半管仲同志，因为年事已高，多年操劳，眼看就要离开人世了。七十六岁的齐桓公前来看八十五岁的老朋友最后一面，安慰几句后，切入正题："仲父啊，你不在了，朝中谁可以接替你为相？"管仲到了这时候还在踢皮球："了解臣下，没有人比得上君主。"齐桓公见时间紧急（眼前这个老头子没准眨眼就没了），只好赶紧提出自己的人选："鲍叔牙怎么样？"没想到管仲并不希望好朋友当接班人："鲍叔牙性情刚烈，善恶过于分明，见人之一恶，终身不忘，这样是不可以为政的。"

齐桓公又问："易牙如何？"管仲回答："杀掉孩子来讨好君主，不合人情，不可以。"桓公说："开方如何？"管仲回答："背弃亲人来讨好君主，不合人情，不可以。"桓公说："竖刁如何？"管仲回答："阉割自己来讨好君主，不合人情，不可以。那些连自己的身体、自己的亲人、自己的尊严都不爱护的人，你能指望他们爱护你吗？"

桓公说完最亲近的三个人，见无一中标，急了："到底谁接班你放心呢？"管仲说："当然是宁戚（当时著名的辩士），可惜他已经死了。"

"那怎么办，总要有个人吧？"

管仲无可奈何地说："那就隰朋吧，不过上天生下我管仲，隰朋是我的舌头，我死了，他也长久不了啊。"

易牙在一旁偷听了两人的对话，就跑到鲍叔牙面前挑拨，说管仲阻止你老人家担任齐相。鲍叔牙哈哈大笑："管仲荐隰朋，说明他一心为齐国考虑，不存私心照顾朋友。现在我做司寇（主管司法工作），驱逐佞臣，正合我意。如果让我当政，朝堂上哪里还有你们的容身之地！”易牙自讨没趣，灰溜溜走了。

有如此相知相敬，正气浩然的一生挚友，管仲足以含笑九泉！

事实证明了管仲卓越的政治洞察力。隰朋操办完管仲的丧事后没多久，也死去了。齐桓公只好任命鲍叔牙为相。鲍叔牙表示，除非排斥“三贵”，才敢奉命。桓公无奈，只好将“三贵”逐出临淄。但是没多久，他就觉得生活失去了意义，吃不好睡不着，连笑脸都没了。左右小人见机建议召回“三贵”，桓公马上照办。鲍叔牙见状十分愤怒，多次找齐桓公抗议，都被打了太极拳推诿掉，一时急火攻心，加上年纪也大了，发病身亡。

鲍叔牙一死，当年辅佐齐桓公称霸的权贵重臣基本消失殆尽，朝政大权渐渐落到“三贵”手中。这伙人再也没有害怕的人了，齐桓公又年老昏聩，越发肆无忌惮起来。

两年后，纵横天下数十载的春秋霸主齐桓公，终于病倒了。

桓公好色，因此也子嗣众多。虽然三位正室夫人王姬、徐姬、蔡姬都没生儿子，好在还有不少小妾：长卫姬生公子无诡；少卫姬生公子元；郑姬生公子昭；葛嬴生公子潘；密姬生公子商人；宋华子生公子雍。这些公子算是地位高的一等儿子，另外还有一些二等儿子，史载不详。

这些公子中间，公子昭被公开立为太子，桓公在外面会盟的时候，还曾委托宋襄公以后照顾这个儿子。后来桓公宠幸易牙、竖刁，答应过立他们支持的公子无亏（就是以前帮助卫国那个）为太子。管仲死了以后，另几位公子也蠢蠢欲动，希望能在王位争夺战中分一杯羹。

齐桓公自知时日无多，打算把儿子们召集起来交代后事，特别是交代王位继承问题。不料他喊了好久，都没人理会他。掀开帐子一看，随从都不见了，那三个平时伺候得不离左右的家伙也不见了。

发生什么了？齐桓公在纳闷和焦虑中躺在床上熬了三天，没人送饭送水，更别说看病抓药，很快奄奄一息了。

恍惚之中，他感觉到有人来到身边，勉强睁开眼一看，是个宫女。宫女告诉他，易牙、竖刁把宫里的人全部赶出去，在宫门垒起高墙，严禁有人出入。他们在宫墙下挖了个狗洞，每天派人钻进宫来，看看老头子死没死。齐桓公的儿子们都被严格封锁消息，因此没一个人跑来探望老爹。

齐桓公一声长叹，哭道："仲父岂不是圣人乎！不叫我用易牙、竖刁。落得今天这样的结局，我悔不听仲父生前之言！我死之后，有何脸面见他？"他拼尽最后一点力气大呼三声，以袖掩面，吐血身亡。在位四十三年，令天下诸侯敬畏不已的齐桓公，就这样悲剧地结束了一生。

得到老头子升天的消息，易牙、竖刁随即派出部队包围了太子昭的住所。太子昭不敢抵抗，混出乱糟糟的临淄城，投奔宋襄公去了。易牙、竖刁宣布了伪造的齐桓公遗诏，拥立公子无亏为国君。大臣们从没听说过齐桓公换接班人，嚷嚷着要见齐桓公的尸体，看看到底是怎么一回事。叛乱者也懒得解释，派出军士一顿招呼，大臣们就被赶出大殿。公子无亏坐在大殿当中，宣布继位。

事实证明，枪杆子里面出政权是有一定条件限制的。"三贵"中的另一位开方，一见易牙他们抢了先机，也叫上他支持的公子潘，带着私家部队进宫夺位。两家人打了个平手，公子潘最终占据大殿的右厢，宣布自己继位，是合法君主。

没多久，公子元也带人操家伙进宫，抢到了大殿左厢，也自立为君。

公子商人觉得这事不能落后，也带人进宫。见房子都被人占了，干脆把宫里的院子划为地盘，当露天国君。

四位公子在巴掌大的地方打打闹闹，很有点过家家的意思，就差弄个桌子一起搓麻将了。

四位公子在宫内过家家玩了六十七天，觉得宫里的空气质量越来越不好，常常有一种特殊味道。大伙儿正在疑惑，只见白色的蛆虫正从后宫源源不断地爬出来，才想起老爹的尸体还摆在后宫，估计已经烂得差不多了。

看不下去的贵族上卿国氏、高氏进宫痛斥："既然你们都是正统继承人，先去孝顺老爹，安葬了他再闹吧！"

折腾了两个多月的公子们如梦初醒，争先恐后往后宫跑，把老爹腐烂的尸体当宝贝抢。最后还是公子无亏略胜一筹，抢得桓公尸体，草草埋葬。

宫内正在闹腾，被赶跑的公子昭带着从宋襄公那里借来的还乡团，杀回临淄来了。没有永远的敌人，只有永远的利益，四位城内的公子立刻达成协议分守城门，先把正牌太子解决了再说。

上卿国氏、高氏一看城外有人来撑腰了，就布置鸿门宴杀死支持公子无亏的竖刁，联络管、鲍家族的人马攻击大殿，砍死公子无亏，易牙趁乱逃往鲁国。宋襄公带着公子昭入城，是为齐孝公。齐孝公果然孝顺，把老爹的尸体又从土里挖出来，举行隆重的仪式再次安葬，算是尽了孝道。

宋襄公见事情差不多了，就撤兵回家，留下齐孝公这个孤家寡人。公子元、公子潘和公子商人三人原本假装得服服帖帖，这下子又跳出来发难。齐孝公手里没兵，很快又被赶出临淄城。

宋襄公还在半道上观风景呢，犹如丧家之犬的齐孝公又赶了上来喊救命。宋襄公一边感叹齐桓公的儿子怎么都如此不肖，一边命令大军回头进军临淄。公子元逃往卫国，公子潘和公子商人再度投降。齐孝公宽大为怀，赦免了这两个有贼胆没贼本事的家伙。

经过这场让人哭笑不得的内乱，齐国的霸主时代一去不复返了，春秋时期的霸权逐渐转移到晋、秦、楚等几个后起之秀的头上。齐桓公三十余年的霸业，半年之内烟消云散，只留下一声叹息。

王道

成功的人，未必是合格的经理人，却必须是眼光独到的老板。总的来看，齐桓公才能平平，贪图享乐，却能识人用人，胸襟广阔。他与管仲君臣际会，把齐国从一个大国变成经济、军事强国，可谓一代雄主。只是这个老板，在失去最得力的经理人后，却任人唯亲，用错了代理人，最终失去对局势的控制，也亲手失去自己开创的霸业。前后对比，令人深思。

第六章

汉之得人，于兹为盛——汉武帝不拘一格的人才选拔术

汉武帝刘彻（公元前 156 年～公元前 87 年）是汉朝的第五位皇帝，汉景帝刘启的第十个儿子。作为历史上最牛的皇帝之一，他十六岁登基，在位五十四年（公元前 141 年～公元前 87 年），通过他的雄才大略、文治武功使汉朝成为当时世界上最强大的国家。汉武帝统治时期，是人才璀璨的时代，也是充满英雄传奇的时代。一夜成名的故事，平民富翁的神话，让这个时代充满人生的戏剧性和旺盛的生命力。“汉之得人，于兹为盛”，正是力图变革的皇帝造就了人才的传奇，正是不拘一格的人才造就了传奇的帝王。

1. 危机四伏

自从刘邦放倒项羽统一天下后，大汉集团公司一直采取“无为而治”的措施。也就是说政府除了一些日常业务，比如征兵、收税、徭役、治安之类的事情外，不搞大改革也不搞大运动，不圈开发区不建产业园，老百姓安心种地，官吏本分工作，谁也不要过多打扰谁。历史证明，只要条件适合，百姓有着惊人的自我恢复能力，“无为而治”的政策正是治疗秦末战争创伤的最佳药方。当经济很快从民生凋敝中走出来，迎来了高速发展的黄金时期。

据《汉书·食货志》记载，汉初至武帝即位的七十年间，由于国内

政治安定，只要不遇水旱之灾，百姓总是人给家足，郡国的仓廪堆满了粮食。太仓里的粮食由于陈陈相因，致腐烂而不可食，政府的库房有余财，京师的钱财有千百万，连串钱的绳子都朽断了。

但是，治国不只是发展 GDP，而是一项系统而庞大的工程。实际上，文景之世并不是太平时代，而是潜伏危机的时代。文帝时“匈奴连岁入边，杀掠人民及畜产甚多。云中、辽东敝甚。”甚至兵锋直逼距长安不远的皇帝行宫甘泉宫（今陕西淳化县西北）。而文帝也只有以传统的“和亲”政策应对，赔了公主又送钱，换得一时安宁。

到了景帝时期，由于皇权得不到加强，国政糜烂，法制荒疏，王公贵族气焰嚣张，很有些无法无天的意思。景帝登基才三年，因为打算削弱诸侯势力，以吴王、楚王为首的刘姓七国诸侯即联兵造反，其口号是“杀晁错，清君侧”。软弱的景帝不得不杀掉主张削藩的晁错表示妥协，但诸侯丝毫没有罢手的意思，内乱一年后才被中央军队平定。

事实证明，法随势变，继续坚持“无为而治”的老政策，已经越来越不能控制不断发展的局势。

就像许多热血青年一样，汉武帝上台后立刻跃跃欲试，打算实行改革。改革的主要内容，其实也是老皇历了：即汉文帝前元元年（公元前 179 年）贾谊向汉文帝提出的未能实施的建议：“改正朔，易服色，建官制，重礼乐，更秦法以立汉制。”说白了，就是先从年号、服装、爵位以及意识形态方面入手，逐渐变为国家制度的改革，以达到规范和限制诸侯及权贵的行为，加强国家权力的目的。

汉武帝的这次改革，史称“建元新政”。很快，各地的诸侯都接到了中央的红头文件，皇帝首先命令当时驻在京城的列侯回到自己的封地，剥夺了他们参政议政的权力；其次命令各封国、诸侯推行经贸无障碍机制，不得私设收费站；同时还出台法令专门针对目无法纪的贵族子弟，严重的甚至被削除了贵族属籍。

可是，现在当家做主的并不是年轻人汉武帝，而是素好黄老之道的太皇太后窦氏以及她所代表的诸窦、诸刘等皇亲贵戚。和历史上许多改革故事一样，这次改革引起了以窦氏为首的贵族集团的强烈不满，反对的声音一浪高过一浪。于是太皇太后要刘彻废弃新政而采行黄老之道，恢复文景时代的“无为之治”。

缺乏政治经验的刘彻拒绝听从，反而授意他的老师、新政的执行者之一赵绾上书，建议皇帝对于国事不必报知请示于“东宫”（即太皇太后）。这已经是明摆着要夺老太太的权了，窦氏十分生气，她立刻派人访察赵绾以及另一位新政执行者王臧莫须有的“奸利”之事，并下令逮捕二人，迫使赵绾、王臧于狱中含冤自杀，而汉武帝当时竟无力保护自己的老师。其后，窦氏相继罢免了一系列支持新政的官员，轰轰烈烈的建元新政被迫偃旗息鼓。

就在朝廷吵吵闹闹之时，汉武帝的叔父、淮南王刘安发表了一部学术著作《淮南子》。这本类似于百科全书的著作包罗万象，然而淮南王创作它的初衷并不是搞研究，而是针对皇帝的新政在书中大肆宣扬黄老学说，为图谋篡位制造舆论攻势。

眼见刘彻的皇位摇摇欲坠，甚至汉武帝的舅舅、王太后之弟武安侯田蚡也暗中站到了刘安一边。据《汉书》记载，田蚡有一次偷偷地和刘安说：“现在皇上没有太子，假如某天驾崩了，除了您还有谁能当皇帝呢？”淮南王大喜，厚赂武安侯。此时的皇帝年方十七八岁，如果不是意外，怎么会某天驾崩呢？而身为国防部长的国舅田蚡，竟然与刘安私下计议安排关于刘彻的后事问题，并希望刘彻这位老叔父作年轻皇帝的继承人，可见当时汉武帝处于怎样危机四伏的境地。

说到这里，我们不得不提到一个关键的人以及一件陈年旧事，那就是陈阿娇和金屋藏娇。汉景帝有十四个儿子，当时的太子是皇长子刘荣，刘彻排行第十，按照顺序皇帝怎么也轮不到他来做，况且他的母亲仅仅是一个嫔妃。

陈阿娇的母亲则是汉景帝唯一的同母姐姐馆陶长公主刘嫖，陈阿娇自幼就深得其外祖母——窦太后的宠爱。宫廷婚姻是没有爱情的，有的只是一个个幕后交易。冲着女儿当皇后的奔头，馆陶长公主一开始打算将陈阿娇许配给太子刘荣。谁知太子刘荣的母亲栗姬恼怒长公主经常向景帝推荐小老婆，并不领情，断然拒绝了这门婚事。

丢了面子的长公主只好另觅人选。相传某天，长公主很热心地抱着刘彻问："彻儿长大了要讨媳妇吗？"刘彻说："要啊。"长公主于是指着宫殿里一百多个美女问刘彻想要哪个，刘彻都说不要。最后长公主指着自己的女儿陈阿娇问："那阿娇好不好呢？"于是刘彻就笑着回答说："好啊！如果能娶阿娇做老婆，我就盖个金屋子给她住。"

"金屋藏娇"的婚约把阿娇母女和刘彻拴在了一起。因为女儿的订婚，长公主全力支持刘彻，不断地在景帝面前说栗姬的坏话，而刘彻的母亲也大吹枕头风。一系列明争暗斗后，景帝废了太子刘荣转立刘彻。

吃软饭是有代价的。刘彻即位后，陈阿娇成为皇后。而长公主自恃拥立皇帝有功，不停地向皇帝要这要那。而很傻很天真的阿娇皇后也不懂得低调做女人的道理，一味地骄悍，于是刘彻开始疏远这对母女。刘彻的母亲王太后得知此事后立即警告他说：你皇位还没坐热，公卿权贵中还有很多不服你的。新政改革已经让太皇太后很生气，现在又触怒长公主，会有很严重的后果，你一定要小心！"一语点醒梦中人，刘彻立刻带着鲜花钻石去修补关系。由于刘彻的软饭政策和韬光养晦，才使他的帝位得以保全。

建元六年，太皇太后窦氏升仙了。此时刘彻终于开始了全面主持工作的时代，并决心由此而推行全面改革，这就是著名的"元光决策"。而为系列重大改革提供政治思想基础的是一位平民出身的知识分子——董仲舒。

2. 一个倒霉的老头和一个幸运儿的时代

班固记载了这样一个故事：某天汉武帝检阅郎官们的办公室，看到一个白发苍苍的老头子也站在这群低级官吏中间。按照惯例，一个人只要不犯大错误，熬资历也能熬出头来，像这样年纪一大把还在混基层的倒也少见。汉武帝问他："你什么时候当的郎官，怎么这么老了还在这里。"老头子倒也精神："臣姓颜名泗，江都人也，以文景时为郎。""为什么年纪这么大了还没得到提拔呢？"颜泗很无奈："文帝好文而臣好武，景帝好老而臣少，陛下好少而臣已老，是以三世不遇，老于郎署。"倒霉一辈子颜老头终于交了好运，一番考察下，汉武帝觉得此人颇有才识，任命其为会稽都尉。

都说点背不能怨政府，汉武帝却不这么想。他认为，正是不公正的用人体制和用人思路，造成了颜泗怀才不遇的悲剧。

皇帝手下打工仔是不可或缺的，但是这些打工仔怎么找来，大有学问。

在春秋之前，各国实行的多是分封制，天子下面是诸侯，诸侯下面是卿等贵族。每级贵族都会领到一份土地，享受土地带来的收益。就像持有大股份者在董事会上有发言权一样，这些受封人员也是政权的参与者，拥有话语权，政府里的官吏也多半从这些有身份有地位的家族中产生。这是个"老子英雄儿好汉"的时代，贵族们的爵位、官职、封地都可以由后代继承，称为"世卿世禄"。当然也有一些体制外幸运儿有幸得到君主的赏识，得以参与政权并最终也成为股东（受封），但毕竟是少数。

到了春秋战国时期，各国之间已经渐渐失去了温情脉脉的"礼义"

面纱，实力才是这个时代话语权的保证。不合时宜的“世卿世禄”制度基本废除，越来越多的人靠着自身努力而不是家族血统赢得长期饭票，以至于“仕进之途，唯辟田与胜敌而已”。一个平民子弟，完全可以靠着多砍人头进入政府，成为君主的打工仔。

到了汉朝，天下太平，没有那么多人头可砍，平民要想靠立功来进入政府就有难度了。好在自从秦朝以来，还实行有一些补充性质的人才推选制度，地方长官可以向朝廷推荐人才，称为察举。但这样的人才选拔并没有形成制度，临时性随意性很强。像颜泗这样一辈子得不到提拔的倒霉者大有人在。

一番深思熟虑后，汉武帝决定对人才选拔制度进行大刀阔斧的改革，宣布不讲出身门第，“举贤良方正直言极谏之士”，唯才是举。建立制度化的人才举荐制度，发布每年“令郡国举孝廉各一人”的硬性规定，增加选才途径、扩大选才范围，实行上诏（上级征召）与下举（下面推荐）的结合。制度选拔的对象有小官吏也有平民，许多有才能的人和品德高尚的人被举荐为官。

老头子颜泗“倒霉我一个，幸福天下人”，善莫大焉。董仲舒就是赶上了这趟时代列车，最终脱颖而出，影响了西汉的治国方略，乃至当时的民族性格。

儒学在西汉一直是命运多舛。汉高祖曾起用儒生叔孙通制定朝仪，初尝儒学美味，高兴地说：“我今天才知道当皇帝的好处哇。”只可惜由于他忙于剿匪工作没空搞教育。吕后当政之时，朝廷上下都是“武力功臣”，靠拳头办事的，用不着书生。再后面“文帝好刑名”，“景帝不任儒”，所以博士们只能领点基本工资，过着朝九晚五的日子（《史记·儒林列传》）。武帝前期“窦太后又好黄老”，专业不对口的儒学博士们混饭就更难了。董仲舒也只好在此期间韬光养晦。他一面教授学生，为以后培养战略性人才，一面谨慎地观察现实，潜心研讨百家学说，等待时机成熟。

元光元年（公元前 134 年），汉武帝又令郡国举孝廉，策贤良，面向全社会征集意见建议。

董仲舒以贤良对策，汉武帝连问三策，董仲舒连答三章，其中心议题是天人关系问题，史称《天人三策》。董仲舒在对策中提出了五项重大建议，其中对后世影响最为深远的，一是建议进行意识形态改革，确立以儒家的政治历史思想作为国家的主流意识形态，即“罢黜百家，独尊儒术”。二是建立一套考试选贤的文官制度，即让平民知识分子有参与政治的途径。三是提出了天人感应学说，即以“天象示警”的灾异理论对帝王进行告诫，限制帝王肆意妄为的无上权威。“天人三策”摆在面前，汉武帝直呼人才，基本上全部采纳其建议。特别是其“罢黜百家，独尊儒术”的治国方针，一直被后世所沿袭。

在武帝屡次征召天下贤良方正和有才能之士的鼓励下，有志青年们纷纷给武帝上书，其中包括东方朔。东方朔同学是位特立独行的行为艺术家，他的上书给武帝留下了很重的分量——三千片竹简，两个人才扛得起，武帝读了两个月才读完。在这份厚厚的“简历”中，东方朔自许自夸，把自己包装推销了一番。他说我海拔九尺三寸，眼睛像明亮的珠子一样炯炯有神，牙齿像整齐的贝壳一样棒，无论是论勇敢，还是论敏捷、廉俭、信义我都是一等一的。武帝赞赏他的气概，大笔一挥，让他待在公车署中等消息。公车署中俸禄微薄，又始终没有见到皇帝，东方朔很是不满。为了让汉武帝尽快召见自己，他故意吓唬给皇帝养马的几个侏儒说：你们这些人既不能种田，又不能打仗，更没有治国安邦的才华，对国家毫无益处，因此皇帝打算杀掉你们，你们还不赶快去向皇帝求情！”侏儒们大为惶恐，哭着向汉武帝求饶。汉武帝问明原委后，立刻责问东方朔。东方朔风趣地说：“我是没办法才这样做的。侏儒身高三尺，我高九尺，但我们的工资却一样多。圣上如果不愿意重用我，就干脆放我回家，我不愿再白白耗费京城的白米。”东方朔诙谐风趣的语言，逗得汉武帝捧腹大笑，于是让他担任秘书一职。东方朔利用接近皇帝的机会，屡屡向汉武帝谏诤国政。

朱买臣是吴地会稽人，家里穷得叮当响，史书上连他生于何时都没有记载。如果他老老实实干活糊口倒也罢了，偏偏喜欢读书，仅靠卖柴来维持生计，混得只比乞丐稍微好点。他有个特点，喜欢担着柴，边走边读书，读到高兴的地方还会唱歌。放现在也许可以去“快乐男声”海选，但那时候这种行为艺术只会吸引回头率。他老婆觉得很丢脸，屡次劝阻无效后决定和他摊牌离婚。朱买臣掐指一算，卖关子说：“我五十岁一定富贵，现在已经四十多岁了。你只要再忍忍就能一起过上好日子。”他老婆不信这个空头支票，坚持要离。从此之后，老光棍朱买臣只能一个人在街上边走边唱，背着柴在田间行走。有一次他的前妻和丈夫上坟的时候看到朱买臣又冷又饿，给过他饭吃，可见此时的朱买臣混得有多惨。过了几年，朱买臣跟别人到长安送奏折，开始了漂泊生活。没想到送上去的奏折迟迟没有批复下来，他的粮食已经吃完了，以至于别人轮着送东西给他吃，像是照顾乞丐。终于，运气眷顾了朱买臣，他的老乡严助受皇帝宠幸，向皇帝推荐了朱买臣。召见之后，武帝认为他是个人才，任命他为会稽太守。时来运转的朱买臣衣锦还乡，看见他的前妻及丈夫在修路，就停下车带上了他们，安置在府邸中。不知道是羞愧还是悔恨，他的前妻一个月后上吊而死。另据明代传奇《烂柯山》记载，朱买臣的前妻得知他富贵后，曾请求复婚。朱买臣想了一会儿，泼了一盆水到地上，表示了覆水难收的意思，算是替天下翻身的咸鱼们出了一口恶气吧。

比起这些与汉武帝“一见钟情”的幸运儿，公孙弘的发迹史更有戏剧色彩。他是淄川国人（今山东寿光一带），曾经穷得靠帮人在海边放猪维持生计。后来他有幸担任狱吏，却因为没啥文化，常常犯错，最终被开除。痛定思痛的他在乡村埋头读书，一直读到四十岁，后来又跟人研究《春秋公羊传》，成为当地有名的学者。建元元年（公元前 140 年），刚即位的汉武帝下诏访求为人贤良通文学之人。六十岁的公孙弘应征，被任命为博士（官名）。大家以为他总算熬出头了，没想到建元三年（公元前 137 年），皇帝派他出使匈奴，回来后大约是说话不合皇帝的意思，汉武帝觉得此人无能，免去他的职务。公孙弘混不下去，干脆辞官回了老家。

元光五年（公元前 130 年），公孙弘已经七十岁了，天子又诏书征求文学儒士。淄川国当地官吏推荐老头子公孙弘。有心理阴影的公孙弘一再推辞，说："我出使匈奴，因没有才干被罢归，请大家另举贤者。"但最后，他还是被拉上了开往春天的牛车。

公孙弘参加所征百名儒士的笔试，成绩排在后面，觉得一把年纪了还出来丢老脸，甚是抑郁。没想到天子亲自阅卷后，把公孙弘的对策为第一名。入见天子，没想到汉武帝对这个当年的不合格官员突然来了兴趣，见他面相恢弘奇伟（老帅哥），十分喜欢，再次拜为博士。布衣出身的公孙弘从此官运亨通，元朔五年（公元前 124 年）被任命为丞相，封他为平寿侯，从此结束了功臣列侯子嗣独占相位的局面。

元封五年（公元前 106 年），武帝颁发纳贤诏："非常之事需非常之人。所以有的马虽然凶暴不驯，却能一口气奔跑千里，有的世人虽然遭到世俗的拖累，却能有所作为。其实，问题不在于那些容易翻车之马、放荡不羁之士，重要的是怎样引导、使用罢了。"

这些来自五湖四海的各式人才，帮助汉武帝采取了一系列强化中央集权的措施。在政治方面，主父偃献上"推恩令"，使诸侯王随着子弟的增多而使王国封地被分割，无力对抗中央政府；军事方面，他任用原匈奴单于的弟弟、小王赵信，引进匈奴种马来改良马匹，颁布法令鼓励养马，完全扭转了汉朝在战马上的劣势；在经济方面，他任用花钱买官而来的桑弘羊整顿财政，瞄准全国财富排行榜上有名的商人，颁布“算缗”“告缗”令征收资产税，打击富商大贾；将冶铁、煮盐、铸钱的权力收归中央，由官府经营运输和贸易，掌控国家经济命脉，增强了中央政府的经济实力。同时兴修水利，移民西北屯田，实行“代田法”。此外还有刚正不阿的汲黯，精于法令的张汤，宣扬国威的张骞、苏武，玩私奔的文学青年司马相如……

在这些璀璨明星的照耀下，汉帝国的武装力量在武帝手上日益强大，无论军队数量，还是军事装备，都能和匈奴相抗衡。不仅如此，随着算缗、告缗令的推行和冶铁、盐业、铸钱的垄断，汉武帝获得了源源不断的经济收入，足以支撑一场旷日持久的战役。

他期待已久的那一天来了。

3. 奴仆将军

千百年来，北方游牧民族的侵略一直是中原政权挥之不去的痛。西周灭于犬戎之手，秦始皇耗费举国之力修建长城，连西汉开国皇帝刘邦，也在山西遭遇白登之围，靠贿赂单于的老婆才逃出生天。接下来的文帝、景帝，因为国力不足内政不稳，也只好对北方匈奴采取送礼和亲的绵羊态势。随着国力的日趋强盛，年轻气盛的汉武帝开始把目光投往遥远的北方大漠。

中原百姓的家园，不再是你们的牧场。大汉过去的耻辱，要你们加倍偿还！

为大汉雪耻的人，却曾有着卑微的身份——奴仆。

平阳侯曹寿（汉初名臣曹参之曾孙）家有个普通女仆，因为她丈夫姓卫，大家都叫她卫媪。她生有一子三女，分别是儿子长君、长女君孺、次女少儿、三女子夫。后来，死了丈夫的卫媪耐不住寂寞，与同在平阳侯家中做事的县吏郑季私通，生下卫青。卫媪拉扯四个孩子，生活艰难，于是把卫青送到其生父郑季家中。虽然郑季接纳了这个私生子，他的夫人却一点儿也没给这个“野种”好脸色看（可以理解）。卫青在这个所谓的家里，地位与奴仆无异，每天被派到山上放羊，常被打骂。家里的几个同父异母兄弟，也没把卫青当亲兄弟看，经常欺负他。卫青长时间忍受着种种痛苦，养成了坚韧低调的性格。一次出门，有个懂得算命的囚徒为他相面：“你现在虽然穷困，将来必定是贵人，可以封侯。”卫青木讷地笑笑：“我是个奴仆，能免遭责罚打骂已经是万幸，哪里谈得上封侯？”

长大后的卫青身材魁梧，有一身好力气。他不愿意在郑家继续受欺负，就跑回母亲身边，在平阳侯家当保安。这时候汉武帝的姐姐阳信长公主已经嫁到平阳侯曹家，又称平阳公主。卫青就跟着她做骑奴，公主出行时骑马跟随左右担任保卫工作。由于生活境况好转，卫青在工作之余还自觉充电，自学了一些文化知识和礼仪。

卫家的好运终于来了。公元前139年春，姐姐卫子夫被选入宫中，深得汉武帝宠爱。卫青靠着裙带关系，也被召到建章宫当差，得以常常见到汉武帝，受到提拔。

但好运并没有伴随他太久，卫青尝到更多的是宫中险恶的滋味。卫子夫不久有了身孕，引起了那个阿娇皇后的妒忌。陈阿娇一直没能生儿子，她担心如果卫子夫生下儿子，必然会被立为太子，自己的皇后位置很难保住。但是卫子夫风头正劲，陈皇后不敢找她的霉头，只好找母亲大长公主诉苦。汉武帝的姑姑大长公主为了给爱女出气，拿小人物卫青出气，找碴儿把他抓起来准备处死。卫青的好友公孙敖听到了消息，一边派人给汉武帝报信，一边叫了几个弟兄赶紧去救，把卫青从阎王殿拉了回来。汉武帝对此事大为愤怒，索性把卫青任命为建章宫监、侍中，提拔为中层干部。过了一阵子，汉武帝借着封卫子夫为夫人的时机，又提升卫青为太中大夫。大家不免议论纷纷，说卫青沾了姐姐的光。

元光二年（公元前 133 年）六月，汉武帝正在针对匈奴多次袭扰的问题召开军事专题调研会。此时一位叫聂壹的马邑商人找到大臣王恢说，我和匈奴王混得不错，他多次问我马邑（今山西朔州市）的情况，看样子想瞅机会抢钱抢粮抢女人。我们不如来个关门打狗，先把匈奴王诱进马邑，再用伏兵袭击，一定能成功。王恢觉得这是个好点子，立刻向汉武帝汇报。武帝觉得早打晚打都是打，假如真能擒贼擒王，那以后的事情就好办了。于是马邑这个地图上默默无闻的地名，成为了帝国的战略焦点。

一番部署之后，聂壹对单于说："我有数百个兄弟，可以混入马邑城内杀死令丞，举城投降。这样，满城财物您就可以全得到了，但您一定要派大军前来接应，以防汉兵"。单于非常欢喜，立刻派头目随聂壹先入马邑，等斩了令丞的脑袋，然后进兵。聂壹把几名死囚的头悬挂在城上，假装令丞脑袋欺骗了匈奴来使。单于中计，率骑兵十万前来接应。单于意气风发地骑在马上，正盘算着城里能有多少银子，忽然发现沿途有牲畜却没人放牧，起了疑心。

正巧路旁有一个瞭望敌情用的亭堡，只有百来个守兵，单于顺势打了下来。亭堡长官吓得腿都软了，把汉朝的预谋全部泄露于匈奴。单于一听大惊失色，迅速退回老巢，白费了汉武帝的一番布置。

马邑伏击战虽未成功，但自汉初以来屈辱的和亲政策已告结束，汉帝国对匈奴大规模反击作战的序幕开始了，而驰骋沙场的英雄们也即将踏上历史的舞台。

公元前 129 年，匈奴再次南下进行集团抢劫，前锋直指上谷（今河北省怀来县）。汉武帝派车骑将军卫青直出上谷，骑将军公孙敖从代郡（今河北蔚县东北）出兵，轻车将军公孙贺从云中（今内蒙古托克托东北）

出兵，骁骑将军李广从雁门出兵，四位将军各率一万骑兵。公孙贺没找到敌人，带着大部队在沙漠草原公费一月游后收兵回营。卫青的哥们儿公孙敖吃了败仗，狼狈退回。卫青虽然是首次出征，但由于善于作战外加运气好没遇到匈奴主力，他的部队打到匈奴祭扫天地祖先的圣地龙城（今蒙古鄂尔浑河西侧的和硕柴达木湖附近），斩敌七百余人，得胜还朝。汉武帝很高兴，封卫青为关内侯。

相比之下，最倒霉的是飞将军李广。作为一名带有传奇色彩的英雄，李广的祖先是秦朝将军李信，接受世传弓法，射得一手好箭。汉文帝时期，李广从军抗击匈奴，因为箭法高超而升为郎中，即做了皇帝的保镖。他多次跟随文帝射猎，格杀猛兽，文帝曾慨叹说："可惜你生不逢时啊，假如在高祖刘邦的年代，你要博取万户侯的功名是小意思！"（惜乎，子不遇时！如令子当高帝时，万户侯岂足道哉！）

汉景帝时期，李广担任陇西都尉，不久升为骑郎将，吴楚七国之乱时曾抗击过吴楚叛军。诸王叛乱平定后，李广在许多地方担任过太守，以打硬仗而闻名。有一次，李广的宦官同事带几十个骑兵外出打猎，路遇三名匈奴人骑士。汉军欺负匈奴人少，结果被匈奴人射得全军覆没，宦官屁股上插着箭慌忙逃回报告给李广。李广认定三人是匈奴的射雕手，于是亲率百名骑兵追赶匈奴射雕手，追上后亲自射杀两人，生擒一人。

刚把俘虏缚上马往回走，匈奴数千骑兵赶来，见到李广的军队，双方都大吃一惊。匈奴人看见汉军人少，以为是诱敌的疑兵。李广的一百名骑兵心里也在打鼓，想开溜。李广说："我们离大部队有数十里远，现在就这么点人逃跑，匈奴人追过来放箭我们一个都逃不掉。现在我们留下，匈奴人一定以为我们是诱饵，不敢动手。"于是，李广摆开了空城计，命令所有的骑兵一直走到离匈奴阵地不到二里多路的地方才停了下来，并且把马鞍解下，下马休息。匈奴骑兵果真不敢进攻。挨到半夜，匈奴以为汉军在附近有伏兵，想夜袭他们，于是就撤退。就这样，李广打了一场漂亮的心理战，保住了性命。

但是，李广再骁勇多谋，也抵挡不住数倍匈奴主力大军的围攻，全军溃败不说，李广自己也受伤被俘。匈奴人早就敬仰李广的威名，不敢杀害，将其放在用绳子结成的网袋里，悬挂在两匹马中间带着走。李广一路装死，偷偷看中旁边一个匈奴少年骑着一匹好马。李广突然一跃，跳上匈奴少年的战马，把少年推下马，摘下他的弓箭，策马扬鞭向南奔驰。匈奴人猝不及防，数百骑兵在后面追赶，李广边跑边射杀追兵，终于逃脱，收集余部回到了京师。由于损失大量兵马，自己又被活捉，李广按律应当斩首，后来交钱赎罪，才得以免去一死，罚为庶民。

汉朝对匈奴的反击，使得匈奴的进犯更加猖狂了。公元前 127 年，匈奴实行大反攻。武帝派卫青率大军进攻久为匈奴盘踞的黄河河套地区。这是西汉对匈奴的第一次大战役。卫青率领四万大军从云中出发，避开敌方前锋而采用包抄战术，从西面绕到匈奴军的后方，切断了驻守黄河河套地区的匈奴白羊王、楼烦王同外界的通讯联络。然后，卫青又率精骑进到陇县西，对白羊王、楼烦王形成了合围之势，吓得匈奴白羊王、楼烦王立刻跑路。这次战役，汉军活捉敌兵数千人，夺取牲畜一百多万头，完全控制了河套地区，解除了匈奴骑兵对长安的直接威胁。因为这一带水草肥美，形势险要，汉武帝在此修筑了一座军事重镇，修复了秦时的防御工事，并从内地迁徙十万人搞河套大开发，建立起了进一步反击匈奴的前方基地。

匈奴贵族不甘心失败，在几年内多次出兵但都被汉军挡了回去。公元前 124 年春，汉武帝命卫青率十几万人，连同数位名将分三路进攻匈奴。收到前线告急的战报，右贤王正在帐中搂着美女喝花酒。扳指头算了算距离，右贤王认为汉军离得很远，一时不可能来到，就放松了警惕。卫青正是利用这种心理率大军急行军六七百里，趁着黑夜包围了右贤王的营帐。震天的喊杀声和遍野的火光把右贤王的酒吓醒了，他丢下军队，带着几百壮骑和几个美女突出重围，向北逃去。汉军追赶数百里没有追上，却俘虏了右贤王的小王十余人，男女一万五千余人，牲畜几百万头。汉军大获全胜。汉武帝接到战报，喜出望外，派特使到军中拜卫青为大将军，加封食邑八千七百户，所有将领归他指挥。

4. 马踏匈奴

虽然经过几次打击，但匈奴依然猖獗。公元前 123 年二月，汉武帝又命卫青分领六路大军攻打匈奴。这次战役中，卫青的外甥霍去病也主动请缨，率八百精骑首次参战。

霍去病的母亲卫少儿是平阳公主的婢女，与平阳县小吏霍仲孺私通（和她老妈一样），生下霍去病。霍仲孺不敢承认跟公主的婢女私通，卫少儿只好带着婴儿霍去病艰难谋生。自从姨妈卫子夫入宫后，卫氏家族飞黄腾达，大将军卫青更是屡建奇功。在舅舅的影响下，霍去病自幼精于骑射，渴望杀敌立功。在这次军事行动中，未满十八岁的霍去病以少年人特有的激情，带着八百骑兵远离大部队，在茫茫大漠里奔驰数百里寻找敌人踪迹，杀死敌人两千多人，匈奴单于的两个叔父一个毙命一个被活捉。汉武帝的意思本来是让这个小孩子出去当票友过把军队瘾就是了，没想到首次出征就立下如此功劳，喜出望外之余封霍去病为“冠军侯”。

用脱颖而出来形容霍去病还显得不够。公元前 121 年，汉武帝任命年轻的霍去病为骠骑将军，独自率领精兵一万出征匈奴。十九岁的统帅霍去病把骑兵速度快、机动性强的优点发挥得淋漓尽致，以最快的速度完成迂回穿插，对匈奴实行合围，从最薄弱的环节入手对其实行毁灭性打击。他在千里大漠中急速突进，打了一场漂亮的闪电战。六天中如入无人之境，转战匈奴五部落，在皋兰山与匈奴卢侯王、折兰王打了一场硬战。在此战中，霍去病付出了损失大半部队的代价，而匈奴方面损失更为严重——死亡八千九百余人，卢侯王和折兰王战死，浑邪王子及相国、都尉被俘虏，匈奴祭天的金人也成了汉军的战利品。

在卫青、霍去病的指挥下，汉军连战连捷，一改汉初的颓势，对匈奴构成了重大威胁。郁闷的匈奴单于对一再败阵的浑邪王和休屠王这两个家伙打算有所动作。不料这个消息走漏了，担心脑袋不保的浑邪王和休屠王便想要投降汉朝。汉武帝忽然看到天上掉馅饼，一时也不敢接，于是派霍去病前往黄河边受降，先作为试探。当霍去病率部渡过黄河的时候，匈奴内部果然发生内讧，休屠王觉得自己损失不大，单于不会杀自己，犯不着陪着浑邪王蹚浑水，打算哗变。面对如此紧急的情况，霍去病没有停下来往长安打报告请示，而是直接带着几名亲兵就冲进了匈奴营帐，直面浑邪王，要求他杀死哗变的人稳定局势。霍去病的霸气不但镇住了浑邪王，同时也镇住了人心浮动的四万多名匈奴人，休屠王被杀死，哗变最终平息下来。

这是历史上中原王朝第一次接受外族的大规模投降，极大鼓舞了帝国上下对阵匈奴的信心。西汉从此夺得河西走廊（今甘肃西部），增加武威、张掖、酒泉、敦煌四郡，斩断了匈奴控制西域诸国的道路。孙子兵法有云："百战百胜，非善之善者也；不战而屈人之兵，善之善者也。"年轻的霍去病不费一兵一卒，用强烈的气场震慑匈奴，降军夺地，可谓上将。

公元前 119 年，为了彻底消灭匈奴主力，汉武帝发起了规模空前的"漠北大战"。这时的霍去病已经毫无争议地成为了汉军的主力，深得军心。霍去病继续发挥闪电战术，深入漠北率部奔袭两千多里寻找匈奴主力，以一万五千的损失数量，歼敌七万多人，俘虏匈奴王爷三人以及将军、相国、都尉八十三人。大约是渴望碰上匈奴单于，霍去病一路追杀，深入到狼居胥山、姑衍山举行了名垂青史的祭天地礼，即“封狼居胥”。这个仪式表明了汉帝国彻底击败匈奴的决心和信心。“封狼居胥”之后，霍去病继续率军深入追击匈奴，一直打到翰海（今俄罗斯贝加尔湖），方才回兵。

让我们回头看看卫青军队的表现。卫青方面军北行一千多里后与严阵以待的匈奴军遭遇了。他命令部队拿出了汉代坦克——铁甲兵车迅速环绕成一个坚固的阵地，然后派出骑兵向敌阵冲击。双方激战在一起，战况非常惨烈，难分胜负。黄昏时分，忽然沙尘暴来袭，天地顿时一片黑暗，两方军队互相不能分辨。乘着混乱的局面，卫青派出两支奇兵抄袭敌军后方，包围单于大营。毫无防备的匈奴单于知道无法取胜，赶紧上马逃窜。仍在战场上的匈奴兵失去主将，顿时溃散逃命。

天亮时，汉军已追出二百多里，虽然没有找到单于的踪迹，却斩杀并俘虏匈奴官兵近两万人。卫青大军一直前进到真颜山赵信城（今蒙古乌兰巴托市西），找到了匈奴的后勤基地，吃饱喝足打完包后，剩下的粮草全部被汉军焚毁，一点没给匈奴人留下。

通过这场大战，匈奴的主力损伤殆尽、元气大伤，再也无法组织对汉朝的大规模进攻。从此以后，“匈奴远遁，漠南无王庭”，匈奴对汉朝基本上不构成军事威胁了。为表彰卫青、霍去病的大功，汉武帝特加封他们为大司马，外甥和舅舅待遇相同。

两个奴仆后代、两个私生子，一下子贵极人臣，巴结奉承的人一下子络绎不绝。平阳公主此时已经死了丈夫，打算找人改嫁。有好事的就建议：“大将军卫青合适。”平阳公主觉得不靠谱：“他以前是我的下人，怎么能当我丈夫呢？”那人分析起来：“卫青现在今非昔比，他是大将军，姐姐受到皇帝宠爱，连三个还在幼儿园的孩子都封了侯，富贵无二，没有谁比他更配得上你了！”汉武帝听说此事，大笑道：“我娶了他姐姐，现在他要娶我姐姐，有意思！”当即批准了这门婚事。卫青既是皇帝的小舅子，又是皇帝的姐夫，亲上加亲。但是卫青仍然保持着当年那种谦逊低调的作风，从来不仗势欺人。后来皇帝对霍去病的恩宠超过了卫青，许多墙头草又纷纷跑到霍去病府上阿谀奉承。门前冷落的卫青并没有心怀嫉恨，觉得这不过是人之常情，正好落得清闲。

霍去病虽然不是含着金汤匙出生，却是在锦衣玉食中长大。如果说卫青的低调是因为当年底层生活打下的烙印，霍去病表现出来的更是一个热血青年的壮志豪情。见惯了沙场生死的霍去病从来不在乎荣华富贵，总是将国家安危和建功立业放在一切之前。汉武帝曾经为霍去病修建过一座豪华的府邸，霍去病却拒绝收下，说："匈奴未灭，何以家为？"这短短的八个字，成为爱国主义精神表达的千古经典。公元前 117 年，年仅二十四岁的霍去病病逝，他墓前的"马踏匈奴"石雕，是那个时代雕刻艺术的经典之作，更是武帝时期豪迈民族精神的真实写照！

值得一提的是，尽管有着"犯强汉者，虽远必诛"的强烈民族意识，汉武帝本人的民族观念并不狭隘。在西汉政权中，也有不少外族人才的影子。

前文提到的霍去病受降事件中，休屠王被杀，也累及家人。他十四岁的儿子金日磾和母亲兄弟一起沦为官奴，被送到黄门署养马。无依无靠的金日磾逆境求生，不得不审时度势，观察时变，谨小慎微地度日。汉武帝有次视察马匹，身边站满了花枝招展的小老婆，马夫们经过时，无不偷偷窥视，咽一下口水。这时一个身材魁梧、容貌威严的青年牵马走过，目不斜视，养的马也是膘肥体壮。汉武帝对此很是欣赏，觉得此人的勤谨自尊不是一般下人能做到的。他询问此人情况，得知就是休屠王之子，十分看重，当场赐他"汤沐衣冠"，免去奴隶身份，提拔他为马监（类似于弼马温的角色）。之后又一路提拔为侍中、驸马都尉、光禄大夫。由于霍去病曾经夺得休屠王祭天的金人，汉武帝就赐这个匈奴青年姓"金"，"出则参乘，入侍左右"。有很多人对此很是不满，说："陛下妄得一胡儿，反贵重之！”汉武帝丝毫没有理会这些议论。

汉武帝对这个敌人之子的信任，是有理由的。青云直上的地位并没有让金日磾忘乎所以，而是更加谨慎地跟随在汉武帝左右，从来不敢逆视汉武帝。汉武帝很喜欢金日磾的儿子，常常带在身边玩耍。小孩子不知天高地厚，有时甚至挂在皇帝脖子上。随着小孩长大，金日磾对儿子放纵的行为越来越担心。一天，金日磾看见儿子在大殿前与宫女调笑，大发雷霆，亲手杀死儿子。汉武帝知道后大怒，金日磾跪在武帝面前陈述原委，汉武帝虽然惋惜小孩死去，却也更加敬重行事谨慎的金日磾。

征和二年（公元前 91 年），年老的汉武帝轻信江充的诬陷，逼死太子，江充随即也被处死。江充同党马何罗心怀恐惧，准备行不测之举。一天，武帝出行林光宫，警惕的金日磾发现马何罗携带利器潜入宫中。金日磾迅速抱住马何罗，大喊："马何罗反了！"侍卫们闻讯赶来，一场刺杀阴谋被阻止了，从此金日磾的忠诚机警闻名朝野。后来病重的汉武帝将金日磾立为四位托孤大臣之一，并封其为秺侯，金氏一门也一直位列西汉名门望族，能臣迭出。

多年的对外征战和大兴土木，使得西汉王朝国力大大损耗，沉重的赋税徭役使得大批农民破产逃亡，农民起义在全国各地纷纷爆发。这一派秦朝末年的乱世景象，再次出现在中原大地。和刚愎自用的秦始皇不同，汉武帝深感改变统治策略的必要，于公元 89 年（征和四年）颁发《轮台罪己诏》，声称："今请远田轮台，欲起亭燧，是扰劳天下，肥所以忧民也，今朕不忍闻……当今务，在禁苛暴，止擅赋，力本农，修马复令，以补缺，毋乏武备而已。""朕即位以来所为狂悖，使天下愁苦不可追悔，至今事有伤害百姓，靡费天下者，悉罢之。"在诏书中，汉武帝还拒绝了桑弘羊等人的屯田筑亭燧远戎轮台，下令停止对边地的开发，减轻徭役，发展农业。局势渐渐稳定下来，经济又回到平稳发展的轨道。司马光在《资治通鉴》中评价他"有亡秦之失，而免亡秦之祸"，十分中肯。

后元二年（公元前 87 年），汉武帝病逝。在五十四年的统治时间里，他有四十四年在指挥对外征战，开疆拓土。从最南端的海南岛到最北端的黑龙江，从最西端的于阗到最东端的朝鲜半岛，西汉王朝的疆域比起秦朝足足扩大了一倍，现在中国的版图框架，在他的手里已经基本定型。而他一手缔造的这个群星璀璨、奋发有为的时代，一直深深熔铸在我们这个民族的记忆中。

王道

问题不在于人才多少，而在于你有没有发现人才的眼睛和海纳人才的心胸。纵观武帝时代，充满活力不拘一格的人才选拔制度，使大汉王朝始终充溢着积极向上的精神。桑弘羊是商人，朱买臣是穷鬼，东方朔滑稽讽喻，汲黯严肃耿直，卫青不过是个奴仆，霍去病还未成年，公孙弘则是个职业生涯失败的老家伙……对于汉武帝来说，多样化的人才有着同样的指向——成功的帝王之业。

第七章

江山如画，一时多少豪杰——三国时期的人才战略

一部风云变幻的三国大戏，每位导演都在竭尽全力招揽演员。曹操手下拥有三国时期最庞大的人才团队，孙权拥有大批忠诚度极高的创业元老，刘备白手起家却总能找到顶级人才。这些一代雄主，是怎样得到这一批人杰的?

1. 曹操纳降——有容乃大的服人术

早在袁绍和曹操哥儿俩年轻的时候，两人就在一起讨论以后的人生规划。袁绍表示以后可以“吾南据河，北阻燕代，兼戎狄之众，南向以争天下”，曹操则打算“吾任天下之智力，以道御之，无所不可”。“智”是指谋臣，代表谋略智慧，“力”是指武将，代表军事力量。曹操的话看上去没有袁绍的来得有气势，却有极为高明的政治谋略——把人才问题放在最根本的位置上。

后来的历史证明，曹操是这么想的，也是这么做的。也正因为如此，曹操手下拥有三国时期最庞大的人才团队，号称“猛将如云，谋士如雨”。这个优势，是刘备和孙权所不具备的，也是三国后期魏国占据绝对优势、一统天下的基础。

魏武帝曹操能够雄踞北方，成为三国时期的人力资源首富，固然有

北方人口众多、人才鼎盛的缘故，但是曹操不记前仇、有容乃大的气度，也是其成功的重要因素。在曹操的征战生涯中，他把收服人才放在比攻城掠地更重要的战略位置上。除了对那些主动前来应聘的员工恩宠有加外，对于敌方阵营中的人才，曹操也是十分看重。

官渡之战前，袁绍命手下文人陈琳写篇讨伐檄文，为出兵制造舆论优势。根据骂人惯例，檄文开头就拿曹操的十八代祖宗开刀，说其祖父中常侍曹腾勾结奸臣祸乱朝政伤害百姓；其父曹嵩是过继来的养子，因此才得以参与朝政，利用职权贪污搜刮。曹操本人不过是宦官的后代，缺乏教养和道德，狡猾狠毒是其本性。

接着，陈琳又罗列了曹操欺负皇帝、残害大臣等一系列罪行，最后宣布凡献上曹操人头者，封五千户，赏钱五千万（当然这赏格是袁绍批准的）。

陈琳妙笔生花，把曹操骂得狗血喷头。看到这檄文时，曹操正赶上头痛病又犯了，躺在床上养病。看到这么狠的骂人文章，曹操急火攻心，出了一身冷汗。不料冷汗出完，曹操竟然周身舒服，头也不痛了，腰也不酸了，腿脚也有劲了，从床上一跃而下。他问随从："此文何人所写？"左右告诉他是陈琳，曹操感叹道："真是难得的文才！"

后来，曹操击败袁绍，陈琳也成了曹操的俘虏。曹操质问陈琳："你以前写檄文讨伐我，数落我的罪状也就算了，为什么还要侮辱我的祖父、父亲？"陈琳回答得不软不硬："矢在弦上，不可不发。"曹操呵呵一笑，不仅既往不咎，还让他当自己的秘书，负责文案的起草工作。陈琳逃过一劫，自然是感激不尽，工作十分卖力，有时曹操对其作品竟不能更改一字，可见其水平之高。

和陈琳一样，曹操手下很多人都有着与曹操"对抗—合作"的经历。张郃、高览都曾经是袁绍的部下，庞德跟着马超和曹操对抗过，贾诩和张绣让曹操吃过大亏，连曹操的儿子、侄子都死在他们手上。这些人降曹后，曹操对他们以诚相待，使得他们大为感动，终生为曹氏政权全力效劳。

大将文聘本来是刘表的部下。刘表死后，他儿子刘琮投降曹操，下令文聘一起投降。文聘不肯，一直坚守驻地，表示："我不能保全荆州土地，是失职，只不过等待惩罚罢了。"直到曹操渡过汉水后，他才去与曹操见面。曹操见这人有个性，就开玩笑问："你怎么就来得这么晚呢？"文聘正色说道："我本来是跟随刘表报效国家的。现在荆州已经失去了，我只打算守住我的地方，做到无愧于孤儿（刘琮），也无愧于地下（刘表）。我是万般无奈才来的，到了如此地步，我心里悲痛惭愧，哪有心思早早来见你。"说罢欷歔不已。曹操听完，不但没有处罚文聘，还肃然起敬，说道："仲业（文聘的字），你真是一个忠臣啊！"随即不仅交给文聘军权，还派他做战略要地江夏的太守。文聘也没辜负曹操的希望，在江夏太守的位子上足足干了几十年，爵位一升再升，为曹魏政权的霸业立下了汗马功劳。

《论语》中说"宽则得众"，一个待人宽厚的领导者，必然能够得到多数人的拥护；相反，一个心胸狭窄、睚眦必报的领导者，则很难得到部下的信服，必然会陷入众叛亲离的地步。陈琳的老东家袁绍，就是个气量狭小的老板。

郭嘉在分析曹操十胜、袁绍十败时，曾尖锐指出："绍外宽内忌，所任唯亲戚，公外简内明，用人唯才，此度胜也。"早在袁绍召集人马准备进攻曹操的时候，谋士田丰就劝阻袁绍说："曹操用兵厉害，人马虽少，不可轻敌，不如和他长时间相持等待时机。"袁绍不但不听，反而把田丰关进牢房。袁绍在官渡失败后，狱卒向田丰祝贺，认为袁绍必将会从此重用田丰。田丰苦笑道："袁绍心胸狭窄。如果他胜了，可能在高兴之余放了我；如果他败了，必然恼羞成怒，我必死啊！"果然，袁绍败退回来后杀死了田丰。

袁绍的另一个谋士许攸，是个贪利的人，平时喜欢弄点灰色收入。袁绍在官渡前线与曹操相持的时候，许攸建议袁绍乘虚进攻许昌，袁绍不听。不听还算了，由于许攸和曹操有交情，袁绍还怀疑许攸是曹操的卧底。正在此时袁绍得到报告，说许攸的家人在后方贪赃枉法被抓起来了。袁绍抓住这小辫子打算治许攸的罪，许攸一看袁绍不足以成大事，星夜投奔曹操。曹操听说许攸前来，高兴得连鞋都来不及穿，跑出大帐迎接许攸。曹、袁两相比较，高下立判。

其实袁绍那边人才的质量，并不比曹操这边逊色多少。沮授提出袁绍应该“挟天子而令诸侯，蓄士马以讨不庭”，实际上和曹操“挟天子以令诸侯”的战略不谋而合，田丰、许攸等人也是智谋之士。可惜这些人才都被袁绍的小心眼害了，田丰进了大牢，沮授被晾在一边，许攸则被迫投奔了曹操。武将中最有谋略的张郃，也因为担心受到迫害而投降曹操。

打下袁绍后，不少人劝曹操慎重，暂时不要进攻处于边陲之地的乌桓，曹操执意不听。虽然征伐大获全胜，但在回军的途中，曹军陷入了天寒地冻的荒原地带，连续两百里都没喝到一滴水，粮食也吃光了，“杀马数千匹以为粮，凿地入三十余丈乃得水”。回到邺城，曹操并没有因为战役的胜利而沾沾自喜，他下令找到那些当初劝阻他的人，一一加以封赏，说：“我这场胜利完全是侥幸，各位的建议才是万全之策。因此我十分感谢各位，恳请你们以后有什么意见尽管说，不要有顾虑。”能够冷静分析自己的得失，这比起失败后杀死田丰的袁绍来，不啻有天壤之别。

不仅是敌方阵营的人才得到了尊重，曹操对革命队伍里那些“叛徒”，也有着宽容大度的一面。

曹操起家不久，正在和袁绍、吕布等人拉锯对抗的时候，他的盟友张邈背叛了他，与吕布联合。曹操此时家底薄、势力弱，很多人见势不妙，都投奔了张邈一方。面对这种情况，曹操自我安慰说："让他们走吧，我的人不可能走完，比如魏种就不会背叛我。"不料没多久魏种也跑掉了。曹操感到特失败，发狠说："好你个魏种，有本事跑到天涯海角去啊！除非你往北跑到胡地，往南跑到南越，否则我绝饶不了你！"风水轮流转，曹操成了胜利者，魏种被俘虏了。众人正等着看魏种怎么被整死呢，曹操叹了一口气说："魏种是个人才啊。"派他当河内太守。

在这次背叛事件中，毕谌的家人也都落在张邈手里。曹操故作高姿态说："你母亲在张邈那里，你还是到他那边去吧。"毕谌跪下磕头，表示尽管如此，自己也没有异心，在场的人都被这主臣和谐的一幕感动得流泪。不料毕谌一转身，就忙不迭地投奔了张邈。曹操被狠狠涮了一把，那个尴尬就别提了。后来，毕谌也成了俘虏，大家都觉得他死定了。谁知曹操却表态："尽孝的人能不尽忠吗？这正是我需要的人啊！"不仅没治毕谌的罪，还让他去曲阜当鲁国相。

曹操对人才的宽容，不仅仅体现在"不记仇"上，也体现在对人才的定义上。针对东汉人才制度的弊病，他以大无畏的精神挑战世俗礼法，把"德行"、"名节"、"门第"这些迂腐的选材标准放到一边，公开表示"唯才是举、不拘一格"的选材精神。

建安十五年（公元 210 年）春天，曹操发布的《求贤令》指出："若必廉士而后可用，则齐桓其何以霸世！今天下得无有被褐怀玉而钓于渭滨者乎？又得无有盗嫂受金而未遇无知者乎？二三子其佐我明扬仄陋，唯才是举，吾得而用之。"建安十九年（公元 214 年）发布的《敕有司取士毋废偏短令》中，他对此举例说明："夫有行之士未必能进取，进取之士未必能有行也。陈平岂笃行，苏秦岂守信耶？而陈平定汉业，苏秦济弱燕。由此言之，士有偏短，庸可废乎！"

到了建安二十二年（公元 217 年），六十三岁的曹操虽然年老，对人才的渴求却更加强烈。在《举贤勿拘品行令》中，他认为"昔伊挚、傅说出于贱人，管仲，桓公贼也，皆用之以兴。萧何、曹参，县吏也，韩信、陈平负污辱之名，有见笑之耻，卒能成就王业，声著千载。吴起贪将，杀妻自信，散金求官，母死不归，然在魏，秦人不敢东向，在楚，则三晋不敢南谋。”甚至直接指出要求属下对于那些“负污辱之名，见笑之行，或不仁不孝而有治国用兵之术”的人，“各举所知，勿有所遗”。

曹操这么做，与当时的历史背景是分不开的。

到了东汉末年，一个平民想当官，只能走两条路。一条是所谓“明经取士”，把经书读烂读透，最好能作详细注解，参加政府的考试；另一条是“举孝廉”，当一个品德高尚的孝子，由地方政府推荐出去当官。时间久了，这种人才选拔制度的弊端越来越多地显露出来，出现了很多书呆子和名不副实的“孝子”。名门士族基本垄断了权力市场，有才能的平民被压制在社会底层难以出头。

曹操对这一切看得十分真切，他知道要想成就大业，光靠那些眼高手低的名门士族远远不够，不拘一格招揽人才才是制胜王道。尤其在东汉末年的乱世中，实力才是硬道理，拘泥于那些迂腐的人才标准，到头来吃亏的是自己。

他使用人才不问出身，大将于禁、乐进就是从士兵里提拔出来的，所谓“拔于禁、乐进于行阵之间”；他使用人才不太要求品格，主要谋士郭嘉行为不够检点，他也不以为意。他甚至不管对方是不是来吃闲饭的，一律来者不拒。

为了从刘备阵营中挖来徐庶，他按照程昱的建议，把徐庶的母亲搬到许昌。先是厚待徐母，企图让徐母写信召唤徐庶来降。在被断然拒绝后，他又让程昱用计骗得徐母手迹，仿造其字迹伪造书信，把救母心切的徐庶骗到许昌。发现被骗的徐庶，悲愤之余立誓终身不为曹操出一计一谋，只是待在曹操的阵营里领薪水，与活死人无异。纵然如此，曹操也始终对徐庶厚待有加，并没有一点穿小鞋的意思。

在东汉末年的割据群雄中，曹操家世背景算不得显赫，军事实力也算不得雄厚。但是他那种在《短歌行》中表达出来的“周公吐哺，天下归心”的聚才理念，他那种只求人才、不拘一格的人才方针，那种海纳百川有容乃大的用人气度，为他最终削平群雄，统一北方，奠定了坚实的人才基础。

2. 找个好经理——孙权的守成之道

诸葛亮在《隆中对》里分析天下大势时，对刘备表示："孙权据有江东，已历三世，国险而民附，贤能为之用。"正是靠着这个“贤能为之用”，孙权在三国的乱世之中，成为一代雄主。

公元 200 年，孙权从哥哥孙策手里接手江东的时候，只有十九岁，还是大学生的年龄。比起才具非凡的曹操、多年历练的刘备，他还差得很远。但是生命垂危的孙策指出："如果论率领江东将士征战疆场，和天下豪杰逐鹿中原，你比不上我。但是如果论知人善任，合力稳定江东，哥哥我又不如你了。"

孙权没有辜负哥哥的期望，不仅在孙策死后迅速稳定了江东的局势，还在二十七岁时与刘备联合，在赤壁一举击溃曹操大军，奠定了三分天下的基础。他是如何做到这一点的？正如诸葛亮所说，“贤能为之用”。

孙权的知人善任，主要体现在他对“都督”这一职位的人选确定上。孙权的父兄和曹操、刘备等枭雄一样，既是内政的主持者，也是直接统兵作战的军事统帅。而孙权领兵打仗的才能有限，东吴的军事工作主要由都督来主持。孙权执政期间，东吴在都督一位上有过四位杰出的军事统帅，他们是周瑜、鲁肃、吕蒙和陆逊。这四人镇守一方，为东吴开疆拓土、抵御外敌，起到了中流砥柱的作用，是孙权人才使用艺术的典型范例。

周瑜这个人大家再熟悉不过了，“遥想公瑾当年，小乔初嫁了，雄姿英发，谈笑间，樯橹灰飞烟灭”。他是江东群臣中最为杰出的人物之一，也是孙权在执政前期最为倚重的军事统帅。孙策在临终前，曾嘱咐孙权“外事不决问周瑜”，孙权牢牢记住了这句话，常常在重大事件上请教周瑜的意见。赤壁之战前夕，东吴朝廷内投降派占据上风，孙权虽然不甘心束手就擒，但面对众多大臣的意见也只能沉默不语。在这个关键时刻，统兵在外的周瑜回到朝中，对当前局势作出了极其精辟有力的分析。正是周瑜的坚持，使孙权下定了抵抗的决心。面对气势汹汹的曹操大军，他下令委任周瑜为大都督，全权负责抵抗曹操事宜。接下来，周瑜在赤壁之战中联合刘备以弱胜强，不仅保住了孙吴集团的江东基业，也为三分鼎立奠定了基础。

如果说周瑜是孙策留给孙权的政治遗产，鲁肃则是孙权自主选择的产物。他决不是《三国演义》中那个只懂得和稀泥、跑龙套的窝囊老实人，而是一个文武双全、战略眼光远大的统帅之才。鲁肃投奔孙权的时候只有二十岁，老臣张昭对孙权说：“肃年少粗疏，未可用。”孙权并没有因此疏远鲁肃，反而“不以介意，益贵重之”，与鲁肃交往十分密切。不仅赏赐给鲁肃许多的金银绸缎，还对鲁肃的母亲关怀备至，多次送上被子、蚊帐等各种日用品，就像一个晚辈孝敬长辈那样。在与孙权的彻夜交谈中，鲁肃为孙权分析了“汉室不可复兴，曹操不可卒除”的天下局势，认为孙权应该“鼎足江东，以观天下之衅……然后建号帝王，以图天下”，可谓是东吴版的《隆中对》，为东吴政权指明了最正确的发展方向。

赤壁之战前，鲁肃力排众议主战，建议召回周瑜共议，给了孙权极大的支持和鼓励。周瑜病逝前，留遗书给孙权，表示“鲁肃忠烈，临事不苟，可以代瑜之任”，正中孙权下怀。与锐意进攻、开疆拓土的周瑜不同，鲁肃更看重孙刘联盟的战略价值，在其担任大都督期间，他不但治军有方，而且虑深思远，始终坚持对刘备的结盟政策，使得孙刘联盟处于感情最好的蜜月期，客观上稳定了赤壁之战后的政治军事局势，孙权盛赞他是“天以卿赐我也”。

一次，鲁肃返回吴郡，孙权亲自带着大臣们去大张旗鼓地迎接，并有些自得地对鲁肃说：“子敬，我亲自持鞍下马相迎，足以让你风光了吧？”鲁肃摇头回答：“未也。”众人大惊，觉得这鲁肃也太过居功自傲。没想到鲁肃不紧不慢地接着说：“愿我们的大王威德加乎四海，总括九州，克成帝业，用更豪华的车马来接我，我才觉得风光呢！”孙权抚掌大笑。有这样关系亲密的君臣，才有这样大气的玩笑，才有东吴上下通力协作的氛围。

鲁肃的继任者吕蒙是行伍出身，没什么文化，在孙权的劝说下才发奋读书。鲁肃是个儒将，本来有些看不起大老粗吕蒙。有一次他经过吕蒙驻地，两人喝酒聊天。喝着喝着，话题就扯到荆州上了。吕蒙问鲁肃：“君受重任，与关羽为邻，有什么计策对付那些突发状况？”鲁肃没料到吕蒙会思考这样有深度的战略问题，只好仓促回答说：“到时候看情况呗。”吕蒙说：“现在我们虽然和刘备是盟友，关羽却不是好惹的人物，怎么能不早点想好对策呢？”接着，吕蒙详尽地为鲁肃谋划了五条对策。鲁肃听完大惊，跑到吕蒙的席位前，亲切地拍着他的背，赞叹道：“吕子明，我没想到你的才略到了如此地步了，不再是那个吴下阿蒙了！”吕蒙笑道：“士别三日，即更刮目相待，老兄你现在才知道啊！”从此两人结为密友。鲁肃病逝后，孙权任命吕蒙担任都督。

与鲁肃不同，吕蒙对孙刘联盟的战略不以为然，一心打算夺回被刘备“借”去的荆州。虽然他的想法得到孙权的支持，但荆州守将关羽不是个好惹的角色。为了麻痹关羽，吕蒙先是对关羽大献殷勤，还与关羽的手下打成一片，制造出双方和谐的假象。到后来，吕蒙干脆装病，让还是个毛头小子的陆逊代理都督一职。关羽听说吕蒙休了病假，更加放松了警惕，把留守后方的军队都调往襄樊前线。

关羽中计，东吴方面开始准备秘密行动，不料此时又出现了一个小插曲。孙权打算安排堂弟孙皎和吕蒙一起领兵前往，吕蒙坚决不同意："主公若以蒙可用，则独用蒙；若以叔明（孙皎的字）可用，则独用叔明。岂不闻昔日周瑜、程普的左右都督，事虽决于瑜，然普以旧臣而居瑜下，颇不相睦；后因见瑜之才，方始敬服。今蒙之才不及瑜，而叔明之亲胜于普，恐未必能相济也。"一山难容二虎，特别是强调统帅权威性的军队。吕蒙的态度很坚决，意见也很尖锐，孙权却并没有因此觉得丢了面子，而是果断地拜吕蒙为大都督，总制江东诸路军马，令孙皎在后接应粮草，一举拿下荆州，实现了孙吴集团多年来控制荆州的梦想，大大扩张了势力范围。

吕蒙病重的时候，孙权心中十分挂念，把他接到宫中，让自己的医生给他治病。同时又向全国通告，有能治愈吕蒙之病者，赐黄金一千斤。每次医生给吕蒙扎针，他就觉得像扎在自己身上一样疼。他想经常去探望吕蒙的病情，但又怕吕蒙起身还礼会受累，于是就常常把门帘掀开一条小缝偷偷看。看到吕蒙能吃得下饭，就有说有笑很高兴，甚至下令赦免罪犯以为庆祝；看到吕蒙精神不好，就心情沉重吃不好睡不安。但吕蒙最终还是病死了，孙权十分哀痛，下令削减膳食，停止音乐，面容消瘦。其他臣属看到这种场景，都十分感动，更加尽忠竭诚。

孙权任命的第四个都督，是世人眼中的"白面书生"陆逊。刘备为了给关羽报仇，亲率大军出川进攻东吴，吴军节节败退。此时吕蒙已经逝世，孙权感叹道："周郎之后有鲁肃，鲁肃之后有吕蒙；今吕蒙已亡，无人与孤分忧也！"此时大臣阚泽推荐陆逊："此人名虽儒生，实有雄才大略，以臣论之，不在周郎之下；前破关公，其谋皆出于伯言（陆逊的字）。主上若能用之，破蜀必矣。"此时起用陆逊，孙权面临着重重阻力：第一，他年轻（此时陆逊还不到四十岁），年轻意味着没有经验；第二，他没有名望，能不能压住那些功勋卓著的老将是个问题；第三，他是个书生，会不会只有一些纸上谈兵的军事才能？张昭、顾雍等大臣也强烈反对起用陆逊："陆逊乃一书生耳，非刘备对手，恐不能用""逊才堪治郡耳，若托以大事，非其宜也"。面对这些，孙权并没有被动摇，在深入考察陆逊后，他坚信"陆伯言乃奇才也"，力排众议升陆逊为大都督。在彝陵之战中，陆逊运筹帷幄，火烧刘备七百里连营，完成了一次以弱胜强的又一著名战役。在孙刘和解后，孙权另刻一个印信放陆逊手中，每次孙权给蜀国的信件，陆逊总要先过目，并有权修改，重新盖上大印交付蜀国。

值得一提的是，孙权对臣属并不是简单的利用关系，而是能用感情纽巧妙地整合自己与臣属、臣属与臣属之间的关系，周瑜曾对蒋干说他们是"外托君臣之义，内结骨肉之情"。

比起艰苦创业的曹操、白手起家的刘备，孙权可谓十分幸运。此时的孙吴集团，已经牢牢占据了江东之地，同时人才云集。这些人当中，有张昭、程普等老臣，也有周瑜、鲁肃这样的青年才俊，有跟随孙策前来的外来户，也有世居江东的本地名士。人多是好事，也是麻烦，老的看不起年轻的，本地的排斥外地的，江东集团内部并非平板一块，而是存在着或明或暗的大小裂痕。摆在年轻人孙权面前的，是机遇，也是挑战。

周泰是一员猛将，曾经不顾个人安危救了孙权的命，后来因为屡立战功，升任平虏将军。孙权与曹操在合肥一带鏖战时，命周泰为主将，统御朱然、徐盛大军。朱然、徐盛是贵族出身，看不起出身卑贱的周泰，军队的领导层有暗暗的裂痕。孙权察觉此事，并没有发作，而是借着巡视的由头，在濡须口准备宴席，邀请将领们赴宴。酒过三巡之后，孙权拿起酒杯，依次给将军们敬酒。等轮到周泰时，孙权请周泰脱下战袍。

周泰摸不清头脑，只好遵命办事。在场的人看到周泰的躯体，不由得都暗暗惭愧，因为周泰身上伤痕累累，几乎没有一块完整的皮肤。孙权流着泪对周泰说："周将军为了东吴，在战场上猛如熊虎，不惜生命，被创数十处，全身像刻画那样体无完肤，叫我怎能不把你看成骨肉？今委你以兵马的重任，你是吴国的功臣，我当和你共荣辱、同休戚。你可快意行事，不要以出身寒门自退。"一段话，既褒扬了周泰的功劳，又确立了周泰的权威。说完后，他把常戴的御帻和青缣伞赐给周泰，最后命令自己的仪仗队演奏盛大的军乐，送周泰回营。从此，朱然、徐盛对周泰心服口服，大家同心协力对抗曹操。

诸葛亮的兄长诸葛瑾避乱江东，经孙权妹婿弘咨推荐，在孙权手下受到礼遇，初为长史，后为南郡太守，再后为大将军，领豫州牧，可谓一帆风顺，引起了不少人的红眼病。刘备因为关羽被害，准备倾全国之兵伐吴，孙权感到害怕，派使者向蜀国求和。诸葛瑾利用自己的特殊身份，也通过私人信件劝说刘备。一些人觉得抓到了把柄，把这件事向孙权密报，说诸葛瑾和刘备方面私通，一时间谣言纷纷。陆逊听说后感到十分震惊，当即上表向孙权说情，认为诸葛瑾是诚实君子，请孙权不要听信谗言。

孙权回信道："子瑜（诸葛瑾的字）与我共事多年，恩如骨肉，彼此也了解得十分透彻。他曾经对我说：'我的弟弟诸葛亮已投靠刘备，应该效忠刘备；我在你手下做事，应该效忠于你。这种归属决定了君臣之分，从道义上说，都不能三心二意。我兄弟不会留在东吴，如同我不会到蜀汉去是一个道理。'子瑜是不会负我的，我也不会负子瑜，这决不是外面那些流言飞语所能挑拨得了的。我知道你和他是好朋友，也是对我一片真情实意。这样，我就把你的奏表封好，也交给子瑜去看，好让他知道你的一片良苦用心。"孙权此举不可谓不高明，既免掉了陆逊与诸葛瑾"结党营私"的嫌疑，又加深了陆逊与诸葛瑾之间的友谊，使得两人深受感动，更加忠心耿耿。

对于那些有过失的部下，孙权也体现出宽容大度的精神，认为“人谁无过，贵其能改”，很少予以治罪。如胡综“性嗜酒，酒后欢呼极意……搏击左右。权爱其才，弗之责也”。吕范“居处服饰，于时奢靡，然勤事奉法，故权悦其忠，不怪其侈”。之所以如此，是因为孙权认为使用人才，用的是他们的长处，而不是斤斤计较他们的短处。他说过：“天下无粹白之狐，而有粹白之裘，众之所积也。夫能以驳致纯，不唯积乎？故能用众力，则无敌于天下矣；能用众智，则无畏于圣人矣。”

正因为孙权用人方面的远见卓识，无论是德高望重的老臣，还是意气风发的新锐，都能够在孙权的麾下和谐共处、，使江东出现了人才辈出、精诚团结的繁荣景象。

3. 刘备摔孩子——小成本的感情投资

东汉末年，像一个群雄逐鹿的竞争市场，各大公司都在努力招聘人才，提高市场占有率。如果说曹操集团属于得天独厚占据大部分市场的大型企业、孙权集团属于历史悠久业绩尚可的中型家族企业，那么刘备集团则属于典型的白手起家屡遭挫折的小型民营企业。偏偏就是这个看上去朝不保夕的刘氏集团，不仅仅拥有一批令各路诸侯眼红的文臣武将，而且员工保持着极高的忠诚度，很少出现员工跳槽的情况。作为刘氏集团 CEO，卖草鞋起家的刘备是怎样做的这一点的？让我们先从一段故事说起。

话说赤壁之战前夕，刘备被来势汹汹的曹操大军赶得落荒而逃，老婆孩子也失陷在乱军之中。大将赵云拼死冲杀，在曹营中七进七出，终于夺回刘备的独子阿斗。当赵云像个血人一样出现在刘备面前，抱上还在熟睡的阿斗时，刘备接过孩子就往地上摔，骂道："为此孺子，几损我一员大将！"赵云一见连忙接住了孩子，连连泣拜："云虽肝脑涂地，不能报也。"

民间流传着一句俗语"刘备摔孩子——收买人心"，讲的就是这段故事。受此礼遇的赵云自然更加忠心耿耿，南征北战立下汗马功劳。

老百姓常说，刘备的江山是哭出来的。虽然不无揶揄，却也从另一方面表示出他是个运作人心的高手。能够从一个编草鞋的贫民变成逐鹿天下的君王，其凝聚人心打造团队的本事自有其令人叫绝之处。刘备摔孩子，实际上是一场精彩的人情表演，既收买了赵云的耿耿忠心，也给在场的文臣武将一个强烈信号——比起独子，我刘备更爱惜人才！这场表演一石二鸟，不可谓不精彩。

作为一个投资者，如果有人问你世界上什么投资回报率最高，你如何回答？畅销书《我是最会赚钱的人物》的作者、日本麦当劳的社长藤田表示，他曾将他的所有投资分类研究回报率，发现感情投资在所有投资中，花费最少，回报率最高。

人心是一笔无价的资产，一个出色的管理者应该善于洞察人性、经营人心。陈寿在《三国志》里表示"先主之弘毅宽厚，知人待士，盖有高祖之风，英雄之器焉"，颇有几分道理。作为皇室后裔，刘备的发家史和刘邦有相似之处，都是半辈子都被强大的对手打得一败再败，却通过领导强大的团队创下了一份帝业。

如果说用人管人方面刘邦是一个团队高手，那么说到收买人心提高团队凝聚力，刘备比起他的老祖宗来，则显得更胜一筹。刘邦流氓出身，喜怒无常，臣属们因此常常胆战心惊。刘备因为多少读过几天书，显得厚道不少，"少语言，善下人，喜怒不形于色"，因此更得人心。由于白手起家，刘备自然要用最少的投资获得最多的回报。

如何留人是人力资源管理中的核心问题之一。职场中的人们常常可以看到这样的景象：有的公司待遇不错，员工却大都心怀不满，就算已经离开公司，还常常在新同事面前数落老东家的罪状。有的公司待遇平平，员工们却很少离职，就算因为某些原因换了公司，也会常常向老同事打听公司的近况，甚至“常回家看看”，和老朋友把酒言欢。

为什么会这样？参照小老板刘备的发家史，我们就会知道感情投资是如此重要。

刘备本钱少、家底薄，甚至连固定办公地点都没有，既不能像曹操那样大张旗鼓发布招贤令，也不能像孙权那样封官许愿，他能依靠的，只有人身上最柔软的部分——心。

在平原当地方官时，刘备“士之下者，必与同席而坐，同簋而食，无所简择”。饭桌是国人交流的最佳媒介，如此和群众打成一片，自然是人心所向，攒下了大笔人情资本。以至于有人派刺客去刺杀他时，刺客竟不忍下手，“语之而去”。

刘备用一个“义”字，在出道之时就得到了关羽、张飞两位得力的助手。三人出则同行、寝则同席，放在现代很可能被认为是同性恋。在和吕布争夺徐州时，张飞一时犯浑丢了徐州，把刘备的老婆也丢了，羞愧难当，欲自杀谢罪。刘备劝阻道：“兄弟如手足，妻子如衣服，衣服破，尚可缝，手足断，安可续？”虽然这句话长期被妇女朋友诟病，但张飞听到这话，想必对刘备更加死心塌地。

有这样一个“义气深重”的刘备，就不难理解关羽为什么要千里走单骑。为保全刘备家眷，关羽不得已“降汉不降操”。尽管曹操对他加官晋爵、大加封赏，开出的待遇条件不知比刘备高出多少倍，关羽还是“身在曹营心在汉”，一心等待回到刘备身边的机会。在官渡之战中报答曹操的知遇之恩后，过五关斩六将，千方百计找到刘备。

如果说关、张是不小心捡到的宝贝，赵云则完全是被刘备有计划有目的地抹泪抹过来的。赵云原本是公孙瓒的人，刘备要去救徐州，因为人手不够找公孙瓒帮忙，公孙瓒派来了武艺高强的赵云。赵云完成任务要回去了，刘备拉着赵云的手不住流泪，恋恋不舍，连赵云也被感动得掉泪了。后来公孙瓒覆灭，失业的赵云满世界找刘备，虽然刘备那时候被曹操赶得东奔西窜、狼狈不堪。

有这样一个“情深意重”的刘备，就不难理解徐庶就算要走，也要“回马荐诸葛”。刘备投靠在刘表旗下时，得到徐庶做军师，一下子牛了起来，连连挫败曹操的进攻。曹操使了阴招，扣留徐庶的母亲，要把徐庶挖过去。有人向刘备提议扣住徐庶不放，好让曹操杀死徐母，让徐庶死心塌地跟着干。刘备没有采纳这种建议，而是一边抹泪一边把徐庶送到敌人阵营去。徐庶大为感动，临走时推荐诸葛亮出山，才有了后来的三分天下。

话说回来，刘备自身尚且难保，凭什么把心比天高的诸葛亮拉到自己的队伍里？靠的还是感情投资。

诸葛亮此时是一个学有所成，等着证明自己的青年。是选择人才济济的曹操、孙权集团还是选择更能体现自身价值的潜力股刘备，本身就是一个两难的选择。刘备三顾茅庐，不住地死缠烂打，虽然招数老套，却最能对知识分子“士为知己者死，女为悦己者容”的胃口。

为什么“三顾茅庐”成了中国人才招揽的经典案例，成了老百姓津津乐道的常用语？中国人“仁义礼智信”的文化传统，决定了人情味在国人的心中占据着重要位置，甚至能够影响人们的行动目标，所谓“重义轻利”。就算是在目前的“物质时代”，这种文化带来的影响仍然不容忽视。

刘备入蜀后，由于关羽张飞遇害，他不听众人的劝阻，兴兵伐吴，结果大败而归，在白帝城一病不起。他自知时日无多，于是把诸葛亮和一些重臣唤来托付后事。他流着泪对诸葛亮说：“你的才能超过曹丕十倍，一定能够安邦定国，成就大事。如果我的儿子可以辅佐，你就辅佐他。如果他不成材，你就可以自己当成都之主。”

难道是刘备真的达到了天下大同的思想境界？当然不是。诸葛亮是个聪明绝顶的人物，他已经位极人臣，将成为蜀国实际上的管理者，这对他施展抱负的人生目标来说，已经足够。只要他在此时表示忠心，除了巨大的权力外，还会得到更多的尊敬，名垂青史。如果他表现出反心，等待他的极有可能是身败名裂的结局——要知道，在场的还有李严、费祎、向朗等好几位大臣，他们也不是吃素的主儿。

这其实是一场双方各取所需的情感戏。刘备在人生的最后时刻确立了诸葛亮在蜀国的权威地位，安定了政局，同时也摆出真情流露的样子，作出了“让贤”的高姿态，进行了人生的最后一笔感情投资，以至于诸葛亮感激涕零，不但在刘备活着的时候呕心沥血，在刘备死后也全心全意辅佐刘禅，一天恨不得上二十五小时的班，表示为刘氏江山“鞠躬尽瘁，死而后已”——这样的主子你都背叛，你还是人吗？

“仁义”二字，是众多人才投奔刘备的主要原因。比起另外两家，虽然都是一样的礼贤下士，刘备在接人待物时尤其显得情真意切、肝胆相照，与属下有一种同呼吸共患难的情感纽带。纵观刘备的传奇人生，他以自身强大的人格魅力吸引了大批人才加盟，关羽、张飞、诸葛亮、赵云……个个都是业界的精英人物，而且对刘备终生不渝。就连无奈投奔曹魏的孟达，投敌之前也专门写了一封信给刘备，颇多愧疚之意，最后又倒戈回归蜀国，可惜被司马懿镇压。

小投资可以有大收益，正是因为刘备成本基本为零的感情投资，才使他在几经起落的创业生涯中保持了创业团队的相对稳定，最终成为雄踞一方的帝王。

王道

三分天下，对于人才的争夺和使用，三大集团面临着三种不同的问题。曹氏集团需要考虑的是如何借助自身影响力吸纳人才加盟，孙氏集团需要考虑如何对现有人力资源进行整合做到效率最大化，刘氏集团则不得不考虑在一穷二白的情况下如何保有并招聘人才。三位杰出领袖的答卷，既有共同的鲜明时代特征，又有许多可圈可点的细节差异。

权术篇

玩转人心的王道心术

“权”是控制的根基，“术”是驾驭的手段。权力只是相对的概念，如果不懂得领悟人心，不懂得利用人性，权力必然难以实现对现实的驾驭。都说该出手时就出手，究竟该怎么出手，啥时候又不能出手，成大事的人必须要拿捏得恰到好处，玩转人心。

第八章

大英雄的小九九——楚汉相争中的放得下与放不下

汉朝建立后，刘邦曾与大臣们讨论成功经验，他表示："夫运筹帷幄之中，决胜千里之外，吾不如子房；镇国家，抚百姓，给馈饷，不绝粮道，吾不如萧何；连百万之军，战必胜，攻必取，吾不如韩信。此三者，皆人杰也，吾能用之，此吾所以取天下也。项羽有一范增而不能用，此其所以为吾擒也。"人才的归属，最终决定了楚汉双方的成败。

但是翻开历史，你会发现那些建立西汉王朝的功臣，最初却多半是项羽手下的员工：韩信、英布、陈平……出身不如人、军事不如人、个人魅力不如人，是什么让事事不如项羽的刘邦成为当时最值得投靠的老板？归根结底，他比项羽更看得开，放得下。

1. 秦末战争的核反应堆

车辚辚，马萧萧，一支气派豪华的车马队伍行进在公元前三世纪的中原大地上。车队的主人，就是那个"秦王扫六合，虎视何雄哉"的时代第一男主角秦始皇。这会儿，他正半躺在车厢里闭目养神，盘算着接下来的行程。自从天下统一后，那些六国遗族总是蠢蠢欲动，希望有一天还能恢复先祖的荣光，以至于帝国的东方地界一直不太安稳。这些年来他多次出巡，很大程度上就是为了弹压这些不安分的角色，把大秦帝国的赫赫威严广布四方。

车队行进到一个叫博浪沙的地方（今河南原阳县一带），意想不到的事情发生了。只见一个黑糊糊的大家伙如同炮弹般从路边的高地上呼啸而下，“咣当”一声，一辆副车眨眼间被砸得粉碎。武士们立即冲上路边高地捉拿刺客，哪里还有人影？卫士们在方圆几十里内挖地三尺，也没找到这些胆大妄为的家伙。

与此同时，恐怖分子张良正在慌慌张张往下邳（今江苏睢宁）逃窜。张良家族是韩王的远亲，曾经五代都是韩国相国。作为韩国贵族的后代，韩国被秦国灭亡后，张良和很多六国贵族一样，一直孜孜不倦地从事地下工作——复国。由于是老牌贵族，张良的经济条件比较宽裕，买得起高科技武器，雇得起敢死队员。打听到秦始皇一行的巡游路线后，他从黑市买来一个六十斤重的大型铁锥，请来个敢死队肌肉男，躲在博浪沙准备来个惊天动地的狙击，就像后来狙击手刺杀肯尼迪那样。不知是大力士失了准头还是张良认错了秦始皇座驾，这次刺杀行动没能得逞，刺杀者落荒而逃，隐姓埋名藏匿起来。

如果十年后，秦始皇还能站在地图前端详下邳一带，他会恨不得把这个名字从地图上抹掉。

下邳以西一百公里，沛县，二流子公务员刘邦在蹭吃蹭喝；

下邳以南一百公里，淮阴，无产者韩信提着二手宝剑钻裤裆；

下邳以南五十公里，宿迁，愣头青项羽的老家；

下邳西南一百二十公里，大泽乡，几年后有个叫陈胜的人来到这里……

淮泗之地，秦末战争的核反应堆，酝酿着惊天动地的能量。

这些人踏着宿命的轨迹，会变成战友，变成对手，谱写一首波澜壮阔的英雄史诗。

2. 贵族气与草根气

如果不是秦国人来了，项羽应该属于“含着金汤匙出生”的那一类人物。和张良一样，项羽也是老牌贵族之后。只不过张家搞文科当相国，项家搞军事当将军，祖祖辈辈都是楚国军事贵族，手握兵权。公元前223年，秦军进攻到蕲（今安徽宿县东南）南，楚国大将项燕兵败自杀。不久后楚国灭亡，项氏子孙流散各地。作为项燕的孙子，年轻的项羽也不得不跟着叔父四处流亡。由于杀人避祸，项梁带着项羽辗转来到吴中（今苏州一带）。

江浙一带远离秦国的统治中心关中地区，项梁在这个天高皇帝远的地方站住了脚。虽然是落魄贵族，但项家仍有相当雄厚的财力和威望，以至于当地的头面人物都来与之结交。项羽生得身高八尺，力能扛鼎，是个器宇不凡的帅哥。项梁对这个侄子十分看重，打算精心培养。他先是找人教项羽读书写字，项羽没多久就不耐烦了。项梁心想这家伙大约是遗传了家族尚武的基因，于是找人来教他武艺，没多久项羽又不愿意学了。项梁对这个不学无术的侄子很恼火，把他叫来训话。项羽自信满满地说：“学文不过能记住姓名，学武最多能以一敌百，我要学便学万人敌！”项梁打起精神，亲自教授他兵法，不料过了一段时间项羽又厌学了。项梁无奈，只好随他去四处游荡，和市井少年们比试力气。

不过，大家不要以为项羽是一个不能吃苦不愿上进的差生。生活中我们可能见到过这么一种人：上课不见人，图书馆没有他，打游戏不亦乐乎，成绩单的前列却总有他的名字。这类人，我们常常将其归结为考试天才。从后来的考试成绩看，项羽大约也是这一类的人物。他的个人魅力、统帅能力在古今名将中显得十分突出，以至于打得刘邦的人看见他都绕着走。就从当时来看，也有很多青年围绕在他的周围，成为他的忠实粉丝。

高贵的家庭背景和出色的个人才能，使得年轻的项羽充满自信。一次，秦始皇出巡当地，项氏叔侄也挤在人群中看热闹。项羽见秦始皇的车队威风凛凛，一句话脱口而出："我可以取代他（彼可取而代之）！"吓得项梁连忙捂住他不把门的嘴。

项羽这句看似鲁莽的话不是没有来头的，和张良一样，项氏叔侄心中也有着恢复先祖荣耀的梦想。他们利用在吴中的威望和财力，暗中囤积武器马匹，训练族中子弟，等待重新崛起的时机。

和大贵族项羽不同，江苏沛县的刘邦祖祖辈辈都是平头百姓，靠种田度日。刘老汉没啥文化，也懒得给儿子们起名字，于是给公元前 256 年出生的三儿子取名刘季。古代兄弟排行按照"伯仲季"的顺序，"刘季"也就是"刘老三"的意思。"刘邦"这个名字，是刘老三当了皇帝才给自己取的。

比起老实巴交受父亲表扬的两位哥哥来，刘邦一不喜欢读书，二不喜欢干活，还贪吃好色，是典型的乡间混混。在乡民眼里，刘邦是个好吃懒做的反面典型，大约当地很多父母在教育小孩的时候都会说："不读书就会像刘邦那样……"如果是一个人好吃懒做还罢了，偏偏还冒充有钱人，喜欢请狐朋狗友吃饭，把自己吃穷了（本来也没啥钱），就带人一起去大哥家里吃。一次两次也就忍了，没想到这厮从不把自己当外人，把大哥家当成人民公社大食堂了。人家也不容易，粮食都是一滴汗珠摔八瓣种出来的，哪里经得起这么多食客折腾？这一天，大嫂正打算做饭，远远看见刘邦又带人来了，就故意用勺子把锅底刮得哐哐响，表示俺家的饭锅已经吃得底朝天啦。这伙人一看，也只好回头另找饭家。刘邦虽然理亏不好发作，心里还是很窝火的，以至于打下江山分封亲属，亲侄儿不仅是最后受封的一批，名字还很另类——"刮羹侯"。

看不起体力劳动，对读书也没什么兴趣，这样的人只好去吃财政饭了，于是刘邦想办法进邻近的沛县担任小吏。“吏”虽然只是个小办事员，但在秦代要想当吏还是要颇费周折的，需要被“推择”，也就是说需要有人举荐。如果家底还算殷实，在政府有门路，被“推择”还是比较容易的。从这件事可以看出，刘邦虽然无权无势，连吃饭都有问题，但这并不妨碍刘邦结识当地不少有势力的人物，在黑白两道都混出了名堂。

就算是当上了公务员，刘邦也丝毫没改掉他的流氓习气，常常在衙门里和同事们嘻嘻哈哈开玩笑。当时的沛县主吏掾（相当于县委组织部长）萧何对这个二流子却是另眼相看，不仅经常与其交往，还多次利用职权暗中袒护这个不时惹是生非的家伙。有一次刘邦去咸阳出差，按例同事们都要送点礼金算是赞助盘缠。别的同僚都送三百，萧何独自送了五百。

到了咸阳，小公务员刘邦有幸夹杂在满街的民工群中，远远看到了帝国最高统治者秦始皇。和项羽一样，那又酷又炫的排场让刘邦有了一点想法，但相比小青年项羽那句“彼可取而代之”，中年人刘邦明显低调很多：“哎呀，男人就应该这样啊（嗟乎，大丈夫当如此也）！”

当然，小人物刘邦没想到，不久后改变自己命运的，不是高高在上的秦始皇，而是身边的民工兄弟。

刘邦后来在沛县郊外的泗水亭担任亭长。秦汉时期，在乡村每十里设一亭，亭长主要负责治安工作，约等于现在的乡镇派出所所长。刘所长手下只有几个兵，一个是亭父，负责洒扫，算是后勤人员；其他是“求盗”，负责出去抓坏人。这么说来，刘邦手下真正工作在治安第一线的也没多少，所以领导刘邦有时候也不得不亲自出马，负责一些相关任务。

这一年，刘邦带着几个“求盗”，押送一队劳改犯去关中骊山给秦始皇修陵墓。才走出沛县地界，就有人趁着押送力量不够逃跑了。路越走越远，逃跑的人越来越多，刘邦那几个人根本看管不住。刘邦心中一盘算，估计到骊山的时候，自己不仅是光杆司令，还得治罪，不如直接把自己绑起来当劳改犯得了。

刘邦一看前途渺茫，就把剩下的人召集起来，大伙儿用剩下的公款一顿吃喝。手下就问了：“这盘缠是咱们赶路用的，以后咱们就得喝西北风啦！”刘邦笑嘻嘻地说：“没关系，这是散伙饭。吃完了大家各自跑路，我这个芝麻官也不当了（公等皆去，吾亦从此逝矣）！”有十几个壮士觉得刘邦够意思，就认他当大哥，一伙人往附近的芒砀山逃亡。

这些人趁着酒劲，在深夜的原野中深一脚浅一脚地走着，不料前面的人一脸惊慌地往回跑：“前面有大蛇挡路，大家往回走吧！”刘邦喷着酒气说：“壮士走路，怕过什么！”提剑走上前去把大蛇斩为两段。走了一段路，刘邦醉卧于地，昏昏睡去。走在后面的人发现斩蛇的地方有个老婆婆在哭泣，就前去询问。老婆婆说：“有人杀了我儿子，所以哭泣。”那人问：“你儿子为什么被杀了？”老婆婆说：“我儿子是白帝之子，化为蛇挡在路中，被赤帝之子杀死，所以哭。”那人觉得此事过于离谱，正要继续问，老婆婆忽然不见了。此人赶上大部队，告诉睡醒的刘邦，刘邦心中暗喜，不由得自负起来，小弟们也对他更加敬畏。

这就是著名的“高祖斩蛇”的故事，史书如此记载，真实性却有待怀疑。历史上很多人在起事之前，都会营造种种异象，以示天命在自己这边。如果最终成功，这些都将成为“祥瑞”，记入正史。如果失败，就有可能被抖搂出来，让大家看到大场面下的小小心机。

陈胜、吴广就属于后一种倒霉的人。刘邦逃亡后，这两人也因为押送民夫耽误了日期，在大泽乡准备拼死造反。为了营造气氛，让大伙相信他们，二人在白布上写了“陈胜王”三个大字，偷偷塞在人家刚捕获的鱼肚子里。有士兵买回这条鱼，发现写着字的白布，大伙儿十分惊讶。半夜时分，吴广偷偷跑到附近的破庙里，点起篝火假装狐狸叫，接着捏起嗓子喊“大楚兴，陈胜王”，士兵们听到了议论纷纷，对陈胜更加敬畏。

秦二世元年（前 209 年）七月，陈胜高呼“王侯将相宁有种乎”，率领这些装备简陋的民夫正式造反，国号叫做“张楚”。各地势力纷纷响应，杀死秦朝官吏造反，没多久大半个秦国就被卷入了战争的汪洋。如果最终陈胜笑到最后，大约史书上会记载：“河里出现怪鱼，腹内藏书，有‘陈胜王’三字”、“夜里有狐狸叫‘大楚兴，陈胜王’，大家对某某皇帝更加敬畏”云云。不过很遗憾，他们失败了，这些小把戏也被写在史书上，让我们看到了种种“祥瑞”“异象”背后的故事。

好吧，暂且不去研究这些政治把戏，先来看看乱成一锅粥的大秦帝国。由于造反势力在全国遍地开花，秦朝军队根本照应不过来，很多六国旧贵族也纷纷起兵，打算趁乱捞一把政治资本。不到三个月，赵、齐、燕、魏等地方都有人打着恢复六国的旗号，自立为王。

有实力、有动力的项氏叔侄，自然不会在这种群雄并起的时候袖手旁观。这年九月，早就和项梁互相暗送秋波的会稽郡守殷通对项梁说：“江西（长江在安徽境内向东北方向斜流，因此古人以这段江为标准划分江西、江东）的人都造反了，这是上天要灭亡秦朝。做事情要先发制人，落后了就要受人控制。我打算起兵反秦，让你和桓楚统领军队。”项梁一听，咋的，想让我为你一个小地方官打工啊？还是我自己做老板划算。他装出为难的样子说：“桓楚正在外逃亡，别人都不知道他的去处，只有我侄子项籍知道。”项梁先去找来项羽，告诉他如此这般，然后进入房内和殷通说：“请让我把项籍喊进来，命令他去找恒楚。”殷通马上答应，项梁就出门召入项羽，使了个眼色，说：“行动！”只见项羽凶神恶煞，拔剑就砍掉了郡守的脑袋。项梁提着人头，腰间挂上郡守的官印走出房间。郡守的部下惊慌之余，纷纷扑上来诛杀“反贼”，但哪里是项羽的对手？一下子百余人被杀死。众人被吓得纷纷趴倒在地，不敢起身。

项梁召来平时交往甚密的豪强官吏，说了一番反秦的道理，正式宣布起事。他们派人去接收吴中郡下属各县，共得精兵八千人，号称“八千子弟兵”。项梁自己当了会稽郡守，任命项羽为副将，各位豪杰分别得到了校尉、侯、司马之类大小不等的官职。

正当项梁叔侄在吴中轰轰烈烈干革命的时候，陈胜的手下召平正在进攻广陵（今江苏扬州）。广陵没打下来，陈胜已经失败被杀，秦军的援兵也很快就要到了。召平情急之下，渡过长江伪造陈胜的命令，拜项梁为楚王的上柱国，命令其西进攻秦。当时陈胜名义上是各路义军的首领，项梁也正打算往中原地带发展，于是很快就率八千子弟兵渡过长江西进。

这时候，东阳县（今浙江东阳）的年轻人杀死县令，准备找一位合适的人选担任首领。陈婴原本是东阳县的官员，是个老实忠厚的人，声望颇高。造反者不顾陈婴的苦苦推辞，强迫他做了首领，聚集了两万多人。陈婴的母亲对陈婴说：“自从我做了你们陈家的媳妇，还从没听说你们陈家祖上有贵人，如今你突然有了这么大的名声，恐怕不是什么好征兆。依我看，不如去归属谁，成功可以封侯，失败也容易逃脱，因为那时候你不是显眼的人。”陈婴深以为然，对手下说：“项家世世代代都是楚国大将，我们要成就事业，一定要项家带头。我们依靠了这样的名门望族，灭掉秦朝那是肯定的！”手下们听从了他的话，全部归顺了项梁。

大军渡过淮河后，黥布、蒲将军也率领军队归属项梁。作为声望高、实力雄厚的实力派，项氏叔侄就是这样得以充分发挥贵族优势，迅速扩张势力，一共有了六七万人马，成为各路反秦义军中举足轻重的力量。

相比之下，刘邦的起事过程则很有点被逼上梁山的味道。在山里打过一阵子游击后，刘邦终于等到了天下大乱的时刻。此时沛县县令对局势感到恐慌，也打算造反自保。县里的干部曹参、萧何本来是刘邦的老朋友，此时趁机对县令说：“你本来是秦朝的官吏，现在要背叛秦朝，率领沛县人起义，恐怕没多少人听你命令。不如召集那些在外逃亡的人，大约有几百，用他们来威胁民众，民众就不敢不服从了。”县令批准了这个建议，派樊哙去找刘邦回来。刘邦此时也有百来号人，听说能光明正大地回沛县大街喝酒，心中很是欢喜，立即和樊哙一起回城。

樊哙一走，县令心中就后悔起来。他知道刘邦在城内人脉资源雄厚，一旦他回来了，自己可能当傀儡不说，没准还会因为碍事被干掉。他下令关闭城门不让刘老三进城，并且打算杀掉定时炸弹萧何、曹参。刘邦的老朋友都害怕了，纷纷逃出城寻求刘邦的庇护。刘邦那点实力挖城墙都不够，便使用攻心战术，写信用箭射进城内，半劝告半威胁地说："天下百姓为秦政所苦已经很久了。现在父老们虽然为沛令守城，但是各地诸侯全都起来了，现在很快就要屠戮到沛县。如果现在沛县父老一起把沛令杀掉，从年轻人中选择可以拥立的人立他为首领，来响应各地诸侯，那么你们的家室就可得到保全。不然的话，全县老少都要遭屠杀，那时就什么也做不成了。"

果然，城内居民行动起来，杀死县令，迎接刘邦入城，并且劝他当沛县县令。刘邦推辞道："如今正当乱世，诸侯纷纷起事，如果人员安排不当，肯定会一败涂地。我不是怕死，只是怕自己能力不足，不能保全父老兄弟。这是一件大事，希望大家一起推选出能胜任的人。"萧何、曹参是文人，花花肠子多，也更怕死，深怕以后遭到灭门之祸，大力推荐刘邦。城里也有不少人在造舆论："平时常听说刘老三有很多奇异之事，必当显贵。而且就算占卜，也没有谁比得上你刘老三吉利。"几番推让后，刘邦"勉为其难"地当了沛县县令，号称沛公。

但出身草根的刘邦事业发展并不顺利，与秦军以及各路诸侯打了几仗，互有胜负，人马不过数千人，连沛县也因为叛徒雍齿而失陷了。无奈之下，刘邦带着百来号人，前去投奔项梁，算是正式投入项氏集团门下。项梁大笔一挥，划拨给刘邦五千士兵、十员大将，回头进攻沛县。这段时间内，刘邦遇到了无所依靠的张良，两人言谈甚欢。张良多次向刘邦献计献策，刘邦也能多次领悟采纳。于是张良暂时待在刘邦军中。

由于古代资讯不发达，大家对陈胜是否死亡的问题一直没有定论。

项梁派出项羽向西进攻，一方面打击秦军，一方面打探陈胜的消息。第一次独立带兵的项羽一口气横扫八百里，一直打到襄城（今河南襄城县）。由于襄城人不愿投降，项羽在攻占襄城后，下令活埋全部襄城居民，然后回军。在这次战役中，项羽展现出了两个影响他一生的特点：惊人的军事才能，对武力威慑力的高度迷信。

项羽回军后，项梁才正式确认了陈胜的死讯。这样一来，论实力论声望，项梁已经成为各路义军实际上的首领。为了进行权力再分配，重新统筹规划反秦事宜，项梁召集各路人马来薛县（今山东省滕州南）聚会，包括受到赞助的刘邦。

老头子范增已经七十多岁，一辈子隐居在家没当官。这时他也不甘寂寞，跑到会议上来发言："陈胜的失败，毫不奇怪。秦灭六国，楚国是最无辜的。自从楚怀王被骗入秦没有返回，楚国人至今还在同情他。所以楚南公说'楚虽三户，亡秦必楚'。陈胜不扶持楚国的后代却自己当王，势运一定不会长久。如今您在江东起事，楚国有那么多将士争着归附您，就是因为项氏世世代代做楚国大将，一定能重新扶立楚国后代为王啊。"

作为恪守人臣之道的传统贵族，项梁本来就没有当大王的打算，顺势采纳了范增的建议，派人去民间寻找楚怀王的后裔。虽然秦王朝对六国王族控制甚严，但总还有不少漏网之鱼。楚怀王的嫡孙熊心小朋友正在给人家放羊，就被项梁的人找去，袭用他祖父的谥号立他为楚怀王，也有着号召楚国百姓支持的意思。项梁最大的赞助商陈婴做了楚国的上柱国，封给他五个县，辅佐怀王建都大后方盱台（今江苏盱眙县）。项梁自己号称武信君，负责对外战争和外交，让项氏一族再次成为楚国的顶梁柱。

一心想恢复韩国的张良在会议上对项梁建议：你现在已经恢复了楚国，为增加反秦力量，应立韩王。而原韩王后裔横阳君韩成，比较贤明，可立为王。项梁一看理由充分，可行性高，于是批准建议，以楚怀王的名义立韩成为韩王，任命张良为司徒辅佐他。此外，还象征性地给了一千多人马。追逐梦想的张良带着人马回家乡打游击去了，留下依依不舍的刘邦遗憾不已。

整合好内部力量的项梁开始大规模出击，公元前 208 年。项梁亲自带着项羽、刘邦从薛县出发，一路顺利拿下亢父（今山东济宁）、爰戚（今山东嘉祥县）。刘邦的军队在战斗中十分出彩，在亢父、爰戚两仗中，都是刘邦手下曹参第一个登城得手。项梁大军继续北上，在东阿（今山东阳谷东北五十里的阿城镇）与秦将章邯展开大战。天下大乱以来，秦军外出征战日久，早已是强弩之末，面对气势如虹的楚军一触即溃。章邯带着残兵掉头逃往濮阳（今河南濮阳）。楚军将濮阳团团围住，但久攻不下，于是分兵攻打定陶（今山东定陶）、雍丘（今河南杞县）、外黄（今河南民权）。在雍丘之战中，还杀死了秦朝丞相李斯的大儿子李由。

形势不是小好，是大好。项梁越来越不把龟缩在濮阳城中的章邯放在眼里。他开始四处分兵，驻地定陶的兵力越来越少。而此时秦国高层对项梁势力十分重视，章邯开始得到一系列的兵力和粮草补充，实力渐渐恢复。秦军就像躲在洞里养伤的野兽，时刻准备着乘敌不备咬上一口。

谋士宋义嗅到了危险的气味。他提醒骄傲的项梁："我们打了胜仗，将领骄傲，士卒懈怠，这样肯定会吃败仗。如今秦兵越来越多，我为你感到担心啊！"项梁不但不听，还把这个说话不吉利的家伙派到齐国出使，远远打发走。宋义走到半路，遇到齐国使者，告诉他："武信君肯定会兵败。你慢慢去可以逃过一劫，去快了恐怕会遇到不测。"

果然，齐国使者在半路听到消息：项梁在章邯的偷袭中，军败身死于定陶。这是公元前 208 年九月。

人们想起了陈胜战死后的情形。天，好像要塌下来了。

3. 谁是男一号

我们之前的两位男配角，终于有机会担任男一号了。

不过别急，还有一位老大呢。

史书记载，接到前方的失败战报，十几岁的楚怀王“恐，徙盱台都彭城”。不要看到这个“恐”就觉得楚怀王是个胆小怕事的小屁孩，打开地图看看，你会发现楚怀王此举是把都城从今江苏盱眙搬到徐州，反而更加靠近前线。这个“恐”不是害怕，而是担心的意思。楚怀王继承了楚国国君的高贵血统，也继承了领导者的气质。他担心项梁一死局势会不可收拾，便直接把指挥部搬到了战场前沿，想办法稳定局势。

此时楚军主要由三大主力构成：项羽的项家军，刘邦的刘家军以及吕臣率领的陈胜旧部。楚怀王安排刘邦驻军砀县，项羽驻彭城西，吕臣驻彭城东，拱卫京师稳定人心。同时，他开始了军事夺权，“并吕臣、项羽军自将之”，收编了这两路军队自己领导。刘邦却有幸保留了对自家军队的指挥权。

很显然，楚怀王在有意打压项羽，扶植刘邦势力。作为此时楚军中战功最显赫、最得人心的将领，项羽无疑是接替项梁的最佳人选。但此人攻击力虽强，却“所过无不残灭”。更重要的是，项梁过去的老部下是楚国目前最为强大的一股政治力量，作为项梁的亲侄子和最得力助手，项羽的势力已经明显威胁到了楚怀王的地位。因此，此人不适合独揽大权，而是应该授予副职，在发挥其军事能力的同时抑制其势力膨胀。

刘邦则不同了，此人出身草根，一向做事低调，素有“忠厚长者”之称（和年轻时不同了，更懂得政治策略）。自从起兵以来，无非就是围着苏北老家一带打转转，应该没太多政治野心。打起仗来不如项羽，但也不差，屡立战功。如果处理得当，不失为牵制项羽势力的重要人物。但是如果提拔得过高，会引起项羽的不满。

事实证明，楚怀王是位不错的编剧，却不是合格的导演。这两位过于生猛的演员，不仅顺利完成了消灭秦朝的剧情任务，还把导演彻底架空，自编自导了灭秦战争的续集——楚汉战争。

好吧，后话少叙，现在楚怀王的首要工作是找一位代理人。在内部矛盾牵扯不清的时候，最省事的办法就是派一位空降干部，哪方面都不得罪。正在这时，齐国那位逃过一劫的使者来见楚怀王，交流国事后，谈起宋义预知项梁失败的事情，并赞美道："兵未战而先见败徵，此可谓知兵矣。"楚怀王大喜，立即找来宋义一番面试，"大悦之"，随即任命宋义为因置以为上将军；项羽为鲁公，为次将，范增为末将，众位将领都属宋义管辖。

宋义本来是个"参谋不带长，放屁也不响"的小角色，突然间成了楚军最高统帅。此人没有履历，没有背景，不属于任何势力，正好直接对楚怀王效忠。但也正因为如此，政治暴发户宋义有一个致命缺陷——没有威信。为了弥补这一点，楚怀王还专门又给他加了个称号：卿子冠军。

楚国内部的资产重组基本完成，再来看看老冤家秦国。章邯杀死了楚国军事老大，觉得楚国已经被击垮，剩下的萝卜白菜看不上眼，就北渡黄河进攻恢复起来的赵国。赵王赵歇带着手下张耳等人都逃进巨鹿城（今河北平乡县），拼死抵抗。章邯倒也不急，派出王离、涉间率军十万围困巨鹿城，自己的三十万大军驻扎棘原（今平乡南），只是做点输送粮草的后勤工作。为了保护运输安全，他还命人在道路的两侧各建了一堵土墙，就像高速公路两边的铁丝网，整条路称为"甬道"。

章邯这么做，摆明了就是要围点打援，把北方各路诸侯的人马一次性解决掉。各路援军也不傻，虽然号称有赵军的陈余、张敖部，燕、齐、魏等各路援军"十余壁"，算得上人多势众，却一个个看着巨鹿城裹足不前，不愿意玩飞蛾扑火的死亡游戏。城内就指望陈余、张敖这两人的本部人马，可是他们也“自度兵少，不敌秦，不敢前”。

张耳气急败坏，派人到城外找到陈余：“你我是同生共死的兄弟（刎颈之交），现在赵王和我危在旦夕，你拥兵数万却不来救援！要死一起死嘛，冲一下说不定还能成功！”陈余则很无奈：“不要命地进攻，大家都会完蛋。我之所以没行动，想的是保留实力以后为你和赵王报仇啊！”经不住使者一再催逼，陈余只好交出五千人马随使者试探进攻，果然全军覆没。这样一来，其他人马更加不敢轻举妄动，只是隔岸观火。

形势危急，作为反秦力量的中坚，楚军出击了。面对强大的敌人，楚国人几乎押上了全部筹码：第一路以宋义为主将，项羽为次将，范增为末将，组成北上救赵援军。得手后，向西进攻咸阳。这一路力量最强，任务最艰巨，将直接面对秦军主力。第二路由刘邦率领，西进攻击咸阳。这一路力量较弱，实际上起对秦军的牵制作用。第三路吴芮向东南进攻，平越地（大致为今江西东、浙南、福建）。第四路由共敖率军西南向，攻击南郡（大致为今湖北范围），算是从侧翼配合刘邦作战。

为了鼓励各路人马英勇作战，楚怀王还设置了冠军锦标：“先至咸阳王之”，谁先进咸阳，谁就是关中王。当时关中地区的地位，就像现在的京津塘，经济、政治意义非同一般。谁要是得到这片领土，谁就有了进可攻、退可守的战略主动权。八百里秦川的肥沃田地，也将对战争的后勤供应起到关键作用。除掉后两路基本属于打酱油，最有希望得到锦标的无疑是第一路和第二路军。第一路兵强马壮但要啃硬骨头，第二路近水楼台却势单力薄，大伙儿走着瞧吧。

不料，第一路大军行进到安阳（今河南安阳）就停了下来，一休息就是整整四十六天。战场形势瞬息万变，一个时辰就能改变千万人的命运，何况四十六天？

二把手项羽急了，就去质问宋义为什么还不发兵。宋义不慌不忙解释道："现在秦国攻打赵国，即使打胜，士卒也会疲惫，我们正好利用这机会去攻击它；如果秦国不能取胜，那么我们就带领大军直接西进，一定会攻占秦国的本土关中。所以，现在不如先使秦赵两军相斗。"这话也有道理，但项羽根本不能接受这种绕弯弯的方案。在他的信念里，战争就是冲锋陷阵快意恩仇，打赢了固然很好，打败了也要堂堂正正地输。当前的局势是：秦国打败赵国，实力只会不败反增，楚军刚刚经历了惨痛的失利，正需要一场荡气回肠的胜利振奋人心，只要"疾引兵渡河，楚击其外，赵应其内，破秦军必矣"！

谁也说服不了谁，争论传到军中，大部分人都赞同项羽的建议（当然也包括派系之争的成分）。在军中势单力孤的宋义不得不下令："猛如虎，狠如羊，贪如狼，强不可使者，皆斩之。"矛头直指项羽。这就不是简单的路线问题了，已经上升到生死之争。本来就不是善茬的项羽何曾受过这等鸟气？一怒之下决定找机会灭掉宋义。

这时候，天气寒冷，又下着大雨，士卒苦不堪言。宋义正好准备送儿子去齐国，亲自送到无盐（今山东东平县东），并置办豪华的宴会。项羽鼓动士卒："我们大家出兵是为了齐心合力打击秦军，他却在这里久久停留。如今是荒年，老百姓穷困，将士们吃的都是杂粮，军中粮草匮乏，他居然还在大摆酒席，不率军去赵国夺取粮食。他说什么利用秦军疲惫，可是强大的秦军攻打刚刚建立的赵国，无疑是大获全胜。那时候秦军只会更加强大，谈得上什么疲惫？我们的军队刚刚打了败仗，怀王坐着都不安稳，集中全部兵力粮饷交给宋义一人，国家安危在此一举。可是这人不体恤士卒，派自己儿子去齐国牟取私利，不是国家的好臣子啊！"士兵们群情激奋。

项羽一见火候已到，前去参见上将军宋义，当即就在大帐中斩下宋义人头，对外宣布："宋义和齐国人密谋祸害楚国，大王密令我处死他！"大家本来就敬畏项羽，对宋义也没好感，纷纷表示拥护项羽掌握军权；

“是项家把楚国扶立起来的，如今又是将军诛杀了叛臣！”大家一致拥立项羽担任上将军，统领大军。项羽派出追兵，杀死宋义儿子，又派桓楚去向怀王报告事情经过。楚怀王一看项羽把生米煮成了熟饭，自己选的男一号没了，又没其他人选，只好顺势封项羽为上将军，北上救赵。

章邯听说驻兵不前的楚军终于来了，并没有太在意。在他眼里，这些南方人已经被打残，这次不过和其他诸侯一样，是来看热闹赶场子的。项羽知道，这次以少对多，关键就是“快”“狠”两个字，在秦军还没反应过来之前给秦军致命的打击，否则自己的五万人马不会是四十万秦军的对手。

他首先派出英布率两万人渡过漳河，隔断秦军甬道，割裂秦军“围城”和“打援”的联系，随即全线出击，攻击王离的十万围城部队。出发前，楚军“皆沉船，破釜甑，烧庐舍，持三日粮，以示士卒必死，无一还心”，所谓“破釜沉舟”。

项羽亲自率领的三万楚军闪电般地对王离军队发动攻击，楚军“无不以一当十，呼声动天，诸侯军无不人人惴恐。”眨眼间九战九胜，杀了苏角，俘虏了王离。涉间不愿投降，自焚而死。那些观众席上的援军躲在营垒里看得心惊胆战，最后乘秦军溃败之机终于出击，算是完成援军义务。

项羽大获全胜，召见这些诸侯援军将领，这些人“入辕门，无不膝行而前，莫敢仰视”，就像面对神威凛凛的战神。从此，项羽成了诸侯中名副其实的上将军，各路诸侯都听他调遣。

杀红了眼的项羽继续着他“又快又狠”的战术，紧接着对章邯部队发起一系列攻势。士气遇挫的秦军不是打了鸡血的楚军的对手，连连败退，缩回到棘原大营固守待援。项羽大军紧追不舍，两军隔着漳河对峙。

章邯很害怕，不仅仅是害怕战无不胜的项羽，更是害怕来自咸阳的声音。大秦皇帝已经派来使者，数落他兵败折将的罪责。朝廷要找替罪羊，这他知道，但他又不甘心。抱着最后一点希望，章邯派出手下司马欣前往咸阳汇报情况，希望能有戴罪立功的机会。司马欣花了一个月跑到咸阳，结果连最高领导人的面都没见着。赵高只是将其安排在传达室坐了三天板凳，一直没有接见他。司马欣越发感到惊慌，意识到秦二世和赵高很快就要动手，自己没必要坐在这里等死。于是他特地抄小路往棘原大营跑，赵高果然派人沿着大路追捕，悻悻而归。

捡回一条命的司马欣见到章邯，报告了坏消息，并劝告说："赵高现在独揽大权。我们胜，赵高必定嫉妒；败的话，更不免一死。"这时候，陈余的劝降信也到了，这些谋臣打仗缩手缩脚，思想工作倒是一流。他在信中分析了秦国杀害主将的光荣传统（白起、蒙恬），告诉章邯，这样撑下去只能是"有功亦诛，无功亦诛"，不如加入反秦阵营分一杯羹，到时候也能当个诸侯。

章邯终于崩溃了。

他并不是害怕项羽，毕竟手下还有二十余万大军。他只是发现，不管最终结果如何，他所做的一切都将没有意义。多年来支撑他的勇气、骄傲、荣誉已经离他而去，他现在只是一个找不到前途的人。

公元前 207 年七月，战场南侧的殷墟（今河南安阳），楚军受降仪式正式举行，惊天动地的巨鹿大战宣告结束。仪式上，指挥过千军万马、杀人无数的章邯失声痛哭，向项羽哭诉奸臣赵高对他的种种迫害。也许在心中，他哭的是自己多年的荣光以及那个威震天下的大秦帝国的荣光。

项羽面无表情地看着眼前的一切。这个人杀死了他的叔父，杀死了他的士兵，如果不是因为粮草不济难以久持，以他的性格断然不会接受这个人的投降。他封章邯为雍王，但"置章邯于楚军中"，把二十万秦军降卒交给司马欣管理。这种明显不信任的思维越来越强烈，以至于秦军降卒的一举一动都会引起他的过敏反应。这年十一月，大军行进到新安（今河南渑池东），俘虏中间传出了这样的流言："章将军骗我们投降了诸侯军，如果能入关灭秦，倒是很好；如果不能，诸侯军俘虏我们退回关东，秦朝廷必定会把我们父母妻儿杀掉。”此时项羽大军已经接近关中，新安往西一百余公里就是原秦国的东大门函谷关（今河南灵宝县境内）。项羽认为这是个不安定因素：“秦吏卒尚众，其心不服，至关中不听，事必危。”

不能说他的担心没有道理，但是接下来的处理决定就骇人听闻了：全部坑杀。全部秦军只剩三个人活下来：章邯和他的两个副手司马欣、董翳。这样一来，项羽注定将会失去秦人的拥护，无法在关中站稳脚跟，战略上先失一着。

但目前他不用考虑这些。不管怎样，是他亲手消灭了秦国在中原的全部主力，给了秦帝国致命一击。各路诸侯都敬畏他，都服从他的指挥，向关中进军。

此时，二十五岁的项羽，已经是无可争议的男一号。

4. 大秦的灭亡

正当项羽在巨鹿消灭王离，猛攻章邯的时候，刘邦开始大军西进。

公元前 207 年二月，大军一路顺利地来到高阳（今河南开封杞县西南）。这时候，有人通报刘邦说一个老儒生求见。这老头子郦食其是高阳本地人，年轻时家里穷却喜欢读书，成了儒生，还喜欢下馆子喝酒。由于他肩不能扛手不能挑，郦食其只好在镇上当监门吏看大门。不过由于此人读过书，说话还有点水平，县里的官吏们倒也不敢像对待一般下人那样使唤他，大伙儿都叫他“狂生”，大约是愤青或者刺头的意思。自从秦末大乱以来，各路势力在小小高阳来了又走，郦食其“深自藏匿”，都没看上。等刘邦一到，已经六十多岁的他就跑出来毛遂自荐了。

刘邦这人是很重视人才的，每到一地都“时时问邑中贤士豪俊”。但不知道是有学习不好的心理阴影还是看不起对方的酸腐，刘邦十分看不起儒生。以前当混混的时候，只要看见儒生戴的标志性高帽子“儒冠”，他就会一把扯过来当夜壶使——反正儒生也打不过他。

听说来人是个儒生，刘邦老大不自在，吩咐下去：“我正忙着国家大事，没空见儒生。”郦食其急了，对着通报的人大喊：“老子是高阳酒徒！不是儒生！”手下人只好又跑回去通报。刘邦一听，觉得此人还有点意思，就吩咐让他进来。

一进去，郦食其觉得自尊受到了伤害——刘邦所谓的国家大事，就是坐在床上，让两位美女做足疗呢！不愧是读过书的人，懂得隐忍不发，郦食其定定神，问了一个用膝盖也能想出来的问题：“您是想帮着秦国打各路诸侯呢，还是要率领各路诸侯打秦国啊？”

刘邦大为恼火：“书呆子！天下人苦于嬴秦的苛政实在太久了，诸侯们相继而起，都巴不得早点消灭它。你却问老子是不是想帮秦朝！”郦食其一见挑起了刘邦的情绪，不紧不慢地说：“如果您是聚义兵反暴秦，那就不应以倨慢无礼来接见长者。”刘邦一下子被噎着了，知道遇到了高人，立即停止洗脚活动，请客人上座。郦食其发挥特长一顿大侃特侃，听得刘邦大喜，立即叫来酒菜，两人边吃边谈。

一看刘邦成自己人了，郦食其才拿出自己的礼物：“我和陈留的县令关系不错，您派我到他那里去一趟，让他投降。他若是不从，您再发兵攻城，我在城内可以作为内应。”陈留是古代著名的军事要地，里面还囤积着大量粮草武器，正是穷领导刘邦梦寐以求的。他当然流着口水同意了郦食其的计划。

郦食其连夜跑到陈留去做县令的地下工作，却碰上了钉子——陈留县令死活不答应造反。郦食其一不做二不休，也不管什么朋友不朋友了，在夜深时分摸进县令卧室，砍下他的脑袋，又连夜跑回刘邦军营。这一夜，六十多岁的郦食其身兼说客、刺客、长跑运动员等职，着实辛苦。

刘邦的军队随即进攻陈留，他们把县令的脑袋挂在竹竿上喊话。守军顿时斗志全无，刘邦顺利入城。此时，刘邦的西征军已经从出发时的不足万人扩充到数万人。不久后，郦食其的弟弟郦商也带来四千人马投奔。再也不用数着铜板过日子了，刘邦高兴之余给了郦食其“广野君”称号。

从公元前 207 年三月开始，刘邦的西征军先后攻占宛陵（今新郑东北三十八里）、长社（今长葛市），四月占领颍阳（今许昌市），十分顺利。更让刘邦开心的是，他与正在这一带打游击的老朋友张良汇合了。

刘邦打算进攻洛阳，一方面防止黄河北岸赵军先行入关抢功，另一方面可以直接攻击关中的东大门函谷关。不料此地秦军都是硬骨头，刘邦不仅没能达到预期目的，还差点被秦军援军包了饺子。情急之下刘邦跳出包围圈，攻击秦军实力相对薄弱的南阳郡宛城（今河南南阳市）。

刘邦的军事能力再次让他出糗，由于宛城防守坚固，自己又急于入关，刘邦下令军队直接绕过宛城西进。张良发现后劝阻他：“目前秦兵数量仍旧很多，又凭借险要地势进行抵抗。如果现在不攻下宛城，到时候宛城的敌人从背后攻击，前面又有强大的秦军，太危险了。”刘邦这人就是听劝，马上指挥军队连夜返回，在黎明时分把宛城围得水泄不通。

南阳郡守听说刘邦军队西去，刚睡了个安稳觉，起床后得知军情差点没昏过去。他绝望得拔剑准备自刎，手下陈恢赶紧劝住：“现在自刎还太早啦！”陈恢爬下城墙去见刘邦：“听说你和诸侯们约定，先入关的为关中王。你现在停下来打宛城，士兵伤亡肯定很多；如果你撤军西去，宛城军队一定会在后面追击。现在我们不如约定条件投降，以土地换和平。你封赏南阳郡守，让他留下来守城。你率领士兵西进，那些没投降的城池听到消息，一定会闻风而降。那时候你西进将会畅通无阻，不用担心什么。”刘邦大喜，答应对方请求，封南阳郡守为殷侯，封给陈恢一千户，继续西进。

果然，各地秦军再无心抵抗。一个多月内，刘季先后拿下穰县（今邓州市）、丹水（今淅川西）、胡阳（今唐河县南）、析县（今内乡西北）、郦县（今内乡东南）。这时候，项羽正在大搞受降仪式，接受章邯的投降。

公元前 207 年八月，刘邦部队对秦帝国的心脏——关中发动最后的进攻。刘邦率主力西北向攻击武关，另一路由郦商率领攻占汉中郡。两路人马都十分顺利，关中地区的南大门拿下了。秦国内部大为震动，长期被赵高蒙蔽的秦二世胡亥终于意识到国家到了不可收拾的地步，指责赵高剿匪不利。赵高一不做二不休，干脆发动政变杀死胡亥，让胡亥的侄子子婴继位。子婴不甘心当傀儡，登基五天后设计杀死赵高，秦国举国欢庆。

但是，历史再也不会给大秦帝国机会了。公元前 207 年九月，刘邦军队攻击峣关（今陕西蓝田东南），打进军咸阳的最后一仗。张良了解到峣关守将是个贪财的小人，就派出老牌地下工作者郦食其进关收买。胡萝卜之外还有大棒，他们在关外的山头到处挂上旗帜，造成重兵压境的错觉。峣关守将果然答应“起义”，甚至还约定大家一起去打咸阳。

刘邦正打算一口答应对方的投降，张良却冷静地指出：“现在只是峣关守将想造反，恐怕部下不一定会听，到时候闹起来更麻烦，不如趁着他们懈怠攻打他们。”刘邦派小股部队正面吸引对方，主力绕到关后发动突然袭击，秦军很快溃败。

接下来就是举办入城式的问题了。才当了四十六天秦王的子婴驾着白车白马，用丝绳系着脖子，来到城外向刘邦投降。不要以为子婴喜欢当白马王子，那一套行头的意思是：“您随时可以绞死我，我连殡葬车都准备好啦！”历史上第一个大一统的中央集权帝国——秦帝国，就这样画上了句号。

站在大秦的宫殿里，刘邦也许会想起当年那句话：“大丈夫当如是也。”但眼下的情形让他不能感慨回忆得太久。作为占领军，如何在关中地区站稳脚跟，才是当前任务的重中之重。刘邦与他的智囊团采取了一系列怀柔政策，很快赢得关中民心。

秦王怎么处理？樊哙觉得要杀掉，给天下人一个交代，刘邦认为此人已经投降，自己一贯以“忠厚长者”形象示人，“杀之不祥”，子婴暂时留得性命。

以前的官吏怎么处理？公司倒闭，老板完蛋，员工们自然人心惶惶。让这些人下岗的话，不但会造成更多的不安定因素，自己也没那没多干部来接替他们。于是刘邦下令“诸吏人皆案堵如故”，该干啥就干啥，只不过发工资的人姓刘了。于是关中的管理体系得以免于崩溃。

秦朝的财物怎么处理？虽说早在进咸阳前，刘邦就下令“所过毋得掠虏”，大伙儿做得也不错，不过进了咸阳，这群土包子就傻眼了。这是国都啊，这里有国库啊，穷棒子们这辈子哪里见过这么多珠宝，都争先恐后往自己怀里揣，这也是打击暴秦的一部分嘛。刘邦自己呢？正站在秦国后宫发呆，看着满眼的奇珍异宝和美女流口水。他对手下说：“得，今晚就住这儿了。”樊哙赶紧劝他：“这些可是秦亡的原因啊！我们还是回军灞上，千万别住这啊！”刘邦不听，于是张良开口了：“秦朝因暴虐无道，所以我们才能够来这里替天除暴。现在刚攻入秦都，就要安享其乐，这不是助纣为虐吗？况且‘忠言逆耳利于行，良药苦口利于病’，希望你能够听樊哙的意见。”刘邦想通了，把贵重宝器财物和库府全部封存起来，驻军城外的灞上。

回军的同时，刘邦还把周边的人民代表请来，进行了著名的“约法三章”，声称除了“杀人者死，伤人及盗抵罪”外，其他秦朝的严刑峻法全部废除。司马迁记载：秦人大喜。老百姓带着吃的喝的前去劳军，刘邦婉言谢绝：“仓库里还有很多粮食，不缺吃的，大家不用破费啦！”司马迁记载：“秦人益喜，唯恐沛公不为秦王。”这下子，刘邦算是彻底征服了关中。

兵不精、马不壮，指挥还经常出糗，这样的刘邦凭什么打破秦军的重重堵截，在关中争夺战中拔得头筹？这里面固然有项羽对抗了秦军主力的因素，刘邦本人灵活的政治策略也不容小视。

刘邦最大的优点，就是不把自己当角儿，能够放下一把手的架子听劝。尽管反感儒生，以至于用近乎侮辱的方式接见郦食其，但是一旦听到郦食其合理的谋划建议，马上就能嬉皮笑脸喝酒聊天。就算已经大军开拔，只要一听到张良劝谏，马上回师宛城。为了胜利入关，他可以派说客、行贿、封官许愿，甚至可以出尔反尔，总之一句话：用最小的代价换取最大的胜利。他本来是个好色的家伙，弟兄们咸阳宫里一番分析，他就能跑回大营继续做“忠厚长者”。

5. 项羽来了

刘邦在关中收买人心的时候，战神项羽这会儿正甩掉了二十万秦军降兵的“包袱”，大踏步地向关中进军。事实说明，洛阳一带秦军的强硬只是对刘邦而言，项羽几乎是用摧枯拉朽的速度通过这一地区，直接兵叩函谷关。

正当楚军将士摩拳擦掌准备战斗的时候，探子来报：关上插的是刘邦的旗帜，拒绝楚军进入。项羽闻讯大怒，他从来没想到出发时不足万人的刘邦军队能打进关中，让这个小配角一下子抢了主角的戏，按规定就要当上关中王！而项羽自己的封号，还不过是出兵时的“鲁公”。

老子劳苦功高，你不来迎接也罢了，还派兵阻挡大军入关！你还真把自己当成关中王了？项羽一声令下，战无不胜的楚军群起攻城，刘邦军队象征性地打了两下，逃之夭夭。项羽顺利入关，四十万大军于公元前 207 年十二月到达戏西（今西安临潼区东）。

刘邦脑袋冒汗了：拿自己的十万军队对付项羽的四十万军队，等于找死。

破屋偏逢连夜雨，刘邦手下的左司马曹无伤听说项羽“大怒”，觉得刘邦的好日子马上要到头了。为了以后有个好前程，曹无伤连忙找项羽告密，往刘邦身上泼污水：“沛公欲王关中（规则允许），使子婴为相（绯闻，绝对的绯闻），珍宝尽有之（刘邦本来这么想的，谋士不让啊）。”项羽听后大怒，发布命令：“明天大伙儿早点吃饭，去揍刘邦！”七十多岁的范增也表示赞成：“刘邦以前在老家，贪财好色。这次入关，不抢夺财物，也不玩女人，志向不小啊！我曾经找相士观察他，他身上有天子气，将军赶紧把他灭了！”

这时候项羽阵营里也出现了告密者，这就是项羽的叔叔项伯。当年项伯杀人潜逃，曾经得到张良的庇护，两人成了哥们儿。项伯听说明天就要动手，想起张良还在刘邦军中，马上连夜去找张良，要他赶紧离开，免得第二天玉石俱焚。张良也吓了一跳，连忙去报告刘邦。见刘邦急得抓耳挠腮，张良献策道：“现在咱们肯定打不过项羽，现在只有请项伯找到项羽，说您不敢背叛项王。”刘邦连忙把项伯请入帐中，“兄事之”，不但连连敬酒，还和他约为儿女亲家，满脸委屈地说：“我入关后，一点没敢乱来，登记户口，查封仓库，只等项将军来接收啊。之所以派人守函谷关，完全是防盗和防其他意外变故。我们可是日夜盼着项将军到来啊！哪里敢谋反啊！希望您详细转告项将军，我是绝不敢忘恩负义的。”刘邦等人大约并不知道曹无伤告密的事情，以为只是派兵守关引起了项羽的震怒。

项伯也是个实在人，一看刘邦这么低声下气求自己，当即允诺回去帮他说话。见到项羽，项伯不仅复述了刘邦的原话，还自己加上几句：“沛公不先入关中，你能这么顺利进关吗？人家立了大功你却要攻打他，不义啊！不如好好待他。”一副劝告晚辈的口吻。杀人不眨眼的项羽，对家族长辈还是很尊敬的，他听取了项伯的意见，取消进攻命令，同意刘邦第二天的拜访请求。

接下来，就是著名的“鸿门宴”了，大家都很熟悉，这里就不作太多叙述。刘邦拍足了马屁，使得项羽的自尊心得到满足。性情耿直的他很快消除了对刘邦的敌意。不料老头子范增从中插手，来了个“项庄舞剑，意在沛公”，一定要置刘邦于死地。在项伯、张良、樊哙一拨人的帮助下，刘邦最终不辞而别，逃得一命。

值得一提的是，心高气傲的项羽敬重樊哙这种闯入营帐的好汉，却并不懂得利用小人。曹无伤这样的墙头草固然让人看不起，但如果能作为眼线，应该能在楚汉两家的明争暗斗中起到不小作用。但很显然项羽看不起这种小货色，随便就把曹无伤的名字告诉刘邦。刘邦逃回大营后，立即杀死曹无伤以绝后患。项羽则以胜利者的姿态进入咸阳，杀死原秦王子婴，抢掠宫中财物，最终一把大火烧掉阿房宫，大火足足烧了三个月。秦地居民本来就恨死了杀死二十万秦国士兵的项羽，如今人心更是站到刘邦一边。

这时候有个史书上没有留下名字的小人物来见项羽，给他提建议：“关中这地方四面全是山，土地肥沃，在这里建都，足以称霸啊。”项羽虽然觉得有道理，但秦朝的宫殿已经被自己烧光啦，总不能在这里搭帐篷称霸吧。他回答道：“富贵不归故乡，就像穿着绫罗绸缎夜晚走路，谁看得到呢！”一挥手，把那人打发了。建议者觉得很郁闷，出来后说：“都说楚国人不过是洗澡戴帽子的猴子（楚人沐猴而冠耳），果然！”很快就有人向项羽打了小报告，项羽一听大怒，把这人抓回来，扔进大锅活活煮死。小人物提意见，采纳固然不错，不采纳也就罢了。但项羽是个眼里揉不得沙子的人，有极强的自尊心，别人心里不满讥讽两句，却落得如此下场。这一煮，那些知识分子对项羽仅剩的一点好感都被煮没了。

鸿门宴使得刘邦彻底破灭了安安稳稳当关中王的幻想。他知道项羽绝不会放手让自己发展壮大，双方已经是两股针锋相对的势力。对于项羽来说，他知道虽然降服了包括刘邦在内的各路人马，但一切只停留于表面。与他天下无敌的军事地位相比，区区一个“鲁公”的称号根本不能服众。何况脑袋上楚怀王这么个碍手碍脚的家伙，居然还宣布支持刘邦按约定当关中王。项羽很不以为然地对手下说：“怀王不过是我叔父项梁扶植起来的，从来就没有什么功劳，凭什么由他主持约定！打天下的，是我项羽和各位将军啊！”诸位将军都是跟着项羽出生入死讨富贵，自然纷纷支持项羽。于是项羽宣布尊怀王为“义帝”，再也不听从他的命令。

时势造英雄，英雄造时势，男一号项羽要成为天下的导演了。

公元前 206 年正月，项羽自立为西楚霸王，宣布定都彭城，分封天下。刘邦最终没能得到关中王的位置，而且被赶往巴蜀一带，通过求情好歹保留了汉中之地，封为汉王（从此以后，我们就要称刘邦军队为汉军了）。关中则被秦朝三位降将瓜分：章邯为雍王，司马欣为塞王，董翳为翟王。这么做，等于是要把刘邦堵死在汉中，防止其出关争夺天下。那些打酱油的齐、赵、魏、韩、燕等诸侯，也分别得到封地。

四月，项羽听着诸侯们的赞誉如潮，带着无数的财宝美女，回彭城当他的西楚霸王了。各位诸侯王也纷纷领兵前往封地。刘邦也打掉牙往肚里吞，表面上服服帖帖往汉中赶路。路上，他采用谋士计策，放火烧掉栈道，一方面避免有人跟在后面发动攻击，另一方面也等于告诉项羽：哥们儿我连回来的打算都没啦！

不回来才怪！

6. 楚汉相争

到了汉中，刘邦发现面临成为光杆司令的局面。

他的士兵大都是关东（函谷关以东）的人，跟着汉王本来就是图个富贵。不料富贵没捞到多少，还得跑到巴蜀一带当外来户。汉中、巴蜀地区尽是崇山峻岭，现在坐车都不方便，何况交通基本靠走、通讯基本靠吼的古代？有很多人见栈道被烧，觉得这辈子怕是很难回家见到老妈和媳妇了，便脱离部队自己回家。一两个还不算了，悲观的气氛很快传开，大量士兵甚至部分军官都加入了胜利大逃亡的行列。

刘邦正在生闷气呢，有人报告：萧何也跑啦！

这一惊非同小可。萧何是沛县起兵的老战友，作为刘邦的左膀右臂掌管内政后勤工作。如今他一跑，对军队的士气和正常运转无疑是致命的打击。过了两天，萧何又回来了，刘邦转怒为喜，骂骂咧咧："连你都跑，为什么？"萧何回答："我追韩信去了。"刘邦又骂："跑掉的军官有几十个，没见你追，干吗单单追这一个！"萧何回答："那些军官可以随便招聘，至于像韩信这样的人才，天下再也找不出第二个啦！大王假如只想做汉中王，当然用不上他；假如要想争夺天下，除了韩信就再也没有可以商量大计的人，大王你看怎么办吧。"刘邦将信将疑："看你面子，封他个将军吧。"萧何说："即使让他做将军，韩信也一定不肯留下来的。"汉王说："那么，让他做大将。"

刘邦想也没想，就准备把韩信叫来封他做大将，萧何连忙阻止："大王一向傲慢无礼，今天要拜大将，就像是召唤小孩子，韩信当然会逃走。大王如果诚心的话，必须要选择一个黄道吉日，沐浴更衣，吃素食，戒酒肉，恭恭敬敬地斋戒七日，还要筑好坛场，准备好一切拜大将的礼节，方可隆重举行拜将仪式。"刘邦不打折扣地答应了。默默无闻的韩信一下子成了统领全军的大将，众人都吃了一惊。

任命书都颁发了，刘邦才开始面试。韩信果然才干非凡，他具体分析了项羽的种种弱点过失，交出了拿下关中、争夺天下的策划案，"汉王大喜，自以为得信晚"。

此时天下并没有像项羽想象得那样大伙儿相安无事。首先是项羽自己派人暗杀了怀王，彻底消灭了这个形式上的主子。然后是齐国内部争权夺利，脱离项羽领导。赵国一带，张耳、陈余由于巨鹿之战时结下的梁子，也争斗不休。国际宪兵项羽按下葫芦浮起瓢，忙得不亦乐乎。

公元前 206 年八月，刘邦在汉中屁股还没坐热，就采用韩信“明修栈道、暗度陈仓”的计策，迅速进入关中地区。三位秦军降将不是对手，很快失败。刘邦随即出关进军，拿下河南山西的大片土地，宣布为怀王发丧，号召天下共讨大逆不道的项羽。

两位风格迥异的英雄，就要开始面对面的交锋了。

项羽这会儿正在镇压齐地的叛乱，听说刘邦进军中原了，便打算先对付完手上这摊子事，然后对付当年从自己手下捡走一条命的刘邦，没想到刘邦得势不饶人，纠集了几个反对项羽的诸侯，率领着倾巢而出的五十余万人马，一下子竟然拿下了项羽的老巢彭城。刘邦等人颇为得意，在彭城终日举办宴会。

项羽陷入两线作战的困境，却发挥出了惊人的军事天才。他率领区区三万精兵，绕道至彭城西南，在阻断联军归路后，突然在早晨发动偷袭。刘邦联军不明实情，慌忙逃窜，被项羽骑兵驱赶到彭城南方的谷、泗水，死伤十余万人。联军继续奔逃，跑到更南边的睢水上，十余万人落水。

项羽军队如秋风扫落叶一般扫荡着刘邦联军的残兵败将。楚将丁公紧追刘邦不舍，兵器都已经碰到刘邦的脊背了。刘邦心一横，回过头来对丁公说：“我们都是贤才，为何不能相容？”丁公觉得也没必要把事做绝，于是引兵而还。

刘邦在逃亡中前往沛县，准备收罗家室向西逃窜。不料楚军在后面紧紧追赶，刘邦的老爸刘太公和老婆吕雉都被楚军俘获。刘邦路上见到儿子（后来的孝惠帝）、女儿（后来的鲁元公主），载在车上一起逃跑。楚国骑兵眼看就要追上来，情急之中，刘邦居然把儿子、女儿推下车，只求车子跑得再快点。为他驾车的老朋友夏侯婴连忙跳下车，把俩小孩抱上来。如是再三，刘邦一行人终于逃脱，孩子幸运地保住。

由于兵力不足，项羽拿下这场辉煌不亚于巨鹿之战的胜利后，并没有对刘邦穷追猛打。缓过气的刘邦重新积聚力量，并派出韩信、张耳等人北上攻击河北赵地，形成对项羽的包夹之势。韩信不负众望，很快拿下赵地。另一方面，刘邦派人大搞统一战线，拉项羽的大将英布反水，并联络南方的彭越骚扰楚军后方。

但是这些并不能完全拖住战神项羽的脚步。公元前 205 年，项羽主力军队在战略要地荥阳（今郑州市古荥镇）与刘邦相持。吃够了苦头的刘邦知道硬拼打不过楚军，无奈之下派人去跟项羽讲和，想割荥阳以西为汉，以东为楚。项羽哪里会答应这个手下败将？范增则从中嗅到了刘邦心虚的信号，劝项羽立即包围荥阳。

公元前 203 年，战争到了最惨烈的时刻。刘邦军队被楚军围困在荥阳城内已经一年多，粮道也被切断。这时候，谋士陈平对刘邦说："楚军之中，勇猛的人很多，有智谋的人很少。老臣范增智谋非常高，又非常忠于项羽，被项羽尊称为亚父，我们只要想办法把范增除掉，就能减少许多麻烦。"君臣两人商议之后，陈平派人带着四万斤黄金大搞离间计。他们在军营散布谣言："范增立下了汗马功劳，但项王分封时，没有给他封赏。范增心里非常不满，暗地里与汉王联络，要共同消灭项王，分占项王的国土。"谣言很快传到项羽耳朵里，项羽心里嘀咕起来。

为了把坏事做绝，陈平又生一计。这天，项羽的使者来到汉军营中，陈平故意派人在使者房间准备了丰盛的饭菜。使者一进屋，就被满脸堆笑的陈平请到上座。陈平再三询问范增的生活情况，并且低声询问："亚父有什么吩咐？"使者惊讶地回答："我是霸王派来的，不是亚父派来的。"陈平表情更惊讶了："我们还以为是亚父派来的人呢！原来你们是霸王的使臣，这酒饭可是专门为亚父派来的人准备的。"于是使者被赶到简陋的客房，享用粗劣的饭菜去了。

气冲冲的使者回营后，把事情告诉项羽，项羽更加相信那些谣言。范增向项王建议加紧攻城，项羽并不听从。范增自己也听说了那些流言，心灰意冷地对项羽说：“天下大势已定，这都是你自己一手干出来的，希望您好好继续。我年岁大了，身体又不好，就请准许我回家养老吧！”项羽正在气头上，没作丝毫挽留。七十五岁的范增在回家路上，由于情绪极差，背上生了毒疮，在彭城去世。项羽失去了最得力的助手，从此用兵失误越来越多。

听到范增的死讯，项羽这才明白是中了刘邦等人的反间计，不由得更加恼怒，派大将钟离昧对荥阳城四面进攻，日夜不息。眼看抵挡不住，守下去还有全军覆没的危险，张良建议刘邦突围退回关中，另行打算。刘邦派人找到项羽，说愿意投降，项羽答应了。

当晚，两千妇孺老弱从东门出城投降，只见“汉王刘邦”正坐在车上，大声表示：“荥阳粮食已尽，汉王向楚军投降。”楚军大呼万岁，放松了警惕，纷纷跑到东门来看刘邦投降。这时，真刘邦带着数十骑兵和亲信谋臣从西门突围而出。随即汉军大部队也从荥阳撤出，仅留下部分汉军坚守。

项羽赶到东门，见到穿着汉王服饰的汉军将领纪信，知道受骗。他大喝道：“汉王在什么地方？”纪信大笑：“他已经安全突围！”项羽大怒，命人连人带车烧死了忠心护主的纪信。

刘邦逃脱后，为了牵制楚军，分散楚军兵力，从武关出军，在宛城和叶城之间和楚军作战，与坚守成皋（今河南荥阳市西）的英布大军遥相呼应。项羽果然率军南下找刘邦决战，但是刘邦打起了游击，始终不与楚军正面接触。项羽有劲没处使，气得抓狂却无可奈何。最终，英布终于抵挡不住楚军的压力，放弃成皋与刘邦会合。

刚刚在西线取得一点胜利，项羽又接到来自后方的噩耗：原本是骚扰部队的彭越军队成了气候，攻击薛公和项声驻守的下邳，薛公战死，项声则侥幸逃出。项羽连忙派人驻守成皋，亲自率军回师东进，确保大本营彭城的安全。彭越不是项羽的对手，打了几下连忙撤退。

刘邦这边听到项羽东进的消息，马上攻击成皋，拿下成皋后和周苛驻守的荥阳守军互为犄角。

项羽打跑彭越，立即回军荥阳前线，攻陷荥阳，周苛及韩王信被捕。周苛拒绝投降，被项羽杀死。韩王信好歹是一方诸侯，项羽暂时没杀他，关押在军中。

刘邦悲哀地发现，自己又得逃跑了。

自从荥阳失陷后，刘邦一直在催促赵地的韩信速发援兵。韩信虽然满口答应，却一直没有动作。项羽大军马上就要到成皋了，刘邦已经丧失了继续坚守的信心。他告诉英布率领主力驻守成皋，情况危急时可以放弃成皋退回宛城。自己则带着夏侯婴等几个亲信北渡黄河，亲自找韩信要兵。

刘邦有意不惊动韩信，在天还没亮时自称汉王使者，进入韩信大营，直接闯进韩信卧室，拿走韩信将印。此时韩信还在熟睡之中，根本不晓得发生了什么。等他听到将领们喧哗着进帐开会时，才知道刘邦已经亲自到营，只好乖乖听刘邦指挥。

刘邦顺利夺走韩信大部分兵权，指示其率领剩下的兵力进攻齐地，完成东、北、西三方面对楚军的战略包围。

这段时期，英布也成功地让驻守成皋的汉军逐步安全撤出，项羽再度夺得成皋。刘邦则派遣刘贾和卢绾带领步兵两万人及骑兵数百进入楚地，与彭越的游击队汇合，袭击楚军粮道。彭越得到增援，立即得瑟起来，一下子拿下梁地十七个城池，包括军事重镇睢阳、外黄（今河南民权西北）。

战无不胜的项羽大军打不赢自然规律，开始饿肚子了。项羽不得不再次回军对付讨厌的彭越。他将成皋的指挥权交给楚军大司马曹咎，并嘱咐道："谨慎地守住成皋前线防地，就算汉王前来挑战也绝不可出战，只要挡住汉军之东进即可。十五天内，我一定可以平定梁地，再度和将军会合。"项羽果然在极短的时间内赶跑了彭越，但是他已经无法和曹咎会合了——成皋守军禁不起汉军的挑衅，主动出击，曹咎战死，成皋又丢了。

曾在动物世界里面看过非洲鬣狗捕猎野牛的镜头。野牛体重一吨，犹如重型坦克，小小鬣狗根本不是其对手。只要牛角挑向哪里，哪里的鬣狗就会逃开，但是野牛背后的鬣狗则会趁机攻击，将野牛咬伤。一群看上去根本不是对手的鬣狗就这样将难以撼动的野牛一点点拖垮咬伤，最终分而食之。

现在，西楚霸王项羽就扮演着那战无不胜的野牛角色。他凭借自己的军事天才指东打西，无往不利，却不得不来回奔波。刘邦和他的助手们则来回牵制，伺机骚扰。刘邦占据了关中的正面阵地，韩信又已攻略魏、赵之地，江南的九江王英布投靠刘邦，衡山王、临江王保持中立，彭越则直接威胁彭城的安全。项羽的军队得不到粮草，得不到补充，甚至得不到休整，被一点点拖垮。

项羽实在受不了了。

一向不屑于阴谋伎俩的他，也要起了流氓手段。像很多黑帮电影那样，他把刘邦的老父亲刘太公拉到军前的大案板上，高喊："刘邦，你再不投降，我就把你爹煮了！"刘邦虽然知道项羽是个心狠手辣的角儿，却嬉皮笑脸地说："项老弟，别忘了，我们当年在怀王手下的时候是拜了把子的，我爸就是你爸。你要是打算把咱爸煮了，别忘了给我留碗肉汤喝！"这下子，小流氓碰上了老流氓，项羽下手吧，丢不起这脸；不下手吧，给刘邦看笑话。再加上项伯在一旁和稀泥，项羽最终没有动手。

没多久，项羽又跳出来宣称："天下打仗这么多年，不就是因为我们两个吗？我希望能和你单挑，一决雌雄，免得天下百姓受苦！"刘邦心中窃笑这种小儿科的想法，回答道："我这人斗智不斗勇！"

又有一次，两人隔着广武涧对话。项羽几次挑战，都被刘邦拒绝。项羽一箭射来，射伤了刘邦胸口。刘邦连忙退下，为了不影响军心，还捂着自己的脚趾大喊："这浑蛋射到我大脚趾啦！"回到营中，刘邦正卧床休息，张良却执意让刘邦咬牙坚持，忍痛巡视军营。众人看到刘邦还能骑马出巡，军心大定。见对方暂时不会有大动作，刘邦趁机回到后方，安心养伤。

这会儿，韩信已经把齐地打了下来。刘邦多次派人催促他发兵支援，韩信却按兵不动。非但如此，他还派来使者，对刘邦表示：齐国刚刚平定比较乱，没有名号镇压不住。希望你能封我当"假齐王"（代理齐王），我好有个名分进行管理。刘邦一听气不打一处来：我爹都要被人煮了，你还迟迟不发援兵。现在反倒趁火打劫，邀功请赏来了！正当他张口一句："妈的……"的时候，张良、陈平急得在后面踩刘邦的脚，悄声道："我军正处于不利局面，根本管不着韩信。不如趁此机会立他为齐王，不然他可能会反叛。"刘邦硬生生把话咽回去，继续骂："大丈夫平定诸侯，要当就当真王，当什么代理的！"使者回复刘邦的意思，韩信大喜，从此死心塌地为刘邦做事，在潍水之战中歼灭齐楚联军，完成对楚侧翼的战略迂回。

项羽大势已去，不得不服软与刘邦签订和约，决定以鸿沟为界，中分天下，东归楚，西归汉。项籍引兵东归。刘邦的老爸和妻子也结束了俘虏生涯，回到刘邦身边。

刘邦也深深感到解脱，准备回关中享享清福。但张良、陈平认为项羽已是强弩之末，正应该全力追击。于是刘邦撕毁和约，约韩信、彭越等人一起夹击楚军，没想到汉军到了固陵（今河南淮阳西北），该来的人没来，遇到的是杀红了眼的楚军。汉军再次大败，不得不固守待援。刘邦采用张良计策，对韩信、彭越等人大加封赏，许诺将陈城以东直到大海的大片领土封给齐王韩信，睢阳以北至谷城封给彭越，邀请他们前来助阵。

公元前 202 年十二月，刘邦、韩信、刘贾、彭越、英布等五路大军，合计近七十万之众，形成从西、北、西南、东北四面合围楚军之势，将项羽的十万楚军围困于垓下。为了摧毁楚军的斗志，韩信使出“四面楚歌”之计，派人在楚军大营外唱起了楚地民谣。楚军将士认为家乡已被占领，斗志全无，纷纷投降汉军。项羽身边将士不足千人。穷途潦倒的西楚霸王逃到乌江边上，只剩下单枪匹马。在发出“无颜见江东父老”的感叹后，自刎身亡，年仅三十一岁。

五十五岁的刘邦，终于打败了几乎不可战胜的对手，留下了至今影响着我们生活的伟大王朝——汉王朝。

王道

比起天生优势的项羽，草根刘邦更老辣，更懂得人心世故，并且善于把这些人心世故化用到权谋之中。处处都是劣势的他，更渴求盟友的帮忙，更致力于利用一切办法拉拢人才，改变局势。他放下了面子，放下了利益，甚至放下了权力，使得各路力量得以尽情发挥，虽然在主战场上屡战屡败，却拥有了实力的生生不息，反而一点点夺得了优势。

第九章

老实人的成功之路——刘秀的以柔克刚术

做英雄难，做皇帝更难。光武帝刘秀不仅能吃苦耐劳，还深谙乌龟政策，能在关键时候用柔术、装糊涂。再加上他知人善任，宽仁大度，用兵如神，几乎集中了优秀领导人必须具备的全部条件，所以才成就了汉朝中兴的伟业，被毛泽东称为“最会用人、最有学问、最会打仗”的皇帝。

1. 风云初起

事情得从汉景帝说起。虽说皇帝后宫佳丽三千，美女如云，但皇帝毕竟只有一人，一般来说美女的使用率并不高。汉景帝这位猛人不同，他有一百二十多个儿子，可见这位皇帝多么“勤劳”。据说，汉景帝有天晚上喝高了，想起了他的妃子程姬。被皇帝惦记那是好事啊，可程姬当时大约在闹情绪不愿去，把她的宫女唐儿送了过去。晕晕乎乎的景帝没仔细看就“幸之”，过了不久就生下了刘秀一支的祖先刘发。拜刘秀的祖宗汉武帝颁布的“推恩令”所赐，刘发一脉从王降为列侯、太守、都尉，到他父亲就只是县令这样的小官。公元 3 年，刘秀的父亲去世，他一家人被好心的叔叔刘良收养，回到故乡南阳。

空有贵族头衔的刘秀虽然不至于像刘备一样去卖草鞋，但中落的家道逼迫他拿起锄头，修理地球。某天，刘秀正在田里认真锄地，他的大哥刘縯破天荒地出现了。据刘秀所知，大哥整天忙着结交当地的“江湖好汉”，今天怎么会屈尊来看这个没出息的弟弟呢？谈了一会儿，刘秀才知道刘縯是来劝他干一番大事业，不要整天种田，就像祖宗汉高祖刘邦的哥哥一样。大道理说完了，刘縯问刘秀有没有什么理想。刘秀直起身子，拍了拍胸脯说当然有，那就是当上执金吾（类似驻京警备司令），娶乡花阴丽华当老婆。

刘秀的“胸有大志”让哥哥有些无奈。不过不管怎样，老是待在家里没什么出息，读书才有出路啊，读书才能当官啊，读书才能有钱啊。于是家里人一合计，就把刘秀送到京城长安读太学，攻读《尚书》等课程。在太学生活中，刘秀读书没读成学究，而是把更多的时间用在了社会实践上。为了减轻家庭负担，他开动经济头脑勤工俭学，与同学合伙买了头毛驴搞货运，赚了许多钱。不仅如此，他从小养成的宽厚仁义的性格让他的人缘特别好，结交了严光、邓禹等许多好朋友。事后证明，这些宝贵的同学资源对刘秀以后的发展大为有利。

太学生涯一晃而过，随着时势的变化，天下不再太平。连年的蝗灾敲响了王莽政权的丧钟，粮食歉收而盗贼多如牛毛。太学毕业不久，刘秀就面临着毕业就失业的难题。考虑到蝗灾影响，他决定到宛城贩粮。在宛城，一个叫李通的算命先生用图谶忽悠刘秀说“刘氏复起，李氏为辅”。刘秀一开始不敢答应，但考虑国情已经是混乱不堪，而家里那个不安分的大哥肯定早晚会反，于是他也决定造反，时尚一把。说干就干，刘秀立刻在宛城购买军火，与李通等人拉起了反旗，前往家乡去和大哥会合。

现在说说刘縯。看到天下大乱，平时不安分的刘縯心里就开始鼓捣：“别人反得，我反不得？”于是他召集了众位父老乡亲，举行了一场极富煽动性的演讲。演讲完毕，他振臂一呼：“打倒王莽反动派！”，结果事与愿违，听众们全吓跑了，边跑边喊：“伯升（刘縯）要陷害我啊。”没多久，听众看到安分守己的刘秀都戴着高帽子、披着红色大袍造反了，才惊呼：“老实人也反了，那我们也跟着反吧。”就这样，刘氏兄弟的万里长征第一步总算迈了出去。

当时的刘家军充其量不过是一支千把人的小武装，人少军备差，身为副统帅的刘秀一开始也只能骑牛，可见起点之低。刘家军一合计，决定拍牛前进，向附近的新野进攻（就是后来刘备屯兵的那个地方）。干掉了新野县令，刘秀总算骑上了马。

本着背靠大树好乘凉的理念，刘家兄弟打算找一个强大的合伙人。他们主动找当时比较强大的起义军新市兵、平林兵合作，向周边出征。人多力量大，联军很快就打下了唐子乡、湖阳等地，得到了不少财物。人为财死鸟为食亡，就算是亲兄弟都要明算账，何况这群刀尖舔血的卖命汉子？可麻烦事来了，刘家军有些姓刘的仗着自己是“皇帝后裔”，多拿了一份。其他人一看，怒了，当即就计划着灭了这群姓刘的。刘秀发现了事情的严重性，立刻让族人把财物收集起来重新分了一次，才平息了军愤。

军饷，是一种和士气呈正比的东西。摸着鼓鼓的腰包，大家都士气高昂，很快又打下了棘阳（今河南新野境内）。也许是被连番的胜利冲昏了头，或者是王莽总算派出点像样的军队，锐不可当的联军在一个叫小长安的地方遭遇王莽甄阜军、梁丘赐军的埋伏，被打了个措手不及。偏巧这个时候天降大雾，联军们只听到自己人的惨叫声，却看不到官军，损失惨重，连刘秀的二哥、二姐也都死在这场混战中。

世事就是这么冷酷无情，只有锦上添花，没有雪中送炭。打了败仗，新市兵、平林兵就想分行李散伙，回林子里继续打游击。这下刘縯、刘秀急了，本来联军就弱小，要是新市、平林两支部队再一撤，刘氏的那一点本部军马就等着给剿匪军塞牙缝吧。正无计可施的时候，李通的好友王常率五千下江军（也是起义军的一支）来到附近。经过一番游说，下江军同意帮助刘缜、刘秀。重整旗鼓的起义军与甄阜军、梁丘赐军再次大战，大破之，还当场砍下了甄阜、梁丘赐的脑袋。

打了胜仗的起义军势力越来越大，但一群乌合之众难免磕磕碰碰。军中许多人希望起义军选出一位汉室宗亲做皇帝，带领大家（名义上）对抗王莽，这样才名正言顺。对于谁当这个皇帝，刘秀等刘氏一脉推举刘缜，但是绿林军推举刘玄。

仔细推算，刘玄是刘秀未出五服的兄弟。为什么在前面的几场大战中没听过刘玄呢？此人没什么本事，性格懦弱，便于控制，讲明白了，刘玄就是绿林军用来发号施令的傀儡。虽然刘缜刘秀反对这么早立皇帝，但是就当时的军事实力而言，刘缜一脉是最弱的，因此只能忍气吞声地同意。新皇帝登基后，立刻封王匡为定国上公，王凤为成国上公，朱鲔为大司马，陈牧为大司空，刘缜为大司徒，刘秀为太常偏将军。

论智谋、论眼光，论战绩，刘缜兄弟都不比绿林军差，这次的权力分配却让绿林军独占鳌头，让无德无能的刘玄捡了便宜。所谓才高招嫉，刘缜兄弟有别于一般土匪的能力和气质让正宗土匪们感到自卑和恼火，而刘玄出于私心也时刻防备着刘缜兄弟。

不过不管怎样，原先松散的联军已经变为紧密团结在更始帝周围的汉军，有了和王莽一战的平台。很快，王莽就知道了甄阜、梁丘赐两位将军的失败以及刘玄称帝的消息，大为恐慌，立刻派出了大军前来围剿……

2. 龙战于野

王莽在刚刚登上皇帝宝座之初，就意识到了枪杆子里出政权的道理。他在全国范围内海选军师，选出了一百多位军师。此外，他还从全国部队中挑选出健壮的士兵，所有军备都达到了国际先进水平。更加奇特的是，王莽还征募到了一个“长一丈，大十围”的长人巨无霸担任先锋。除了猛人，这支部队里还有虎豹、犀牛、大象等猛兽助阵。

大司徒王寻、大司空王邑正是率领这么一支部队前去攻打汉军，到了颍川（今河南禹州市境内）附近，与严尤、陈茂合兵一处，数量约有百万。这次出兵，据史料记载是“自秦汉出师之盛，未尝有也”。而此时刘秀一方呢？刘縯方面军正在攻打宛城（今河南南阳），一时半会儿打不下来；王凤、王常率九千多人驻守昆阳（今河南省叶县），其余一些人零零散散驻守在周围。

对于先攻打哪里，新军中出现了分歧：严尤向主帅王邑说道：“昆阳虽然小但是十分坚固，现在他们的假皇帝正在宛。如果我们突然进攻宛，他们一定会四散逃命。如果打下了宛，那么昆阳孤掌难鸣，自然就打下来了。”王邑一听大怒道：“过去我攻打翟义军的时候，就因为没有活捉匪首还被皇上骂了一顿。现在我带着百万雄兵碰到城池都打不下来，让我怎么向皇上交代？等我的百万雄师将这座城踏碎后，踩着他们的血一边唱着凯歌一边前进，那才真叫爽啊。”

新军正朝昆阳前进，却在路上意外地撞上了刘秀的人马。刘秀手底下的人看见那么多新军吓了一大跳，打都没打就一直往回跑到昆阳。接到了刘秀的报信，把守昆阳的王凤、王常立刻召开了紧急军事会议。不出刘秀所料，这些人无非是心里念着老婆孩子，腰里揣着金银细软，一心想着能跑多远是多远。

看着一副熊样的王凤、王常，刘秀站起来说道：“现在我们兵少粮少，而敌人强大。一起抵抗也许能成功，假如分散的话一定都得玩完。现在我们大家不同心协力，反而想去守着老婆孩子、金银珠宝吗？”被戳到了痛处，诸将立刻起来训斥刘秀。刘秀不再说什么，冷笑着出去了。

还没等他们逃跑，侦察兵就回来报告说王莽军已经到了城北，密密麻麻的看不到头，怕是有数百里。这下逃不掉了，面面相觑的王凤、王常又重新把刘秀请回来商议计策。刘秀说："死守不是办法，我们只有去城外搬救兵才有胜算。"

趁着王莽军立足未稳、防守不严，当天夜里，刘秀和骠骑大将军宗佻、五威将军李轶等十三人骑着快马冲出了昆阳南门。好不容易从昆阳突围后，刘秀等人来到了郾城和定陵请求援军。这群兵大爷只同意派出一部分人救援，说是另一些人要留下来看守之前抢来的财宝。

没想到这些土匪火烧眉毛了还惦记着钱，刘秀无奈地说："诸位，如果我们打败了王莽军，军营中的财宝是我们这里的千倍万倍，到时候随便你们搬。假如我们失败了，王莽军他们一定会来打我们，到时我们人头不保，还说什么财宝？"这伙粗人一想也是，答应一起出击，刘秀心急火燎地带着援军往昆阳赶。

现在回过头来说昆阳的形势。刘秀离去后，昆阳就像是大石头压着的鸡蛋，随时都有粉碎的可能。城外密密麻麻围了几十层王莽部队，"旗帜蔽野，埃尘连天"，战鼓的声音几百里远都能听到。王莽军搭了几十丈高的井栏，从上面射下的乱箭像下雨一样，城里人汲水都得背着大门当盾牌。王莽军还组建了冲车玩命地冲撞城门，甚至在城门外挖掘地道，大有彻底摧毁昆阳城的意思。吓破了胆的王凤等人请降，但自我感觉大好的王莽军居然拒绝了，并狂妄叫嚣："不劳您大驾，我自己进城去取您的脑袋。"

有了救兵，现在的刘秀最担心的就是昆阳有没有被攻陷。他没等后面诸将赶上来，就带着一千多人直扑王莽军。

看着汉军这种自杀式攻击，王寻、王邑觉得挺可笑，根本不把刘秀放在眼里，随便派了几千人应付了事。没想到刘秀一改往日作风，身先士卒，亲手斩杀几十名敌军。其他人见刘秀都这样勇猛，顿时勇气倍增，奋力杀退了敌军。事后大家都惊喜地称赞道："刘将军平时遇到小场面十分胆小，没想到你现在反而这么勇敢。只要您在我们前面，我们就一定跟在你后面助一臂之力！”

此时刘縯已经攻下宛城三天多了，但由于消息不通，刘秀并不知道。为了鼓舞军队的士气，刘秀写了几封信送给昆阳城，大意为“宛城我们已经打下来了，援军就在城外”。昆阳守军投降遭拒，本来已经激起了困兽犹斗的心态。此时接到这封信，更是士气大振。同时，刘秀还耍了点手段，故意把军事机密泄漏给了王莽军。王寻、王邑得到了这个“机密”吓了一大跳，坏消息很快就在王莽军中传开了。一个小小的昆阳都打了这么久，加上宛城被攻陷，一时间王莽军军心动摇，人不思战。

这个时候刚巧出现了几个特殊的自然现象：晚上一颗流星落到了王莽军中，白天的云就像崩塌的山一样朝军营倾倒。这些凶兆让王莽军士气十分低落，都认为这战已经没打头了。乘着锐气，刘秀带着三千敢死队渡过昆水，向王莽军发起了突袭，打了对方一个措手不及。有刘秀在前面带头，这三千敢死队更是胆气益壮，以一当百，杀人如同砍瓜切菜。为了稳定军心，防止混乱，王寻急令各部不可擅动，随后与王邑率军从营中亲自杀出展开决战。

此时的王莽军根本不是刘秀军的对手，刘秀军很快占据了上风。看到自己的主帅危险，王莽军却没一个人出手相救——大将军有令在先，谁敢乱动？因为这个愚蠢的命令，王寻被杀于乱军之中。昆阳守军看到久盼的援军降临，勇气倍增，里应外合，杀得王莽军争先逃跑，践踏数百里死伤无数。正好这个时候碰上打雷闪电，狂风大作，雨水顷刻涨满了城外的河流，那些用来助战的猛兽都被吓得瑟瑟发抖。前有急流，后有追兵，逼得王莽军争相渡河，淹死了数万人，把河水都塞住了。王邑、严尤、陈茂见势不妙，立刻骑着快马踩着尸体勉强渡河逃去。

昆阳之战，刘秀用理智的形势分析、敏锐的战略眼光和身先士卒的勇气担起了军中实际统帅的重责，带领弱小的汉军一举击溃了王莽的百万主力部队，可以说是大获全胜。缴获的粮草、盔甲、珍宝和许许多多的战略物资多得数都数不清，搬了几个月也没搬完。最后，有的实在带不走就被就地焚烧了。昆阳之战可以说是王莽政权覆灭的丧钟。经过此役，王莽的主力精锐部队已经被歼灭殆尽，天下马上就要迎来群雄逐鹿的时代。

3. 潜龙在渊

昆阳大捷后，王莽大势已去，各地纷纷爆发起义，正在风头的汉军也在使劲打扫战场。然而此时的刘氏兄弟却面临着一场来自“自己人”的危机。当初立皇帝的时候，无论哪方面刘縯都胜过刘玄，只是因为军事实力不济才会对绿林军作出让步。大敌在前，绿林军和刘氏兄弟尚可合作，一旦局势明朗，绿林军哪会容忍一山二虎？更何况随着昆阳大捷，刘氏兄弟的英勇行径可谓威震四海，大大盖过了刘玄。甚至在绿林军攻打新野劝降的时候，新野县令居然声称只降大司徒（刘縯）不降绿林军。刘縯走到哪里，百姓们都自动出来欢迎劳军，就差没拉条“热烈欢迎刘大司徒莅临我县指导”的横幅了，可见刘縯名声之盛。

刘玄有意，绿林军有心。没多久，绿林军找了个理由杀死刘縯，同时还召唤刘秀回到宛城。这时摆在刘秀面前的，只有回宛城装孙子和立刻起兵自保两条路。考虑到自身实力不足，并且亲友全部在宛城，刘秀只能够忍气吞声地装无能。

回到宛城的刘秀首先向刘玄谢罪，面对前来吊丧的官员也不敢流露出半点悲伤，只是一个劲地谢罪。更加让人看不懂的是，大哥尸骨未寒，刘秀居然实现当年梦想，和阴丽华结婚了。看到刘秀既不为大哥服丧，又不提昆阳的功劳，结婚后整天花天酒地，刘玄总算放心了。为了安抚刘秀，更为了向外面“不明真相的群众”说明自己“赏罚严明”，刘玄封刘秀为破虏大将军、武信侯。

在各方势力的共同打击下，王莽政权覆灭了，坐在宛城的刘玄很快就收到了装有王莽脑袋的快递包裹。长长出了一口气，刘玄盘算着去大城市享福。考虑到长安已经被打得不成样子，刘玄决定定都洛阳，并派刘秀前去洛阳先行修房子。

听说新朝廷来人了，洛阳百姓和旧官员都争相出来一睹风采。可是一看到这些朝廷官员的打扮，大家都傻眼了。原来这些朝廷大员基本上都是绿林军一派的，土匪出身，哪里懂得什么礼仪？为了装阔，他们把从城里抢来的衣服往自己身上裹，全然不曾注意到有些衣服是原来下人、奴婢穿的。更有甚者穿着女人的衣服，拿着武器雄赳赳的迈大步。看到了“沐猴而冠”的时装秀，围观群众没有不笑的。可是等到穿着得体、军容整齐的刘秀军走过时，众人立刻欢喜异常，有的老吏更是激动万分，痛哭流涕说想不到今天又看到了汉朝的威仪。

此时的刘玄虽然在洛阳安稳地享福，但是毕竟天下还不完全是他的，比如河北。于是他给了刘秀一个“破虏将军、代行大司马事”的空头官衔，和一根代表皇帝权力的宣慰节仗，前往河北“安抚百姓”。由于此时的刘秀没有兵权，只有代表皇帝的政权，所以他只能从政治着手，争取民心。每到一个地方，他就召集当地大大小小的官员，宣布废除王莽时期的苛政，恢复汉朝的政令。他还仔细审理因苛政而下狱的百姓，释放了大量无辜的人。其中有一位犯人的入狱原因可以称得上历史最雷——由于王莽一心恢复周礼，因此命令大家走路都要合乎周礼，这位犯人就因为走路姿势不对被抓起来了。刘秀的废除苛政的行为一传十，十传百，百姓们高兴得争相拿着酒肉前来犒劳。

4. 河北再起

一路前进，刘秀来到邯郸城。邯郸城并不是安稳的地方，城边有很多土匪势力，最大的当属赤眉军。此时有个叫刘林的人对刘秀说："赤眉军正在河东屯兵，我们在上游。如果堵住河水，突然一放，那么就可以让百万赤眉军去喂鱼。"鉴于自己实力弱小，刘秀觉得不能贸然招惹赤眉军，他没有听从刘林的建议。小气的刘林怀恨在心，他不知道从哪找来一个叫王郎的算卦先生，诈称他就是汉成帝的儿子刘子舆，并且立他为皇帝，占领了邯郸。这么一来，刘秀立刻成为了反贼，被王郎悬赏追杀。

邯郸待不住了，逃跑吧。刘秀一行跑到了蓟（今北京一带）。蓟是前广阳王之子刘接的地盘，一开始刘秀和他相安无事。可是等到悬赏刘秀的消息传到蓟时候，城里就纷纷传言刘接想要卖了刘秀。于是，刘秀赶紧出城。逃亡路上，刘秀一行根本不敢进城，只能在路上讨饭。好不容易到了一个叫饶阳的驿站，他们自称邯郸使者。驿站吏官听到上头来人了，立刻酒肉伺候。饿了几天什么修养都没了。酒肉上桌，刘秀手底下的人立刻狼吞虎咽地吃起来，把吏官看得很纳闷。大城市来的人还这样？不会是假的吧。想到这里，吏官大喊一声："邯郸大将军来了！"刘秀手下的人听了立刻吓得变了颜色。刘秀一开始也想赶快跑，回头一想跑就露馅了。在这关键时刻，刘秀面不改色地慢慢坐下，平静地对吏官说："快去请将军进来吧！"等了许久，不见吏官回来，于是刘秀吃饱喝足了继续上路。

经过这次惊吓，刘秀日夜兼程地赶路，不敢在路上停留了。走到途中，天降大雪寒气刺骨，刘秀的脸都被冻破了。到了河边，众人找不到船。正当一行人急得团团转，刚好碰上河水结冰，勉强渡过了河。一行人赶到岔路口，都茫然不知道该怎么走。一个白衣老人出现了，他站在路边对刘秀说："各位努力前进吧！信都郡（今河北冀州）依旧忠于大汉，他们依然在为长安朝廷守城。由此向南走八十里路，即可到达信都。"

信都太守任光的出现可谓是刘秀的又一个转折点。此时的信都有四千兵马，想要单独和王郎对抗还有难度。刘秀现在能做的就是去周围地区寻求援助，团结一切可以团结的力量。在刘秀的感召下，两个巨鹿人刘植、耿纯带着各自的宗族子弟前来投靠刘秀。三路人马凑在一起有一万来人了，虽然打不过邯郸，但是周围的小县城不成问题。经过一段时间的蓄养，刘秀攻下了冀州北部三国之地，大有东山再起之势。

可是没多久，刘秀就遇到了一个强敌——真定王刘扬。刘扬手握十余万重兵，为王郎镇守着常山郡真定城。该城处于通往邯郸的要道上，易守难攻。这时，刘秀的部下刘植主动表示愿意立功效力，他说他与刘扬是老熟人，愿意作为使者到真定去劝刘扬归降。其实，刘扬早就在暗中观察刘秀，他耳听过刘秀指挥昆阳大战的事情，现在又眼见了这个年轻人在河北搞出那么大动静，说不定他真的可以把王郎消灭。权衡利弊，刘扬决定帮助刘秀，但提出了一个条件，就是刘秀要娶自己的外甥女郭圣通为妻。经过慎重思考，刘秀舍不得感情套不着狼，不得不作出了迎娶郭圣通的决定。

得到刘扬帮助的刘秀犹如猛虎添翼。很快刘秀军逐渐向邯郸逼近，来到了一座叫柏人的城池。刘秀军先锋朱浮、邓禹二人认为打这座城和打以前那些城一样容易，于是十分轻率地前进。不料，前锋部队在进军途中遭到了柏人守将李育的伏击，刘秀军大败，丢了很多粮草辎重。接到战报，刘秀大吃一惊，收拢了败兵，重新迎上敌军。"一鼓作气，再而衰，三而竭"。李育军虽然有小胜，但是追杀了这么久士气已衰，而刘秀军因为吃了败仗正憋了一肚子气。两相对比李育军立刻溃退下来，把刚刚缴获的辎重全部吐了出来。得了这个教训，李育龟缩在城里拒绝出战，刘秀一时也打不下来。于是他绕开柏人打下了广阿。

这个时候，两支出人意料的军队前来助阵。一支是由上谷太守耿况、渔阳太守彭宠组成的突骑兵，一支是刘玄朝廷尚书仆射谢躬的援军。前一支部队可谓是雪中送炭，弥补了刘秀军中骑兵弱小的缺陷，而刘玄此刻派来的军队纯属抢功劳。不过不管怎样，人多力量大，刘秀军挥师东进，围住了巨鹿。因王郎守军坚守，巨鹿围城战打了一个多月仍未见分晓。正当双方在巨鹿城下僵持之时，王郎派大将军倪宏、横野将军刘奉率数万大军前来救援，企图内外夹攻，在城下一举击溃刘秀。此时刘秀当机立断，留下部分军队继续围城，其他人则迎战王郎援军，并大获全胜。击退援军后，刘秀立刻派军直指邯郸，并在一个月内攻破邯郸，并斩下了王郎的首级。

攻破邯郸后，刘秀派人查抄王郎宫殿，意外发现了大量汉军将领、官员与王郎来往的书信。原来在王郎势力强盛之时，刘秀军中有些革命立场不坚定的墙头草就与王郎暗通款曲、暗送秋波。书信之中，都是些恭维王郎、诋毁刘秀的文字。刘秀会怎么做呢？手下有些人开始冒汗了。可是刘秀只是淡然一笑，当着众人的面一把火烧掉了，说：“让那些墙头草安心吧。”刘秀这一把火坚定了手下诸将跟随他的决心，众人见刘秀胸襟如此宏阔，不计前嫌，都对他佩服得五体投地，从此忠心耿耿，拥戴刘秀，人心逐渐归附。后来曹操打赢袁绍后也用了这一招，收到了同样的效果。

更始二年（公元 24 年），更始朝廷内乱频发，四方背叛，群雄并起，全国再度陷入动荡之中。那个时候，梁王刘永割据于睢阳（今河南省商丘市），公孙述在巴蜀一带称王（今四川省），李宪自立为淮南王（今安徽省合肥市），秦丰自号“楚黎王”于黎丘（今湖北省襄阳市），张步起兵于琅邪（今山东省临朐县东北），董宪起兵于东海（今江苏省海州市），延岑起兵于汉中（今陕西省南郑县东北），田戎起兵于夷陵（今湖北省宜昌、荆州一带）。他们都拥兵自重，各自建立官府，称霸一方。除此以外，各地统称为“赤眉军”的流匪更是五花八门，名号繁多。规模较大的有：铜马、大彤、高湖、重连、铁胫、大抢、尤来、上江、青犊、五校、檀乡、五幡、五楼、富平、获索等部，总数有上百万人，都在各自的地盘上大肆劫掠。

然而对于安坐长安的刘玄来说，这些都不算什么，让刘秀成了气候才是心腹大患。于是他派侍御史持节到邯郸立刘秀为萧王，并请刘秀交出兵权，回长安去做官。此时的刘秀并非当时忍气吞声的刘秀了，手握重兵的他再也不用看刘玄脸色。刘秀委婉地推辞说：“现在河北还没有平定，请使者回禀陛下，我暂时还不能离开河北！”刘玄恨得牙痒，却也只能坐在长安独自后悔。

暂时摆平了刘玄那边，刘秀开始着手扫清河北。首先，他让吴汉前去幽州征兵。幽州牧苗曾听闻此事，拒不从命。于是吴汉杀了苗曾，将苗曾的部队全部收归刘秀，并就地征兵。在吴汉前往征兵的时候，身在邯郸的刘秀却为铜马贼头痛。这些铜马贼行动迅速，来去如风，活动极为猖獗，大有攻打邯郸的趋势。经过考虑，刘秀不等吴汉征兵回来，立即点齐军马征讨铜马贼。很快，刘秀在鄡这个地方遭遇了铜马贼，并狠狠地修理了他们一番。虽然获得了小胜，但是铜马贼此时的势力依然强大，他们在清阳和刘秀形成了对峙的局势。这个时候，前去征兵的吴汉也及时赶到了清阳。

若是贪图一时快意而采取强攻，可能胜过敌军，但必定会损失惨重。因此，刘秀采取坚守政策，不理会铜马贼的挑衅。虽然刘秀表面上不动声色，但是他秘密派出奇兵出营截断了铜马粮道。补给线被汉军掐断，铜马军顿时变成了陷阱里的猛兽，被擒指日可待。一个多月之后，铜马军再也无法支撑，于是趁夜晚逃跑。刘秀怎么可能放过这么好的机会？一路追杀过去，在馆陶这个地方大破敌军。一看大事不妙，很多铜马贼就地投降。可这个时候高湖、重连两支流民军从东南赶来，与铜马残部会合，又重新把枪口对准了刘秀。刘秀闻报，亲率主力北上追击，在蒲阳展开了决战，再次大捷。最终，马贼联军被彻底击溃，马贼首领不得不向汉军乞降。

为安抚军心，刘秀准降，并将马贼统帅都封为列侯。不过这些马贼只是怕死，并非真正愿意投降。他们转念一想，害怕刘秀事后追究罪责，于是心中不安，又聚在一起密谋东山再起。得到这个消息，刘秀装作不知道的样子，命令汉军不准妄动，而自己骑上一匹马在铜马军营中巡视，一点都不担心的样子。归降的铜马将士看到刘秀如此大度都异常感动，互相说："萧王如此推心置腹对待我们，我们怎么能不为这样的人赴汤蹈火呢。"于是降将们心服口服，死心塌地跟随刘秀，并尊称刘秀为"铜马帝"。

5. 逐鹿天下

在扫平铜马等流寇后，刘秀的实力和威望大增，开始与赤眉、刘玄两方势力分庭抗礼。为了排除军中异己，完全占领河北，刘秀与刘玄安插在自己身边的谢躬约定，分一头一尾共同进攻位于射犬一带的赤眉、大彤、青犊联军。精锐的刘秀部队大获全胜，但是刘秀故意没有全歼敌军，而是放跑了一批还具有相当战斗力的残敌留给谢躬。对于刘秀来说这群土匪不算什么，但是足够大败谢躬了。等到谢躬败退回他的据点邺城，刘秀早已派吴汉与岑彭袭占得手，单等谢躬前来。不知道邺城变化的谢躬进城后立即被杀，他的部队也全部被刘秀收编。

谢躬被杀标志着刘秀与刘玄彻底撕破了脸皮。但此时刘玄政权不仅内乱连连，而且流窜作案的赤眉军团正在攻打接近洛阳的函谷关。这些四处转战的赤眉军虽然不断打胜仗，但是早已筋疲力尽，军中厌战心理越来越强，几乎天天有人开小差。为稳定军心，更为了抢掠财宝，赤眉军决定西取长安，消灭刘玄更始政权。此时的更始政权虽然仍然控制着长安、洛阳两都，但实际上已经走向了穷途末路，根本无暇腾出手对付刘秀。

为了安定后方，刘秀继续率军北进攻打流寇。在元氏攻打尤来、大枪、五幡等几支流寇，一直追到北平，连续打败贼军，又在顺水河的北岸展开混战。几场胜仗给了刘秀过度的自信，他在贪功冒进之下反而被乱军所败。流寇们看到刘秀军溃退了，紧紧地跟在后面追杀，把刘秀逼得从悬崖上跳了下去。幸好这个时候骑兵部队一个叫王丰的人把战马给了刘秀，刘秀才侥幸免死。上马后，刘秀回过头来笑笑说：“差点被这群贼兵抓住。”

损失了几千人，败兵退守范阳，左右将领在军中找不到刘秀，谣传说刘秀已经被杀，大家乱作一团不知道何去何从。吴汉站出来说：“大家不要惊慌，萧王哥哥刘縯的儿子目前就在南阳，我们何愁没有主君？”大家才安定下来。

刘秀回到军中，重新整理军队。乱军虽然赢了刘秀一场，但素来害怕刘秀的声威，害怕他报复，于是连夜撤走。刘秀整顿军队后再次进攻，在安交连续挫败敌军。乱军撤入渔阳后，刘秀立刻派兵追袭，并在平谷赶上了敌军主力，打了场漂亮的歼灭战，基本平定了流寇势力。此时的刘秀完全占领了整个河北地区，下辖山西大部、山东一部、河北大部，足以争霸天下，和几年前隐忍的刘秀有天壤之别。

皇帝只有一个，乱世中许许多多帝王的结果无不外乎两个：灭掉其他皇帝或被其他皇帝灭掉。早在刘秀转战河北的时候，他手下就有人劝他称帝。但懂得“枪杆子里出政权”的刘秀并没有急着正名，而是不断地扩充实力。如今河北已经平定，这个时候，众将又开始轮番劝说刘秀。

于是君臣双簧开始：

首先是马武。但没有心理准备的刘秀很吃惊地回答："将军怎么说出这种话？够杀头的罪了。"

等刘秀到了中山，手下再次请他称帝，刘秀再次拒绝。

大军走到南平棘，将领们又一次恳请，刘秀仍然不答应。就在众将失望退下的时候，耿纯站出来说："我们这些人抛弃亲人，背井离乡，跟着您征战沙场，不外乎希望攀龙附凤，成就大业。现在您有了河北这片土地，上天眷顾人民拥戴，而您却仍然是现在众矢之的的更始军萧王。我担心手下的人会十分失望，进而感到前途渺茫，产生返归故里的想法。大伙一散就很难再聚合到一处了，那么您的事业可能就会因此受创，想来投奔的人也觉得你胸无大志不会跟着你。"刘秀觉得耿纯说得十分中肯，于是答应考虑考虑。

仿佛为了验证"富在深山有远亲"这句话，大军走到鄗县（今河北柏乡县北）时，刘秀从前的一个叫强华的老同学来访。这位老同学是从关中一路揣着《赤伏符》来晋见刘秀的。这道符的大意为：刘秀起兵征讨乱贼，四方志士都聚集在刘秀门下，即将恢复汉朝的荣光。好了，这下既有天意，又有群臣拥戴，刘秀也就不再推辞，顺理成章地在鄗县登基称帝。

就在这个月，赤眉军立刘盆子正式称帝，加上之前蜀中公孙述称帝以及更始帝，一共四位皇帝并存于世上。

此时的更始军虽然坐拥两京，但是由于它是"中央政权"，所以处于众矢之的的位置，赤眉军对其步步紧逼，刘秀也主动出击，进攻更始军。

首先让我们看看刘秀军。前将军邓禹率军包围安邑（今山西夏县西），打了几个月也没打下来。接到安邑危急的战报，更始大将军樊参率领数万人救援。还没等到援军走到安邑，就碰上了主动出击、变守为攻的邓禹，被打了个措手不及，樊参战死。感到威胁的更始帝重新派出王匡、成丹、刘均等人集结了十余万军队准备反扑，并击溃了邓禹的军队。

本来更始军一鼓作气就足以彻底获胜，但是王匡等人迂腐地认为那天是六十甲子的最后一天，“大凶”，所以闭门不出，从而给了邓禹重新整顿、部署军队的时间。等到大凶的日子过去，王匡才命令全军出击，迎面碰上整顿完毕的邓禹军队，顺利完败，刘均以及河东太守杨宝被杀。立下大功的邓禹被光武帝任命为大司徒，封万户侯，时年二十四岁。

此时的形势对刘秀来说是大好，但对刘玄来说是大大的不妙。刘玄平时歌舞升平根本无暇政事，约束不了手下人。看到日子不好混了，绿林军出身的更始诸将商议：“赤眉军来势凶猛，早晚会到达家门口，我们难以抵挡，很快就难逃灭亡。不如把长安抢掠一空，回头蓄积力量，重整旗鼓。如果万一失败，不能得天下，大不了继续做我们的强盗，逍遥快活！总比在这里等死好。”大伙一听觉得有理，于是兴冲冲地找到刘玄说出了这个想法。享惯了福的刘玄此时怎么可能愿意在此当土匪呢？刘玄当即拒绝了这个意见。手下人一看这个傀儡居然不听话了，就琢磨着干掉他。不巧消息走漏（这是经常的），反被刘玄先发制人，于是死的死，逃的逃，做了鸟兽散。

此时的刘玄基本上是一个孤家寡人。公元 25 年九月，赤眉军攻破长安，刘玄一个人骑马逃出长安，更始政权宣告覆灭。后来，刘玄被赤眉军抓住。碍于赤眉军皇帝刘盆子哥哥刘恭的面子，刘玄才被封为长沙王。过了一段时间，赤眉军觉得留下前朝皇帝终究是个祸害，于是把他勒死了。

从公元 22 年投入平林兵开始，到公元 23 年称帝，公元 25 年被杀，前后四年，刘玄经历了人生最大的变故。他从一介流民到至高无上的皇帝，再到阶下囚乃至被杀，变化实在无常，是这个乱世的悲剧。

刘玄原本胸无大志，他参加起义军只不过是被官府全国通缉，走投无路。正因为他没志气，性子软，所以才被更始军推举为傀儡皇帝。他手上无兵，有的只是皇帝的虚名。面对才华名气远胜自己的刘縯，他害怕威胁到自己的空头皇帝，被绿林军当刀使了，背上了黑锅；面对隐忍的刘秀，他未能及时除去祸患，而是纵虎归山，以致看着刘秀做大做强；攻破王莽军后面对众多势力，他又以新天子自居，不约束手下人的无礼行为，导致四面树敌；在绿林军中他虽然贵为首领，但是绿林军实权根本不在他手中。再加上绿林军造反成功后迅速腐化堕落，沦为乱兵，失败是在所难免的。充其量，刘玄只是一个平庸的君主，假如生在太平时代，倒可以昏昏度日。但是在这个无情的乱世，一个没有志向，没有手腕，没有兵权的三无君主，只能成为历史中的过客、成功人士的配角，是阻挠进步的反面教材，谨供后世感慨反思。

6. 乱世未休

随着刘玄的死，更始政权彻底消失了。但是战乱远远没有结束，反而因为更始的垮台更加混乱。比起粗通文墨的绿林军，赤眉军是土匪中的战斗匪，进入长安城后每日只管烧杀劫掠，惊扰百姓。那些地方豪门一看这个新主也不是什么好货色，于是又开始拥兵自保，不服从刘盆子号令。面对这些，赤眉军一点都不介意（不然还叫土匪？），每天只管抢得快活，土匪字典里根本找不到“安定军民”“统一天下”这些远大的字眼。

现在回头看看主人公光武帝刘秀。早在赤眉军攻打长安的时候，刘秀就选择了攻打洛阳。洛阳作为国际大都市之一，兵精粮足，加上守将朱鲔曾经害死过刘縯，知道刘秀对自己恨之入骨，所以根本没想过投降，下死力气抵抗，刘秀军想尽办法打了几个月都没打下来。

碰到了硬骨头，但是又不能不啃，刘秀就派岑彭前去说服朱鲔。岑彭曾经当过朱鲔的校尉，向其陈述利害，劝说他投降。朱鲔则明言害怕刘秀报复，拒绝投降。面对杀兄仇人，刘秀再次表现出了隐忍的大局观念，说道："行大事者不计小节。朱鲔现在如果投降，我可以保全他的官职爵位，保证不会治罪。我以黄河水立誓，决不食言！"就这样，刘秀得到了洛阳，而且确实没有食言，任命朱鲔为平狄将军，封扶沟侯，爵位世代相传，居然得以善终。

在赤眉军的整日劫掠下，长安终于成为了为乱世殉难的坟墓。城内百姓全部逃亡，粮草也消耗殆尽，周围的地方势力又拒绝向这群土匪提供补给，赤眉军再也待不下去了。于是他们把抢来的金银财宝装上车，纵火焚烧宫室、街巷民宅，再对全城彻底烧杀掳掠一番后，离开长安，乱哄哄地向西蔓延，对所经过的城邑一律洗劫一空。刘秀军避开赤眉主力，绕道进入长安，并拜谒祭祀高庙，收齐西汉十一位皇帝的灵位，送往洛阳供奉。此时的刘秀不仅军事实力强大，而且拥有了两京，成为了名正言顺的汉朝皇帝。

反观赤眉军，离开长安后一路洗劫。士兵们摸着荷包无心战斗，沿途不断有人逃亡，实力大为削弱。无论走到哪里，赤眉军都没有丢掉劫掠的本性，所过之处鸡飞狗跳。看到赤眉军军力日益锐减，驻守长安附近的大司马邓禹决定主动出击。不料赤眉军虽然是乱军，但是战斗力依然很强，居然屡次战败邓禹，重新进入了长安。

邓禹与赤眉军连续交战不利，于是刘秀改派冯异接替邓禹统帅军队。临行前，刘秀嘱咐说："长安一带的百姓接连遭受王莽、更始、赤眉的荼毒，可谓是生灵涂炭。我们作为讨伐叛逆的军队，一定要善待愿意投降的敌军。因为我们打仗的目的不是攻城略地，而是平息叛乱，安抚百姓。"在冯异的攻心政策下，刘秀军在所经过的地方多行仁政，很多地方乱军闻风而降。

军事上的胜利是战争的胜利，但是政治上的胜利才是战略的胜利。

与赤眉军相比，刘秀军战场上的优势并不在于作战勇猛，而在于政治清明，军纪严明。

公元 26 年年底，长安一带发生了大饥荒，甚至出现人吃人的现象。赤眉军再也掳掠不到任何东西，军心离散。此时，赤眉军和冯异率领的部队在华阴地区遭遇，演变为两军对垒的阵地战。双方对峙了六十多天，连续交战数十次，互有胜负。但是刘秀军方面能够随时补给，而赤眉军却补给困难，形势变得有利于刘秀方面。第二年春，急于洗刷耻辱的邓禹率领车骑将军邓弘等人从河北来到湖县，约冯异共同发动进攻。冯异仍然坚持攻心策略，然而急着立功的邓禹不听劝告，独立进攻赤眉，果然被打败。

冯异整顿好部队以后，从临近州县调集部队，同赤眉军约定日期再战。他命令一部分部队穿上赤眉军的服装，预先埋伏于有利地势，然后派出部队引诱赤眉军，双方展开激烈战斗。冯异先遣军佯装抵挡不住，此时冯异却只派出很少量的部队前来支援，造成了赤眉军误认为冯异兵少势弱的错觉，于是，赤眉军立即出动主力部队，全力向冯异军猛攻。看到赤眉军上当，冯异也随即派出自己的主力迎击赤眉军。战斗持续到傍晚，双方都有一些不同程度的伤亡。连续战斗了一天，赤眉军已经疲惫不堪，攻势逐渐减弱。冯异抓住有利时机命令埋伏部队出击。由于这些伏兵穿着与赤眉军相同，而且又来势汹涌，使得赤眉军分不清敌我，阵势立即大乱，纷纷向崤底撤退。冯异随即逐渐压缩包围圈，将赤眉军男女八万余人于崤底击破俘获。剩下的赤眉军仓皇向东南方向逃窜。

得到崤底大捷的消息，刘秀亲率大军在宜阳一带拦住了赤眉军。此时赤眉军连遭失败，不仅士气极为低落，而且补给也消耗殆尽，只好投降。刘盆子和丞相徐宣及以下文武大臣三十余人袒露臂膀前来投降，献出所得的传国玉玺和绶带。刘秀命令赤眉军全部缴械，将兵器全部堆积在宜阳城西，堆得像山一样高。投降后第二天，志得意满的刘秀在洛水边陈列大军，命刘盆子君臣列队观看，并且得意扬扬地说："你们该不会后悔投降吧？要是不服气，我今天送你们回营，统率军队再战，一决胜负。我不想强迫你们服输。"徐宣等人说："今天能够投降，就像离开虎口，回到慈母的怀抱一样，我们高兴还来不及，怎么可能再战？没有什么不服气的！"

自此赤眉乱军全部平息。自从赤眉军从公元18年起兵到公元27年兵败，前后正好十年。就实力来看，赤眉军算得上是刘秀政权最有力的威胁者。赤眉军先后几次占领长安，消灭了更始政权。假如能够有一块长久的根据地，施行仁政赢得百姓拥护，说不定能开创一个王朝。即使不行，凭借军威也能割地称王。可惜一旦入主长安，自以为就得到了天下，不休养生息，不善待百姓，反而匪性不改大肆劫掠，导致天怒人怨。加上大军远征离开故里，没有有效的补给，尽管能取得一时的胜利，但是长时间流动作战，没有根基，失败在所难免。

至此，对刘秀政权最具威胁的军队已经覆灭，版图上只剩下西蜀等地方割据势力。接下来，刘秀陆续用了九年时间，于公元36年彻底消灭其余割据势力，一统天下。

7. 光武中兴

建武十七年（公元41年），刘秀衣锦还乡并宴请故旧父老。席间酒酣耳热之际，刘氏宗室的女性长辈们说："刘秀从小就老实，从不虚情假意，既爽快又柔顺，所以才能像今天这样。"刘秀听后大笑说："我治理天下，也是用柔顺之道啊！"柔顺之道正是刘秀治理国家的信条，这和汉初的休养生息政策有异曲同工之妙，都能够使国家迅速地从疲敝中恢复过来。

刘秀首先废除各种苛政。针对王莽法令繁多的弊病，光武帝多次下诏废除苛政，重新审理冤狱，取悦于民，多次下令只要不是罪大恶极的犯人一概赦免。为了与民休息，鼓励农业发展，刘秀多次减少租税，于建武六年（公元 30 年）下令实行“三十税一”的田赋制度。此后每逢突发性的自然灾害，他都要下令减免徭役。刘秀还十分关注没有生活能力的弱势人群，命令官府按时发放救济粮食。为了解决农村劳动力不足的问题，刘秀称帝后曾先后九次颁布诏令，要求释放奴婢，禁止虐待和杀害奴婢，敢于阻挡者予以严惩。这是针对地方豪强势力蓄奴无数而导致田野无人耕作、劳动力严重缺少的情况颁布的。

政治方面，建武六年（公元 30 年）刘秀下诏精简机构、裁减吏员。他采取减员、合并等多种方式，在命令颁布的当年就“并省四百余县，吏职减损，十置其一”。这不仅节省了国家财政开支，而且有利于中央对地方的控制。同时他恢复了“刺史”制度，除首都和京畿地区外，其他十二州，每州设一刺史。刺史遵照皇帝的命令，代表中央巡行地方，从而强化了中央对地方的监督与控制。

刘秀最值得称道的一点就是没有滥杀功臣。开国皇帝周围总是伴随着一批功勋卓著的功臣，皇帝与他们的关系很难处理。如果放任自流，功臣们一旦挟功自大，很可能危及皇权。如果鸟尽弓藏，则很可能激起叛变。可以说，光武帝刘秀在处理功臣方面是历代皇帝中最好的。对于有较高政治才能的功臣，刘秀仍加重用，让他们参议国事。如邓禹，善于谋略，器量恢弘，被任命为大司徒，封丰臣侯。对于那些战功卓著但是没什么治国才能的，刘秀则只让他们享受荣华富贵而不授予实权。

人才是发展的源动力。由于刘秀文化水平高，所以他等到天下初定后就在洛阳城门外兴建起太学，传授经学，吸引了大批学者前来。太学设立五经博士，恢复西汉时期的十四博士之学。刘秀还亲自巡视太学，赏赐儒生。不仅如此，在处理政事之余，他还会与儒生们辩论，讨论治国方略。在他的身体力行下，不仅中央立太学，许多郡、县也都兴办学校，而民间创办的私学也如雨后春笋般兴起。培植人才是一个方面，刘秀同样善于发现人才。“当今之世，非独君择臣也，臣亦择君矣”。战争时期，刘秀采纳邓禹“延揽英雄”的建议，制定人才策略，可谓是唯才是用，不分出身、敌我，起用了大量草莽英雄以及敌军将领。战争结束后，刘秀继续贯彻人才政策，曾于建武六年、七年等时期多次下诏征举贤良，征言纳谏，为政治中兴与经济恢复提供了人才保障。

随着这些政策的实行，刘秀治理下的国家逐步从战乱后的凋敝中走出。汉明帝刘庄作为刘秀之子，评价其父亲说：“能上承天命，拨乱反正，安定天下，一心谋求国家发展，是一位中兴之主。”明末清初的大思想家王夫之也对光武帝评价很高，说他“三代以下称盛治”、“三代而下，取天下者，唯光武焉”，即认为夏、商、周三代以后，光武帝是所有皇帝中最杰出的。

王道

以柔克刚，以弱胜强，刘秀的强大在于他的柔术：昆阳之战联合多方势力，以三万弱兵战胜王莽四十二万大军；失势之时把杀兄大仇埋在心底，夹起尾巴以求生存；为了统一大业宽待仇人，气度上折服对手；施行仁政，禁止掳掠，逐步赢得民心。反观刘秀的对手，不是掳掠成性的土匪，就是割地为王的地方军阀，没有一个具有刘秀的政治眼光和人格魅力。在战略上，刘秀早已赢得整个战争。

第十章

“仁德”和“权术”的两难选择——大英雄苻坚的悲剧人生

在中华历史之南北朝时期，出现过一个有如昙花一现的强盛王朝——前秦。而它的领导者苻坚，则是个在历史上留下太多争议的人物。由于十六国的故事并非所谓“正史”叙述的重点，我们往往只是从“风声鹤唳”“草木皆兵”等成语故事中得到一点关于苻坚的历史片段，把他当做一个刚愎自用、鲁莽迂腐的外族入侵者。拨开历史的迷雾，你会发现苻坚绝非粗暴无能的帝王，而是一代开明大度、雄才大略的豪杰。

这个屡破强敌、统一北方的帝王，为什么会在淝水之战中一败涂地，使国家分崩离析？为什么他死去时，连敌方的将士都为之流泪？这个令人扼腕叹息的帝王，留给了我们太多的思考。

1. 逼上梁山的皇位

风云激荡的三国时代结束后，一统天下的西晋王朝并没有维持多久。晋武帝司马炎死后，其子晋惠帝司马衷是个低智商皇帝，无力控制那些野心勃勃的外戚和宗族，贵族间一团混战的“八王之乱”爆发，晋王朝很快就分崩离析了。虽然皇族司马睿跑到南方建立东晋，算是保全了司马氏家族的半壁江山，但整个北方陷入了无休止的战乱之中。匈奴、鲜卑、羯、氐、羌五大少数民族进入中原腹地，乱哄哄的，你方唱罢我登场，几十年间鼓捣出了十六个“国家”，史称“五胡十六国”。这些称王称帝的游牧民族首领，基本是马上得天下，马上治天下，大都凶残暴虐、不得人心。这些国家强大的时候动辄兵马数十万，崩溃的时候如风吹云散，可谓“兴也勃焉，亡也忽焉”，上演了一幕又一幕或悲或喜的历史壮剧。历史上把这一段时期称之为“南北朝”。

这期间在“北朝”的政治舞台上，出现过一个有如昙花一现的强盛王朝——前秦。前秦帝国的发家史，要从苻坚的祖父苻洪说起。苻洪本来是西晋时候略阳临渭（今甘肃秦安东南）的氐族酋长，算是当地一个不小的贵族。苻洪其实原名蒲洪，当时少数民族的人不读诗书，这户贵族最初连姓也没有。由于他们家庭院里蒲草长得奇特高大，当地的人就称他们为“蒲家”，于是这户人家索性以“蒲”为姓。像当时很多地方豪强一样，蒲洪见天下大乱，便利用自己丰厚的家财拉拢了不少支持者，准备有一番作为。

不久后，匈奴贵族刘曜称帝，史称前赵。蒲洪投靠到其帐下，被封为率义侯。但很快刘曜又被后赵的石虎击败，蒲洪随即改换门庭，投降石虎，屡建战功，被封为西平郡公。但是打工这碗饭并不好吃，石虎的义子冉闵就曾经劝石虎：“蒲洪雄果，他八个儿子又各个不凡，应该秘密把他们除掉。”石虎虽然是个杀人狂，这一次却没忍心下手，可能是觉得蒲洪还有不少用处。后来后赵小朝廷内部斗争越来越激烈，蒲洪被搁在一边，反而相对安全。俗话说人不能在一棵树上吊死，蒲洪也琢磨着另谋出路，于是偷偷和南方的东晋取得联系，声称归附晋朝。东晋永和六年（公元350年），晋朝封蒲洪为征北大将军、广川郡公、冀州刺史，都督河北诸军事。虽然东晋龟缩在南方，在北方连半个业主都算不上，这一大堆封号都是空头支票，但是报家门的时候倒也能唬唬人。

后赵的新皇帝石鉴并不清楚蒲洪私底下的把戏，打算召唤他回来勤王。蒲洪此时手下有十余万人马，见后赵气数已尽，于是干脆扯旗单干，自称大将军、大单于、三秦王。由于当时谶文有“草付应王”的说法，他又把姓改成“符”，成为符洪。

苻坚是苻洪的孙子，其父是苻洪的小儿子符雄。据说他生下来时，背上就有暗红的纹理，隐约组成“草付臣又土王咸阳”八个字。“草付”是“苻”，“臣又土”是繁体的“坚”，也就是说，这个小孩以后要在咸阳称王的（对于史书上这种“天赋异相”的小把戏，我们完全可以不必当真）。苻洪很喜欢这个孙子，叫他“坚头”，让他跟随在自己身边。八岁的时候，苻坚主动找爷爷，要请一个家庭教师。老头子高兴极了：“我们的民族世世代代只知道喝酒吃肉，谁想到你知道读书！”很快为他找来了教书先生。小苻坚并没有因为身份高贵而放松对自己的要求，学习十分刻苦，潜心研读经史典籍，并注重结交豪杰。随着年岁的增长，苻坚很快在家族内外享有盛名。

一次战斗中，苻洪俘虏了后赵的麻秋，觉得他是个人才，就放在身边当军师将军。麻秋心里并不服苻洪，暗地里在一次宴会的酒中下毒，准备杀死苻洪，夺取其部众。苻洪的世子苻健察觉到了这位降将的阴谋，将麻秋杀死，但为时已晚。此时苻洪已经奄奄一息，躺在病榻上与子孙诀别。他对苻健说：“中原不是你们能占据的地方，关中形势险要，我死后你们可以先攻取关中。”

苻洪不会想到，他的子孙正是依循着他的战略计划统一了北方，却不幸也继承了他心慈手软的致命毛病。

苻健即位后，率军攻入潼关，没费多大力气拿下了长安，平定了关中地区。永和七年（公元 351 年），苻健见脚跟已经站稳，就把东晋抛到一边，自称天王、大单于、置百官，第二年干脆称帝了。这个新生的氐族政权，史称前秦。

苻健入关后不久，封十三岁的苻坚为龙骧将军，并流着泪对苻坚说：

“你的祖父当年就曾接受过这个封号，如今我把这个封号授给你，望你好自为之。”后来苻坚在父亲死后，继承了父亲的爵位东海王。据记载，少年苻坚举手投足之间已经颇见威严，士卒都为之折服。

据史书记载，当时的关中地区氐、羌混居，氐族在当地并不占优势。如果此时东晋政权对这个不听话的新生政权进行敲打，以后未必就有“前秦帝国”的故事了。但这时在东晋内部掌权的，正是那个“挺雄豪之逸气、韫文武之奇才”的门阀贵族桓温。由于此人权势太大，司马氏皇族不得不把注意力放在如何制约内部权臣上，对在西北兴风作浪的前秦政权不闻不问，给了前秦政权宝贵的巩固时间。

永和十年（公元 354 年），东晋政权总算是腾出手来，对前秦发动大规模进攻。桓温兵分三路直取关中，在尧柳城（今陕西蓝田）击败前秦军队，连世子苻苌也中流矢而死。前秦不得不龟缩进长安城，高挂免战牌。由于军队远征，后勤难以保障，桓温本打算以战养战，就地在关中地区等待麦熟收割。不料苻键坚壁清野，把还没成熟的麦子全部割掉。晋军粮草不济，再加上朝廷掣肘，最终战败退兵。

逃过一劫的苻健，在关中励精图治，与百姓约法三章，轻徭薄赋、礼贤下士，前秦出现了小康之象。但是他并没有活太久，在位四年就病死了。

由于世子苻苌战死，作战勇猛屡立战功的苻生继位。此人是个十足的暴君，从小桀骜不驯，虽然上阵砍人身先士卒，对付自己人也毫不手软。他上朝的时候经常带着弓箭匕首，还在朝堂两侧陈列着锤子、钳子、锯子等刑具，把朝堂布置得就像刑部大堂。此人又是个酒鬼，常常喝醉后和大臣共议国事，然后动辄发怒，杀戮大臣。一次朝中举行宴会，苻生命令尚书令辛牢监酒，不久后就大骂辛牢：“为何不劝酒？席上还有人坐着！”竟然发弓当场射死辛牢。大臣个个吓得举杯猛喝，醉倒一地，苻生转怒为喜。

秦国的中书监看不下去，借口天象示警，说不出三年，国有大丧，大臣戮死，希望皇帝能够修德避祸。苻生倒也不生气，笑着说：“朕和皇后对临天下，可应大丧之变。至于大臣嘛，毛太傅，梁车骑，梁仆射受遗诏辅助我治天下，把他们杀了就可以应天警了。”就这样，皇后梁氏和几位辅政大臣死于非命。

在和侍从们聊天的时候，有侍从说：“陛下是圣明天子，”苻生生气地说：“你这是谄媚！”命人将其拖出去杀掉。再问其他人，有人战战兢兢说道：“陛下刑罚稍稍严格一些。”苻生又大怒道：“你这是诽谤！”又拖出去杀掉。由于他是个独眼龙，特别忌讳“不足、不具、少、无、缺、伤、残、毁、偏”等字词，因为这个原因被杀死的臣属不计其数。

都城长安流传着一首童谣：“东海大鱼化为龙，男便为王女为公。问在何所洛门东。”苻生思来想去，觉得一定是和姓鱼的人有关，马上诛杀了侍中、太师鱼遵一家。

这时候，有一个人实在坐不住了。

苻坚被封为东海王，住在洛门以东，正好和童谣暗合。虽然说苻生的思路还没有跑到他头上，但看着鱼遵被灭门的惨剧，苻坚不免兔死狐悲，寝食难安。由于广结天下英豪，此时他的身边集结了侍中、尚书吕婆楼，特进、光禄大夫强汪，特进、领御史中丞梁平老等一大批能人，这些人都在私下里劝苻坚站出来夺取政权。那些生活在白色恐怖中的贵族、嫔妃度日如年，也把改变命运的希望寄托在素有名望的苻坚身上。

正在苻坚等人还在密谋策划的时候，略有察觉的苻生已经打算先下手为强了。一天深夜，酒醉的苻生对宫女说：“阿法兄弟（苻法、苻坚兄弟）也不能让人信任，明天我要杀了他们。”这个宫女可能平时受过两兄弟好处，也可能是出于义愤，冒死溜出宫门报信。

谁都不会坐以待毙。公元 357 年六月，苻法、苻坚兄弟率领数百壮士入宫，宫中守卫也响应倒戈，众人顺利攻入皇宫。这场你死我活的政变，却有一个略显滑稽的结尾。醉眼蒙眬的苻生看到进宫的甲士，问侍卫："这些是什么人？" 侍卫回答："是叛军。" 苻生呵斥道："为什么见了朕不拜？" 士兵们大笑。苻生怒道："怎么还不拜？不拜的斩首！" 很快，这个暴君在糊里糊涂中被杀死，时年二十三岁，当了两年皇帝。

苻坚登上前秦帝国的皇位，正式登上历史舞台，从此开始了传奇却又悲壮的人生。

这一年他十九岁。

2. 君臣际会

说到苻坚，就不能不提起王猛。

王猛，字景略，晋北海（今山东省寿光县东南）人。出身贫寒，曾经靠卖编织物为生（和刘备是同行）。虽然因此常常遭到那些贵族子弟的嘲笑，王猛却不以为意。谋生之余，他"博学好兵书"，读着读着就越来越有气质，史称"为人谨严庄重，深沉刚毅，气度弘远"。

在上文提到那场桓温北伐关中，差点灭亡前秦的战役中，王猛摆出一副奇人的造型，披了一件破长袍去见桓温。桓温倒也没敢怠慢，与他一起谈论局势。这位仁兄得寸进尺，一边聊天，一边在破衣服里抓虱子。当时流行"魏晋风度"，越是"有个性"的人越是受到尊敬。桓温越发觉得这是个深藏不露的人，问道："我奉了天子的命令，率领精兵十万入关，为百姓除害，但是三秦豪杰却回避而不见，这是什么原因啊？" 王猛说："明公不远千里，深入敌境。如今长安近在咫尺，却不渡灞水，百姓不知明公有何打算，所以不来。"

此时桓温正在利用战役的进退与朝廷讨价还价，王猛这句话正戳到他的痛处。沉吟半晌，桓温感叹道："江东无人可以和卿相比啊！" 王猛临走的时候。桓温对他封官许愿，送上车马，邀请他一起南返，但被王猛拒绝。在当时东晋的门阀制度下，根本没有寒门士人发挥的空间，王猛深知此点，于是选择继续等待“明主”。经吕婆楼引荐，王猛与当时还是东海王的苻坚相见。一经交流，双方相见恨晚，王猛从此成为苻坚的主要谋士。

年轻的苻坚即位后，前秦政权内部并不太平。很多氐族贵族是苻洪时代的旧臣，由于氐族部落的社会民主制残留，这些豪酋并没有把国家法度甚至苻坚本人放在眼里，飞扬跋扈、不可一世。再加上关中地区原本就复杂的民族矛盾，内外交困的前秦政权如果不寻求制度上的改变，将很难逃脱像其他少数民族政权一样迅速瓦解灭亡的命运。

为了巩固统治，苻坚很快显露出一位杰出领导者的才华。在王猛等人的辅助下，他首先从内政着手，进行改革。

始平（今陕西兴平）一带，是豪强贵族的主要聚集地之一，百姓生活苦不堪言。苻坚派王猛担任始平县令，前去治理。王猛到任伊始，就雷厉风行地采用严刑峻法，当众鞭杀了一个作恶多端的奸吏。这一下子捅破了马蜂窝，罪犯的亲戚朋友联名告状，勾结执法官把王猛抓了起来，送到长安监狱。

苻坚闻讯大惊，马上来到监狱见王猛，责问道：“当官理政要把仁义道德放在首位，怎能上任就杀人？”王猛愤愤不平地回答：“臣听说国家安宁时，需要施行礼治，而国家混乱的时候，就应该执行法治。承蒙陛下不弃，派我去剪除歹徒，那我当然要竭尽所能为陛下效力。现在我才杀了一个奸贼，还没伏法的奸贼何止成千上万！如果陛下认为我除尽残暴而惩罚我，我甘愿领罪。如果说是因为我执法太残酷，这罪名我不敢领受。”苻坚听完，认定王猛就是他想要的那位治理乱世的干才，当即赦免王猛，对在场的文武大臣们说：“王猛可真是管仲、子产一类的人物啊！”

由于政绩显著，王猛的官爵坐上了直升飞机，很快从中书侍郎升为尚书左丞，再升为尚书左仆射、辅国将军、司隶校尉，短短一年内五次升官，从一个外族（对于氐族政权来说）的寒士，成为权倾朝野的大臣，这引起了许多元老旧臣的强烈不满。

姑臧侯樊世，是当年和苻家一起打天下的豪帅，根本看不起出身卑微、资历浅薄的王猛。一次两人相遇，樊世毫不客气地说："我们辛苦耕耘，你倒坐享其成！"王猛本也是高傲之人，当即针锋相对："何止是耕耘，以后还要你去杀猪呢！"樊世勃然大怒，扬言要杀掉王猛。苻坚得知此事，感觉这不仅仅是对着王猛而来，也是对着自己，对着最近实施的内政改革而来，如果不收拾樊世这样的勋旧贵族代表，朝纲就很难整肃。

这一天，樊世进宫议事的时候，苻坚对一旁的王猛说："我想让杨璧娶我女儿，杨璧这个人怎样？"脾气粗豪的樊世马上喊道："杨璧和我女儿订婚好久了，陛下怎么能让他娶公主呢？"王猛见状呵斥道："陛下是天下之主，你居然和陛下争女婿，还有没有尊卑上下！"樊世一看又是王猛，干脆挥起老拳打将过来，众人连忙劝解，樊世破口大骂不已。苻坚见樊世如此狂妄，盛怒之下命令侍卫将樊世推出去斩首。朝堂上的氐族贵族一片哗然，在朝堂之上骂声不绝，苻坚又气又急，也不顾身份地挽起袖子和贵族们对骂，甚至举起鞭子驱赶他们。皇帝大臣把朝堂当成菜市场，像泼妇一样骂街，这在历史上倒是极为少见。事件平息下来后，大臣权翼对苻坚提出忠告，说陛下你虽然有汉高祖那样豪迈豁达的气度，但自降身份去谩骂、斥责是不对的。苻坚笑道："朕也有过错啊。"

老顽固们的嚣张气焰算是被打下去了，但还是有一些氐族显贵，自恃身份特殊，仍然恣意妄为。苻坚任命王猛为中书令兼京兆尹，对京城地区蛮横不法的氐族权贵开始了整治行动。皇太后（苻坚皇后）的弟弟强德是一个凶顽之徒，常常干一些欺男霸女的勾当，执法官员也奈何他不得。这一天，王猛正在街上巡查，发现强德又在光天化日之下胡闹，当即宣布逮捕强德斩首，并陈尸街头以儆效尤。随后，王猛又和御史中丞邓羌合作，明法竣刑，禁勒豪强，杀了贵戚强豪二十多人。一时间京城内外百官震肃，社会风气大为好转，民间路不拾遗，夜不闭户，百姓额手相庆。前一阵子还在朝堂上参与群殴的苻坚感叹道：“现在我才知道天下是有法的，天子是尊贵的！”

在王猛的铁腕治理下，氐族贵族不再高高在上，前秦帝国摆脱了氐族社会的残留政治习俗，大大加强了中央集权。王猛的大名不仅传遍前秦，甚至在境外也威名显赫。前燕首都邺城一向盗贼横行，后来王猛率军攻打前燕进军邺城，整个邺城的不法分子都安分起来，其威力可见一斑。

作为一个长期学习儒家文化的少数民族首领，苻坚表现出了与其他少数民族首领截然不同的政治理念。他不再把自己当做一个民族的大汗，而是把自己当做全天下人的领袖，当做正统政治和文化传统的继承人、代言人。

苻坚提出“黎元应抚，夷狄应和”的开明民族政策，积极推行“圣君贤相”的治国之道，大力宣扬儒家文化。他“广修学官，召郡国学生通一经以上充之。公卿以下子孙并遣受业”，在战乱不断的北方重新恢复了教育体系。他曾经自述道：“我一月之中，三次前往太学视察，只是希望周、孔之学不致在我手里失传。”以捍卫文化传承为己任的责任感溢于言表。

同时，苻坚也采取措施大力恢复和发展农业生产。登基后不久，他就把原本由国家垄断的山泽向百姓开放，重农抑商，减免赋税。公元357年秋天，关中发生大旱，苻坚率先厉行节约，把官府的金玉绮绣分发给士卒，后宫内禁止穿锦衣。一系列行之有效的措施，使得饱受战乱摧残的关中地区经济迅速恢复发展，史载“人思劝励，号称多士，盗贼止息，请托路决，田畴修辟，帑藏充实，典章法物靡不悉备”，“修废职，继绝世，礼神祇，课农桑，立学校，鳏寡孤独高年不能自存者，赐谷帛有差。其殊才异行、孝友忠义、德业可称者，令在所以闻”，一副盛世景象。期间虽然有几次外族叛乱和内部纷争，但都很快被平息。

古人云：“非得贤之难，用之难。非用之难，信之难。”苻坚与王猛风云际会，以其过人的智慧和胆识，以当时其他统治者少有的胸怀和志向，将一个气象万千的前秦帝国呈现在世人眼前。

当我们用后来者的眼光，翻阅那段时间的北方历史，就会发现对于前秦和前燕这两个当时东西并列的政权来说，那是一个类似于分水岭的年代。苻坚君臣在关中开始励精图治的时候，他们的邻居前燕慕容氏政权内部，却开始了史书上常见的勾心斗角。前秦的氐族人找到了带来新希望的领袖，前燕的鲜卑人政权却在短暂的辉煌后，逐渐滑向失败的深渊。

3. 前燕的恩怨故事

先来看看前秦的邻居们：关东地区是慕容鲜卑建立的前燕，漠南是拓跋鲜卑建立的代国，西北地区则是前凉、西秦、吐谷浑等政权。无论是国土面积、军事实力，前燕在这些国家中都是首屈一指的。

早在公元 358 年的冬天，前燕的领袖慕容俊已经率领燕军把河南淮北地区的割据势力清除干净，直接与东晋在淮河一线对峙。此时前燕帝国的疆域东起辽东，西至黄河，北近大漠，南临淮北，与前秦、东晋成三足鼎立之势，是当时毫无争议的第一强国。

但是好景不长，慕容俊不久后身患重病，太子慕容玮尚未成年，前燕的命运显得莫测起来。慕容俊也深知儿子不能服众，不得不预先为儿子打算盘。在恩威并施压服手握大权的弟弟慕容恪后，他又把目光投向了另一个弟弟慕容垂。其父慕容皝原本十分喜欢慕容垂，甚至差点将其立为世子，只是因为大臣们“立长不立幼”的劝阻而作罢，但对他的恩宠仍然明显超过世子慕容俊。慕容俊虽然当上了皇帝，但对这个能力很强的弟弟并不放心，使其出镇辽东，远离国都邺城。

公元 360 年春天，慕容俊撒手西去，十一岁的太子慕容玮继位。历史上有太多这样的故事：正值盛年的皇帝不幸去世，乳臭未干的小孩被放在皇位上当摆设，宫内外各种势力钩心斗角，皇亲国戚之间矛盾重重。亏得慕容恪左支右绌，前燕帝国仍然维持着其第一大帝国的地位。

经过三年强攻拿下东晋在中原的最后据点洛阳后，慕容恪带着壮志未酬的遗憾去世。在临死前，他对慕容玮推荐弟弟慕容垂接替自己的位置说：“吴王（慕容垂）的将相之才胜我十倍，先帝按照长幼的顺序，才让我先来辅政。吴王文武兼备，又是至亲，我死之后，希望陛下能够委政于吴王。”以慕容垂的才能，如果能出来执掌燕国大局，前燕还是一个令人生畏的帝国。但比起慕容家族的命运来，慕容玮显然更关心的是自己的皇位。前燕朝政被交给无德无能的太傅慕容评处理，大司马这样的要职，竟然轮到了比慕容玮更小的皇弟中山王慕容冲头上。

野心勃勃的东晋权臣桓温得知慕容恪的死讯后，觉得恢复中原的机会来了。公元 369 年春天，桓温率领五万军队再次北伐，攻入前燕境内，亲王慕容厉、慕容臧纷纷败绩，东晋上下认为恢复故土已成定局。《世说新语》记载：“桓大将军北伐，见南渡之前手植之树业已十围，叹曰：‘树犹如此，人何以堪！’乃泣然流涕。”七月，东晋大军已经打到枋头（今河南浚县一带），前燕朝廷上下乱作一团，众人准备放弃国都邺城，逃往和龙（今辽宁朝阳）躲风头。一直不被待见的慕容垂实在看不下去，主动请战：“我这次出战，就算打不赢，也不会输得太难看，到时候你们要跑也不晚。”慕容玮也没了主张，马上答应了他的请战，任命他取代慕容臧为持节、南讨大都督，与范阳王慕容德一起领兵五万出击桓温。同时，派出散骑常侍乐嵩去前秦搬救兵，答应把虎牢关以西割让给前秦。

其实，虽然前秦和桓温结过梁子（当年长安被围，差点被灭掉），但和前燕也谈不上睦邻友好，小摩擦是常有的事，慕容𬀩有点病急乱投医的味道。接到报告，苻坚找来群臣，研究是不是要蹚这趟浑水。很多人觉得当年桓温北伐，差点灭掉我们，前燕也没一兵一卒来救援，咱们凭什么要救他。但是王猛却不以为然，他认为燕国看似强大，但按照目前情况来说显然不是东晋的对手，如果东晋集团一举兼并前燕，兵精粮足、士气高昂之下，前秦哪里是他的对手？现在不如和前燕联合，先赶走桓温。等到桓温退走，前燕也消耗得差不多了，那时候该怎么着就看我们自己了。苻坚深有同感，于是派遣将军苟池和洛州刺史邓羌领兵二万东进救援。

与此同时，慕容垂也以出色的表现，证明了自己是前燕第一牛人。他与桓温在枋头相持，多次斩杀晋军大将，同时派兵截断对方粮道，大大打击了对方士气。到了九月，桓温大军粮草消耗殆尽，盼来盼去总算盼到了援军，不过是对方的。桓温自知再僵持下去只能是输得更惨，于是丢弃辎重火速撤兵。

前燕将领打算追击，慕容垂阻止道："不可。桓温多年用兵，撤退的时候必然安排精锐殿后，此时我们去未必占便宜。不如缓缓跟着等机会，他们急着退兵，必然昼夜兼程。等到他们士卒筋疲力尽，我们出击可获全胜。"于是，慕容垂率领八千精骑缓缓尾随其后，在襄邑（今河南睢县）击溃无心恋战的晋军，最后逃回东晋的晋军不足万人。从此桓温再也无力发动新一轮北伐。

慕容垂大获全胜，凯旋回朝，却并没有受到英雄般的礼遇，相反却越发受到明里暗里的嫉妒和排挤。慕容评常常在朝中与慕容垂争吵，双方积怨越来越深。一向与慕容垂为敌的太后可足浑氏也乘机否认慕容垂的战功，与慕容评密谋杀死慕容垂。慕容垂的侄子、慕容恪之子慕容楷得到消息，急忙告知慕容垂，并劝他先发制人，除掉慕容评和乐安王慕容臧。慕容垂表示不愿意骨肉相残，决定偷偷逃往旧都龙城避祸。不料慕容评不依不饶，派兵在范阳（今河北涿州一带）附近赶上慕容垂，幸好其子慕容令领兵断后，对方未敢靠近。

事情已经到了你死我活的地步，慕容垂长叹一声，决定带着儿子们逃往前秦。

对于慕容垂等人的投奔，苻坚表现出了超乎寻常的热情。现在他再也不用担心前燕了——除了慕容垂，前燕还有谁能阻挡前秦军队的步伐？苻坚当即列队出城，亲自迎接慕容垂的到来。南北朝时期的人都很看重仪容气质，所谓“魏晋风度”。慕容氏基因不错，一家子个个“容仪甚伟”，苻坚赞赏不已，大有惺惺惜惺惺之感。苻坚甚至拉着慕容垂的手，相约一起打天下、坐天下。刚刚缓过气来的慕容垂连连点头答谢，双方就像多年不见的亲兄弟般亲热。看着慕容垂身边的慕容令、慕容楷等年轻人一表人才的样子，自然是爱屋及乌，连连夸赞。苻坚当场就赏赐给慕容垂等人大量财宝，接着封官赐爵，大家都和睦得不得了（当然是苻坚自己看来）。

和苻坚喜气洋洋的表情截然相反的，是王猛忧心忡忡的表情。他对苻坚说：“慕言垂是燕国勋贵，此人宽仁待下，恩结士庶，燕赵之地就属他的威信最高，他的儿子也个个都是龙虎一般的人才。这种人不过是暂时落难，一旦风云际会，难以驾驭，不如除去。”苻坚哪里肯听，对王猛说：“我正要招揽天下英才，统一中华。匹夫尚能言而有信，况夫万乘之主乎？”王猛见苦劝无效，只好另打主意。

自从慕容垂远走，前燕实际上已经是外强中干的伪大国。年纪轻轻的慕容玮却没想那么多，而是对答应前秦的土地要起了赖皮。他派了个使者找到苻坚表示：“我们是邻国，互相帮忙本是应有之义，当初使者提出割地不过是他一时失言罢了。”

苻坚正愁没借口找碴儿呢，你自己把脑袋送上门来了，不收怎么好意思？你不是舍不得土地吗，待会儿让你连本带利还过来！他立即宣布对方属于蓄意违约，命王猛、梁成等率步骑三万讨伐这个没有信义的国家。

出发前，王猛约见慕容垂：“你我这么一别，也不知啥时才能相见，将军送我一个纪念品吧，也好略解相思之念。”慕容垂心里觉得不对劲，这王猛怎么突然对我这么好了，但是也来不及多想，只好把身边的佩剑解下来送给王猛，两人依依惜别。

慕容垂长子慕容令作为前锋，率先出发。一个慕容垂的亲信偷偷找到他，出示慕容垂的佩剑，传达其父的口信：王猛总是想谋害我们，燕国那边希望我们回去，我已经偷偷跑回去了，你也立刻动身吧。慕容令一见父亲的随身佩剑，也没多想，一溜烟就脱离部队跑回前燕。

很快，一封密奏送到了苻坚的面前，声称：“慕容令背信弃义叛逃了，他的幕后主使就是慕容垂！”写奏折的正是王猛。正在长安的慕容垂得知此消息，吓得拔腿就跑，刚跑到蓝田又被抓了回来。

原来这一切都是王猛下的套儿，先是收买慕容垂手下，骗反了慕容令，反过来吓跑慕容垂。这下子，慕容垂浑身是嘴也说不清了。没想到待人宽厚的苻坚不仅没杀他，还好声好气地安慰他：“你在困难的时候投奔我，是信任我。你儿子跑了，也是不忘故国，人各有志而已。你是无罪的，何必害怕？”王猛苦心布局化为泡影，只能徒呼奈何。

人整不垮，仗还是要打。前秦建元六年（公元370年）十月，前秦军与前燕军队于潞川相持。秦军六万，燕军三十万，看上去根本不是一个重量级。然而“千军易得，一将难求”，前燕统帅慕容评和王猛也不是一个重量级。说他傻吧，倒也不像，大敌当前还能抽空发财——派亲兵守着泉水，对那些前来打水的人实行收费制度。钱财倒是捞了不少，怨气也受了一堆，全军上下毫无斗志可言。

王猛可没心思看慕容评的笑话，秦军孤军深入，怕的就是持久战。他派部将郭庆带领五千骑兵抄小道绕到燕军背后，一把火烧了燕军的粮草辎重，甚至连邺城也依稀能看到火光。慕容玮坐不住了，派人训斥慕容评："你身为皇亲国戚，为什么不以国家利益为重？国库里那么多钱，还不是我们家共有的！敌人进军，国家灭亡，你那么多钱能放到哪里？"慕容评恼羞成怒，改变了持久战的策略，主动攻击前秦军。

王猛等的就是这个，立刻挥师东进大破燕军，前燕部队伤亡和投降的有二十多万，慕容评单骑逃回邺城。苻坚得到捷报大喜，率领十万精兵火速赶到安阳与王猛会师，兵锋直指邺城。邺城之内早已是人心大乱，秦军一到城下，就有人夜开城门放进秦军。慕容玮、慕容评仓皇逃窜，一路上随从越跑越少，到最后连马都被强盗抢走了。光着脚丫子的前燕皇帝很快被秦军擒获，慕容评虽然运气好些跑到高丽，反被高丽王押送给苻坚。这个盛极一时的鲜卑帝国，就这样几乎是眨眼之间瓦解了。

苻坚保持着一如既往的宽容风格，对亡国之君慕容玮也不例外。慕容玮年少气盛，态度十分狂傲，甚至对前来捆绑他的前秦将领巨武大声呵斥："你是何方小人，敢来捆天子！"巨武正色回答："我奉诏追贼，哪里有什么天子？"慕容玮哑口无言。当苻坚责问其为什么不投降要逃跑时，他振振有词地回答："狐死首丘，我是想死在先人的墓前而已。"苻坚居然被他的"孝心"感动，给他松绑。

苻坚授权王猛全权处理征服后的处理工作。在王猛的铁腕管理下，秦军纪律严明，占领区内秩序井然，百姓生活安宁。史载前秦灭前燕，共得郡一百五十七个、县一千五百七十九个、户二百四十五万余、人口近千万，实力大增。苻坚亲自来到宫门，迎接凯旋将士，迎接载誉归来的王猛。

4. 沙滩之上的帝国

史载苻坚“性仁友”，虽然在争夺王位的过程中因形势所迫不能“仁友”，但他对待敌人时表现出来的“仁友”，估计连敌人自己都没想到。和那些“国破”必然“家亡”的亡国家族不同，被俘的前燕君臣得到的待遇不像是“阶下囚”，反而是“座上宾”。慕容家族的上下老少都被迁到都城长安，不但没吃牢饭，反而得到了高官厚禄。慕容玮虽然没有皇帝做了，但也被封为尚书、新兴候。至于无德无能的慕容评，出于对其“败国败家”的愤恨，连慕容垂也劝苻坚为燕国杀了这个“败类”，反倒是苻坚宽大为怀，派慕容评担任范阳太守。

这种养虎遗患的事情，几乎是遭到了大臣们的一致反对，也包括一直对慕容家族不感冒的王猛。苻坚一生对王猛言听计从，却偏偏在这个问题上一意孤行。他表示：“对百姓要安抚，对夷狄要友好，我既以天下为家，对待夷狄就应该像对待自家孩子一样，且莫多心。”王猛等人知道直接劝谏是白费力气，只好另找办法。

恰好这时天上出现了彗星（也就是老百姓常说的扫把星），这在古代是不祥的征兆。太史令张孟立即抓住机会提醒苻坚：“根据天象，燕国将要祸害我们秦国。慕容家族遍布我国朝野，恐怕对我们不利，应该消灭燕国人应对天象。”对这拿老天爷说话的一套，苻坚不以为然：“天下各族应为一家，如果真要有灾难，也只有靠修德来避免，又怎能怕外患呢？”

然而，类似的预警事件层出不穷。一次，有人突然闯入秦国皇宫大喊：“甲申乙酉，鱼羊食人，悲哉无复遗！”苻坚下令抓捕，这个人却神秘消失了。大臣们议论纷纷，趁机再次掀起清理鲜卑人的舆论高潮，仍然没有效果。

且不说这是不是王猛等人的暗中安排，单从“甲申乙酉，鱼羊食人，悲哉无复遗！”这句谶语来说，后来的历史惊人地证明了它的准确性。距离当时最近的甲申年，正好是十年后的公元 384 年，前秦如冰雪消融般解体了。“鱼羊”暗指鲜卑族的“鲜”字，前秦果然消亡在鲜卑人轰轰烈烈的复国运动中。

多年儒家文化的浸淫，使得少数民族君主苻坚越发地注重自己“天下共主”的理念、文化传承者的身份，对政治上那些尔虞我诈、翻云覆雨的王霸之术，有着自觉不自觉的回避排斥。他这不是出于无知，而是出于自信，自信有能力解决多民族、多势力带来的种种矛盾危机。

以当时的情况来看，苻坚的自信是有根据的。灭前燕以后，前秦对其他北方割据政权的征伐，不过是履行手续而已。几年时间内，前秦军队攻灭了（今甘肃成县西）氐族首领杨纂、前凉、代国等割据势力，并在公元 382 年派大将吕光率军进入西域，统一西域三十六国。史载前秦辖地“东极沧海，西并龟兹，南包襄阳，北尽沙漠”。东北的新罗、肃慎，西北的大宛、康居、于阗等东夷、西域六十二王，均遣使与秦联系，献方物。自从晋室南渡，群雄混战的中国北方，至此终于统一，苻坚成为了历史上第一位统一北方的少数民族君主。

只是，苻坚最信任的战友王猛已经无法看到这一幕了。公元 375 年，年仅五十一岁的王猛一病不起。除了多次探望，焦虑万分的苻坚还多次祷告上苍、大赦天下，但无济于事。

王猛此时担心的，不是自己的生命，而是在前秦帝国强大的表象下面，苻坚亲手埋下的那些隐患。苻坚志向远大，以天下共主自居，废除胡汉分制，对各族一视同仁，放在大的历史背景下来说，这是一种进步的思维、超前的思维。但是，思想的先驱者所得到的，往往都是命运的悲剧。自从西晋的八王之乱后，北方的政权更替就像走马灯一样，各路豪杰都能自领风骚三五年。这些枭雄即使被收服，也是心里老大不自在，苦苦等待机会东山再起。对于这些人，为了局势需要宽容点无可厚非，但如果放任不管、不加限制，到头来只会自尝苦果。

对时局洞若观火的王猛在病床上寄语苻坚："善作者不一定善成，善始者不一定善终。过去的贤君哲王因为深知建功立业不易，所以战战兢兢，如临深渊，如履薄冰，若陛下也能如此，则大秦幸甚，天下幸甚。"

对于苻坚那"天下一家"式的宽容，王猛更是忧心忡忡："晋国虽然局促于偏僻的吴越之地，毕竟是正朔相承，应该勤修邻国之礼，不应该随意图袭晋国。鲜卑、西羌是我们的敌人，虽然现在他们蛰伏爪牙，可终有一天会成为大患，应该逐渐清除他们。"王猛的遗言，可谓一针见血，前秦的败亡，最终就应在这两件事上。假如王猛能多活几年，苻坚的命运将会怎样，犹未可知。

苻坚之所以能成就大业，其最大的优点是爱才容人。王猛死后，苻坚无比悲痛。尽管限于君臣名分，苻坚在心中却把王猛当做老师和兄长一样敬重有加。他曾对太子说："汝事王公，如事我也！"这种君臣相得的程度，只有刘备孔明君臣可比。王猛的去世，让苻坚就像突然失去了精神支柱，常常潸然泪下，不到半年就须发斑白，苍老了很多。

苻坚的败亡，很大程度上也是毁于这种爱才容人。公元 380 年，前秦发生了一场叛乱，苻洛因为心怀不满纠集了七万人造反。虽然叛乱很快被镇压，苻洛却没有得到应有的处罚，而是被迁徙到了凉州，算是形式上的流放。对于樊世等氐族豪强，苻坚能够毫不留情地打击，对待自己的亲族，他却试图用他惯有的"宽容"来收买笼络。在《资治通鉴》中，司马光评价说："夫有功不赏，有罪不诛，虽尧、舜不能为治，况他人乎！秦王坚每得反者动辄宥之，使其臣狃于为逆，行凶侥幸，虽力屈被擒，犹不忧死，乱何自而息哉。"

同时，对于当时的形势，司马光引用古人的话点评道："数战二民疲，数胜二主骄，以骄主御疲民，未有不亡者也。秦王似之矣。”被一系列胜利冲昏了头脑的苻坚，没有认识到自己貌似强大的帝国，却犹如建立在沙滩上的楼阁，略有风吹草动就会根基动摇。多年征战已经使得国力匮乏，被征服的鲜卑、羌、羯的民族心怀怨恨，更严重的是他亲手拆散了帝国最后的保证——自己的民族。

由于国土空前辽阔，为了加强氐族人的统治地位，苻坚不顾鲜卑人遍布朝野，又使出了令后人欷歔不已的败笔。他效仿周王朝那样分封诸侯，将苻姓皇族支姓以及亲近贵族三千户遣散到各地驻守。出发之日，即将离散的皇族亲眷号啕大哭，丝毫没有封疆裂土的喜悦，反倒像生离死别一般，很多有识之士都觉得这是丧乱流离的征兆。

枪杆子里面出政权，前秦和其他少数民族政权一样，是在马背上得来的天下，是靠着本民族强大的武装威慑力量维持统治的。作为人数不占优势的民族，如果力量相对集中，尚能对那些蠢蠢欲动的人产生威慑作用。如果把拳头散开，不再凝聚力量，实际上就是把本来就有限的本民族武装分散，投入被统治民族的汪洋大海之中，以至于淝水之战后，帝国在一夜之间就彻底崩塌。难怪大臣赵整在宴会上借歌劝谏：“远徒种人留鲜卑，一旦缓急语阿谁。”

那些心怀叵测的人，可没有苻坚这么高的思想境界。他们已经敏锐观察到了前秦帝国隐藏的裂痕。慕容绍对其兄慕容楷说：“秦自以为强大，北守云中、南戍蜀汉，士兵疲惫，百姓将穷，长此以往，亡国可待，慕容垂智慧过人，必将恢复大燕，我们各自珍重，以待时日吧。”慕容农则鼓动慕容垂说：“王猛一死，秦法制渐崩，日渐奢靡、祸乱降至，大王莫错良机啊！”

平静之下，暗流涌动。

5. 淝水之战

直到公元383年之前，苻坚还称得上是历史上最成功的君主之一。论武功，他一统北方，四邻降服；论文治，他奖励农桑、兴办学校，使久经战乱的北方经济复苏；论品行，他是当时少数民族首领中屈指可数的仁义之君。如果王猛还能多活几年，或者他就此离世，他都将成为史册上的“一代明君”，得到后人的赞誉追捧。

但是，和那些占块地盘就能安心当土皇帝的割据势力不同，苻坚不是一个容易满足的人。在收拾完北方后，他的眼光又再次转向南方。东晋这个名字，从儿时起就存在于他的记忆里。他曾经亲眼见过堂兄符苌被晋朝人杀死，也曾和很多族人一起被晋人围困在长安城内惶惶不可终日，也知道手下小弟慕容垂当年曾把东晋大军打得落荒而逃。和很多族人一样，苻坚对于东晋这个多年的强邻，既有敬畏的态度，又有征服的欲望。

南伐，在他看来，不过是把事业推向另一个高峰的必由之路，就像西晋司马炎灭吴那样，而他的身后，还有杨坚、赵匡胤的南伐统一战争。单从这一点来说，他的野心无可指摘。

先来看看苻坚的对手吧。由于上次北伐的失败，前秦的老对手桓温已经彻底失势退出历史舞台，门阀贵族谢氏的谢安接替了他的位置。作为东晋名士，谢安以温文尔雅、处事镇定闻名。出于桓温野心勃勃反倒屡受掣肘的教训，为了缓和朝廷内的贵族矛盾、稳定政局，他多方笼络、苦心经营，使得东晋小朝廷出现了多年未有的和谐安定局面。

心高气傲、志在必得的苻坚并没有怎么看重这个“软绵绵”的对手，在他眼里，谢安不过是一个崇尚清谈、八面玲珑的老好人而已。这些文化人，拉过来聊聊天喝喝茶倒也是不错的，他甚至已经一相情愿地把晋国皇帝预封为尚书左仆射，谢安为吏部尚书，桓冲为侍中，并在长安安排宅院，准备就像招待慕容家族一样招待这些预备役俘虏。

王猛死后第三年，苻坚开始对东晋作出一些试探性进攻。襄阳是从中原南下重要的战略要地（《神雕侠侣》里面郭靖就是镇守此处抵御蒙古大军），苻坚首先从这里开刀，派他的儿子苻丕和慕容垂、姚苌等带了十几万大军猛攻襄阳。守卫襄阳的东晋将领朱序虽然没有郭大侠的武功，却也拼死抵抗了近一年时间，最终城破被俘。

苻坚认为朱序是个好汉，值得信任，就请他为自己服务。既然是好汉，当然不吃眼前亏，朱序也就半推半就答应在苻坚手下当个将军。招降也就罢了，苻坚还授予他实权，让他随军行动。苻坚万万没有想到，这个安排埋下了一颗怎样的定时炸弹。

打下襄阳后，苻坚接着又派十几万军队进攻淮南，被东晋守将谢石、谢玄挫败。但苻坚并没有清醒，认为这主要是战将不力、军队投入不够的结果——瘦死的骆驼比马大，这个老对手非要我亲自出马才行。

他在皇宫里召集大臣商议南伐的问题："我继承王位已经快三十年了，各地基本平定，只是躲在南方的晋国还不肯降服。现在，我有九十万人马，打算亲自去征讨晋国，大家看怎么样？"没料到，这个雄心勃勃的计划几乎遭到了一致反对。大臣权舆说："晋国虽然弱小，但是他们的国主还没犯什么大错，手下还有像谢安、桓冲那样的文武大臣，团结一致。咱们要大举攻晋，恐怕不是时候。"苻坚一听就阴下脸来。另一个武将石越说："晋国有长江天险，再加上老百姓向着他们，只怕我们不能够取胜。"苻坚气鼓鼓地说："长江天险有什么了不起，以我们这么多人，把马鞭投下去，就足以阻断它！"商量了半天，也没个最终意见，苻坚不耐烦地责退了众人，留下弟弟苻融。

苻坚把他拉过来说："自古决定国家大事的，也就那么一两个人。这事还是咱们哥俩定吧。”没料到符融也不赞成：“目前伐晋有三难：一是时机不利；二是晋朝无隙可乘；三是我军连年征战，将士疲劳，百姓负担沉重，都不愿打仗。今天反对出兵的，都是我国的忠臣，希望陛下听取他们的意见。”苻坚没料到弟弟也不和自己站在一边，沉下脸说：“想不到你也说这种丧气话，真令人失望。现在我们有精兵百万、粮草如山。朕虽然算不上多么英明的君主，但也不是昏君，趁着连战连捷的士气，打晋国这种偏安一隅的小国家，哪里会不胜呢？决不能留下东晋贻害子孙，让它长久成为国家的祸患了！”

符融一见哥哥不听劝，搬出了苻坚最敬重的王猛：“现在攻打晋国，不但没有必胜的把握，反而还有极大的危险。京城里有这么多鲜卑人、羌人、羯人，陛下一旦远征，他们在关中作乱的话，后悔也来不及了！陛下难道忘记王猛生前的话了吗？”苻坚依然不听。

虽然反对声一片，苻坚也有几个难得的“支持者”。京兆尹慕容垂说：“强国灭掉弱国、大国吃掉小国，这是自然而然的。像陛下这么英明的君主，有精兵百万，灭掉小小晋国不在话下。陛下自己决定就是，何必征求那么多人的意见？”苻坚一听就像遇到了知音，喜笑颜开地说：“能和我一起去统一天下的只有你啦！”立刻吩咐左右赏赐慕容垂五百匹绸缎。

苻坚回到后宫，夫人张氏听说朝廷内外很多人不赞同出兵，也劝他别出兵。苻坚不耐烦地说：“打仗的事，女人家别管。”小儿子苻铣最得苻坚宠爱，也说：“皇叔（指苻融）是最忠于陛下的，陛下为什么不听他的话？”苻坚斥责道：“天下大事，小孩子别插嘴。”

公元383年，苻坚正式颁布诏书，全国总动员征服东晋。诏书宣布百姓每十人抽出一人出征，良家子二十岁以上有武艺者编为羽林朗，征调全国公、私马匹充为军马，以苻融、慕容垂为前锋，封羌族将领姚苌为龙骧将军，指挥益州、梁州的人马，全军步军六十万，骑兵二十七万，羽林郎三万，共计九十万大军从长安南下。同时，苻坚又命梓潼太守裴元略率水师七万从巴蜀顺流东下，向建康进军。

诏书一下，全国都沸腾了。当苻坚的御驾达项城（今河南沈丘）时，凉州方面的部队才赶到咸阳，蜀汉方面的军队还正在上船。近百万大军绵延数千里，为历史仅见。

发兵之际，被降服的野心家们都开始蠢蠢欲动。慕容垂的两个侄儿偷偷地跟慕容垂说："皇上过分骄傲了。看来，这次战争倒是我们燕国卷土重来的好机会呢！"姚苌本来也是投降过来的羌族势力，因屡建战功得到苻坚的信任。在封姚苌为龙骧将军的时候，苻坚勉励他："当年朕以龙骧将军的封号创业，从未将这一头衔授予别人，你要好好干啊！"后来，姚苌却果真没有"辜负"苻坚的期望。

面对来势汹汹的前秦大军，主持政局的谢安以尚书仆射谢石为征虏将军、征讨大都督，以徐、衮二州刺史谢玄为前锋，与辅国将军谢琰、西中郎将桓伊等率众八万，抵御秦军；另派龙骧将军胡彬以水军五千增援寿阳（今安徽寿县）。

八万人对抗百万人，东晋上下惊慌不已，谢安倒是镇定自若。有人找谢安询问作战计划，谢安干脆带着家人游山玩水去了。桓温的弟弟桓冲主动要求带兵三千来保卫建康，谢安拒绝了："朝廷这边一切正常，你把西路防线守好就行。"桓冲对手下感叹道："谢安石（谢安的字）这个人雅量有余，将才不足。如今大敌临近，还在搞清谈。双方力量如此悬殊，天下事已可知，吾其左衽矣（意即汉人要亡国灭族了）！"

一边是举国大动的前秦，一边是表面平静的东晋，战争就在这一年的冬天爆发了。

很快，秦军以绝对优势拿下寿阳、郧城，双方相持于洛涧。符融虽然对南伐老大不乐意，现在发现晋军容易对付，也骄横起来。他传消息给苻坚说："贼少易擒，但恐逃去，宜速赴之。"苻坚一见大喜，便把大军留在项城，亲自率领八千轻骑兵，赶到前线督战。

但是不久后，疏于防备的秦军梁成部被晋朝刘牢之以五千北府军趁夜偷袭，梁成被杀，士卒损失了一万五千多。谢石等人闻得捷报，马上水陆并进，与前秦军隔着淝水对峙。

苻坚与符融登上寿阳城头观望，只见晋军阵容齐整，将士精锐，是多年未见的劲敌，心中不免有些慌乱。一阵风吹来，对面八公山上草木摇动，苻坚恍惚之下把它们都当成了晋军，感叹道："这是劲敌啊，怎么能说他们人少呢？"（成语"草木皆兵"的出处就是这里。）

抱着试一试的态度，苻坚派俘虏过来的晋将朱序去劝降。身在曹营心在汉的朱序一到晋营，就把苻坚的虚实全部告诉谢石："应该马上和秦军的前锋部队决战，如果得胜，可以一举成功。如果等到他们的大部队陆续赶到，我们就根本不是对手了。"众人商议已定，朱序又返回寿阳城，表示谢石等人顽固不化，不愿投降，苻坚也只好作罢。

没多久，晋营派出使者来表示："由于淝水阻隔，双方交战不便。希望秦军后退一点，方便晋军过河，双方决一死战。"苻坚一听就乐了：你们不投降还算了，还主动找死，怕是活得不耐烦了！他和符融一商量，打算来个"半渡而击之"，就答应了晋军的请求。

符融开始指挥秦军后撤，晋军开始渡河。正当大家在乱哄哄后退，不知前面发生了什么事情的时候，后军中的朱序突然大喊："秦军败了！秦军败了！"秦军中有很多鲜卑、羌、羯等各族兵丁，本来就不愿意来南方卖命，听到这一喊，干脆转身就跑。那时候又没有手机什么的，通讯不畅，再后面的秦军还不知道是怎么回事呢，见前面黑压压的人退下来，也以为前军溃败，扔下武器就跑。还在军中的符融打马上前，试图阻止溃退，连人带马被撞倒，稀里糊涂地死于乱军之中，成了糊涂哥哥的殉葬者，可悲可叹。

晋军趁势大举进攻，苻坚自己也被冷箭射中，单骑逃遁至淮北。丢盔弃甲的前秦士兵被杀得心惊胆战，以至于听到风声、鹤鸣，都以为是晋军杀到，仓皇逃跑（成语“风声鹤唳”出于此处）。一场规模罕见的战争就这样以无厘头的方式结束了。

捷报传回建康，谢安正在和客人下棋。旁人询问前方送来的军报说了什么，他淡淡地说：“小儿辈遂破贼”。下完棋后，他终于无法抑制内心的狂喜，进屋时脚步过重，以至于折断了木屐的后跟。

6. 英雄末路

苻坚带着残兵败将，逃亡路上饥渴交加，狼狈之极。此时有人向苻坚提供吃喝，苻坚连连夸赞，下令赏赐。对方回答道：“陛下蒙受苦难，这是天意。我是陛下的子民，陛下就像我的父母，哪有儿子赡养父母要求报答的？”苻坚大为羞愧，对妃子张氏说：“朕如果当初听从朝臣们的进谏，哪会有今日之败！现在我还有何面目君临天下！”说罢黯然而去。

就在苻坚狼狈逃亡的时候，远在湖北战线的慕容垂正井井有条地撤退。没想到苻坚竟然不知死活，带着少量随从投入慕容垂军中。慕容一族上上下下都感谢老天有眼，准备乘机干掉苻坚，光复燕国。慕容垂的世子深知父亲的脾气，专门提醒他：“愿不以意气微恩忘社稷之重！”慕容垂回答道：“你说的没错。但是，苻坚因为信任我而来投奔，我怎能害他？如果老天要他灭亡，还怕以后没机会吗？我现在护送苻坚回去，正是赢得人心的好时候。”

慕容垂的弟弟慕容德也来劝说：“秦国强大的时候消灭我国，现在他们不行了我们当然就要消灭它。当年吴王夫差不听伍子胥的劝告留下越国，最终被勾践所灭，前事不忘，后事之师啊！希望兄长不要犹豫！”

慕容垂叹道：“当年我被排挤迫害，秦王以国士之礼待我，关切备至。王猛要害我，我无从辩白逃亡，唯独秦王相信我，待我之礼更厚，这样的恩情怎能忘却？关中之地本来就不是我们鲜卑人的，自然会别人作乱。君子不倚仗别人的灾祸，不首先作乱，我暂且观望形势。”

慕容垂此举，一是因为他的大英雄气概，另一方面也是出于对当时形势的考虑。此时贸然行事，不仅没有绝对的把握成功，还会因此背上“弑主”的罪名，成为各路势力的靶子。因此他不仅没有趁机对付苻坚，反而把三万军队的军权交给他，使其顺利回军。

在回长安的路上，慕容农向慕容垂提出不要再回情况复杂的长安，就近在关东谋事，慕容垂点头应允。一行人走到渑池，慕容垂向苻坚表示，关东一带民心不稳，他准备去关东安抚民众，顺便祭拜祖庙，苻坚答应了。大臣权翼劝阻道：“现在正是召集人马、固守关中的时候，怎么能让慕容垂这种有野心的人回他的地盘！”苻坚回答道：“你说的没错。但是我已经答应了慕容垂，老百姓尚不能食言，何况一国之君？如果天意要复兴燕国，那也不是我能阻止的。”不仅如此，他还派将军李蛮、闵亮等人带着三千人马，护送慕容垂前往邺城。

苻坚的话，和慕容垂如出一辙，二人的君子风度、大侠风范，在那个唯利是图、尔虞我诈的乱世里，显得如此珍贵。

慕容垂等人到达安阳后，派人向镇守邺城的苻坚世子苻丕送信说明来意。苻丕可没有他老爸那样的雅量，深恐慕容垂作乱，把他安排在邺城西边驻守，表面上客客气气，暗地里严加监视。正在此时，曾经归顺燕国、后来投降秦国的羌人翟斌准备攻打苻晖镇守的洛阳，苻坚下令让慕容垂引兵平叛。苻丕觉得与其让慕容垂在邺城日久生变，还不如把他远远送出去火拼，交给他两千老弱残兵，又让广武将军苻飞龙率领一千氐兵做慕容垂的副手，让他看准时机谋取慕容垂性命。

这样的计划很快就被人泄露给慕容垂。慕容垂终于找到了借口：“我对你们苻家尽心竭力，你们却打算害我，现在我不想干都不行了！”他借口兵少，在河内一带自己招兵。慕容家族在这一带统治二十余年，遍地都是鲜卑人，慕容垂很快召集了上万人。

苻晖催促慕容垂速速进兵，慕容垂对苻飞龙说：“现在我们离贼寇不远，应当在夜间行军，出其不意。”以苻飞龙的智商哪里是慕容垂的对手，连连点头称是。半夜行军，苻飞龙和他的一千氐兵很快就被消灭。从此，慕容垂正式拉起了复国大旗，开始了瓦解前秦帝国的步伐。

在前燕灭亡之前，鲜卑人的势力基本都在关东一带。灭燕后，本着“天下一家”的思想，苻坚把许多鲜卑贵族迁入关中地区，等于是在自己身边埋下了定时炸弹。慕容玮的弟弟慕容泓，被封为北地长史，听说慕容垂已经起事，认为自己也可以趁乱捞一把，便纠集了一部分势力，在关中自称起济北王，都督陕西军事。自己封了还不过瘾，他又一相情愿地推慕容垂为丞相，都督陕东军事，算是和自己平起平坐。

苻坚这才意识到这些鲜卑人是得寸进尺的家伙，不仅要复国，还要连自己的老窝都端掉。对大臣权翼后悔地说：“我不听你的话，让鲜卑人搞成这样。关东之地，我不再跟他们抢了，慕容泓又该怎么对付？”他派苻叡为都督，带着左将军窦冲、龙骧将军姚苌讨伐慕容泓。不料时任平阳太守的慕容冲（原来的皇太弟）也作乱了，苻坚只好又把窦冲调回，去讨伐慕容冲。

慕容泓其实是个庸碌之辈，听说秦兵来了，就打算率部众跑回关东去。没想到苻叡也是个急性子，马上带兵去追。姚苌精于用兵，劝道：“鲜卑人心思归，正好放他们回去。如果去追，反倒会逼急了他们，反咬一口。”苻叡看不起慕容泓，执意引兵追赶，兵败被杀。姚苌只好派人向苻坚汇报情况请罪。苻坚死了儿子，一反“宽容”常态，一怒之下杀死姚苌的使者。姚苌一见不妙，逃往渭北的羌人聚集地，被推举为盟主，自称大将军、大单于、万年秦王，改元白雀，史称后秦。

慕容泓打了一场侥幸的胜仗，见慕容冲作战失利也前来投奔，胆子又壮了起来。他派人给苻坚送信，表示如果苻坚交出原皇帝慕容玮，大家就罢兵议和。苻坚见信大怒，把慕容玮叫来呵斥：“我给你们兄弟加官晋爵，哪点对你们不好，和一家人有什么两样？为什么乘我小小失利，就如此猖狂？慕容垂作乱于关东，慕容泓、慕容冲又在关内起兵。慕容泓的书信在此，你要走我就送你走。你们慕容家，个个人面兽心，哪里能以国士之礼相待？”

慕容玮何尝不想跑掉，但想到自己小命还捏在苻坚手里，不住地磕头流泪，表示忠心。苻坚心又软了，说：“你的忠心我明白了，这都是那三个浑蛋的错，没你的事。”

苻坚命令慕容玮写信招降慕容垂以及慕容泓兄弟，此人阳奉阴违，偷偷写密信给慕容泓，让他在外面好好干，如果自己有什么不测，慕容泓接替自己可以称帝。慕容泓得到这封信，折腾得更起劲了。

没想到乐极生悲，鲜卑军中有好些人受不了慕容泓苛刻的军法，密谋杀死了慕容泓，推举慕容冲为皇太弟，统领关中燕军。慕容冲此时不过二十多岁，是个阴狠凶戾的小白脸，当年曾被苻坚接到宫中当伺童（其实就是男宠）。鲜卑大军开到长安城下，苻坚还心存幻想，派人送一锦袍于慕容冲，让对方回忆从前的情意。慕容冲回答：“孤家现在以天下为任，怎能看这一袍小惠。如果你束手来降，我们慕容家对待你也不会比你从前待我们家差。”苻坚十分恼怒，喊道：“后悔不用王景略（王猛）和阳平公（苻融）之言，使白虏敢猖狂如此！”鲜卑族人种和中原人不同，肤色较白，故苻坚称之为白虏。

外面大军鼓噪，长安城内的鲜卑人也觉得时机到了。慕容玮求见苻坚，先为慕容冲等人的表现表示道歉，然后说自己儿子结婚，邀请苻坚光临，苻坚答应了。慕容玮纠集一批族人，准备趁机杀死苻坚，不料却被苻坚的将军窦冲知道了内幕。得知消息的苻坚终于不再相信鲜卑人还有好东西，把慕容玮和他的兄弟慕容肃等人抓起来杀掉，甚至下令把长安城内的鲜卑人不分男女老幼，全部杀光。亲手否决自己的“民族和解政策”，苻坚心中是怎样的痛，我们不得而知。

被围困的长安断粮数月，士气低落。城外不少百姓感念苻坚的恩德，偷偷向城内送粮，很多人因此被叛军杀害。苻坚流泪接见了冒死送粮的百姓，对他们说：“听说你们都是因为仰慕我而来，虽然是出于一片忠心，但是现在的形势不是一两人能改变的。如果神明庇佑，将来会有战事结束的一天。请大家珍惜自己的生命，等待新的君主，不要徒劳无功，白白死在野兽手中。”然后，他亲自祭奠死难的百姓，在场的人无不潸然泪下。

慕容冲攻打甚急，姚苌也趁机攻破了长安西面的重镇新平（今陕西彬县），苻坚再也没有了支撑下去的信心。一向对民谣、谶书这些东西不重视的苻坚，此时也不得不相信了民谣唱的“坚入五将山长得”和城里谶书所说的“帝出五将久长得”，决定拿命运赌一把。他对太子苻宏说：“好好守城，我到外面去征集人马支援你。”然后，他率领几百亲随和夫人张氏、中山公苻诜、女儿苻宝、苻锦前往五将山（今陕西岐山东北）。

一路上，姚苌派人不断追击，等苻坚逃到五将山的时候，只剩下十余人了。眼看追兵到来，苻坚毫不示弱，坐等追兵来到身边，被押到新平软禁。

已经自称皇帝的姚苌派人找苻坚索求传国玉玺，苻坚大骂道：“羌人竟敢逼我天子，岂能把传国玉玺交给你？五胡之中，根本没有你们羌族（五胡中应有羌族，苻坚故意这样说以激怒姚苌）！传国玉玺已送到晋国去了，你休想拿到！”姚苌一计不成再生一计，派右司马尹纬劝苻坚行使一下禅让帝位的形式。深谙儒家文化的苻坚怒道：“禅代乃是圣贤君主之间的事，姚苌这样的叛贼，怎能效仿古代圣人？”他问尹纬：“你在朕的手下做什么官？”尹纬回答：“尚书令史。”苻坚感叹道：“你是王景略一般的宰相之才，惜乎朕不知你，所以会有今天的灭亡啊！”

为了防止身后两个幼女被姚苌侮辱，苻坚先将苻宝、苻锦杀死。无计可施的姚苌只好派人将苻坚缢死于新平的佛寺，时年四十八岁，张夫人和苻诜先后自杀。

对这位大英雄的死，连姚苌的士兵也流下了悲痛的泪水。同一个月，他的老对手谢安也病死于东晋。一南一北两个传奇人物同时离去，让人不得不惊叹历史的巧合。

王道

他招降了朱序，朱序毁掉了他的战争；他接纳了慕容垂，慕容垂瓦解了他的帝国；他信任姚苌，姚苌结束了他的性命。前半生过于顺利和幸运，造就了苻坚那种浪漫主义英雄的风格。因为这种"浪漫主义"，他惜才如命，追求"天下人才皆为我用"，却忽略了"人才"内心的想法；因为这种"浪漫主义"，他追求"以德治国"，在军事打击的同时过于怀柔，以至于号令不齐，国家犹如一盘散沙；因为这种"浪漫主义"，他过于相信自己的人格魅力，这固然令人钦佩，却忽略了太多的世事艰险、人心叵测。如何在仁德和权术之间寻找平衡，苻坚的教训令人深思。